本书由沈阳师范大学学术文库出版基金资助，为辽宁省社会科学规划基金项目"中国儿童文学与儿童电影的互文、互动史研究（1949—2019）"（项目编号：L22BZW013）的阶段性成果。

21世纪
中国儿童文学理论的
多维阐释

王家勇
·著·

中国社会科学出版社

图书在版编目（CIP）数据

21世纪中国儿童文学理论的多维阐释／王家勇著.
北京：中国社会科学出版社，2024.1.—（文论创新与
批评实践丛书）.— ISBN 978-7-5227-4145-1

Ⅰ.I207.8

中国国家版本馆CIP数据核字第2024CG7469号

出 版 人	赵剑英
责任编辑	马　明
责任校对	高　俐
责任印制	李寡寡

出　　版	中国社会科学出版社
社　　址	北京鼓楼西大街甲158号
邮　　编	100720
网　　址	http://www.csspw.cn
发 行 部	010-84083685
门 市 部	010-84029450
经　　销	新华书店及其他书店
印　　刷	北京明恒达印务有限公司
装　　订	廊坊市广阳区广增装订厂
版　　次	2024年1月第1版
印　　次	2024年1月第1次印刷
开　　本	710×1000 1/16
印　　张	13.25
插　　页	2
字　　数	183千字
定　　价	69.00元

凡购买中国社会科学出版社图书，如有质量问题请与本社营销中心联系调换
电话：010-84083683
版权所有　侵权必究

序言　富于并赋予梦想和希望

梦想和希望是儿童文学的永恒主题，梦想是儿童文学叙写的对象，而希望则是儿童文学营造的目标，由于儿童文学的纯净特性和幻想气质，本就带有极强主观性色彩的梦想和希望几乎成了众多儿童文学文本中的主体，它们恣意地、自由地徜徉于儿童文学所栖居的诗意大地上，尽最大努力为孩童们构建一个完美的"黄金时代"。提到"黄金时代"，我想到了两位文学大师，一位是中国新文学的先师鲁迅，他在《头发的故事》中借俄国小说家阿尔志跋绥夫的话问道："你们将黄金时代的出现豫约给这些人们的子孙了，但有什么给这些人们自己呢？"[1] 虽然鲁迅并不确信甚至否定"黄金时代"的出现，但如果"黄金时代"真的会到来，那么，鲁迅会毫不犹疑地将这个时代留给未来的孩子们，这从鲁迅"救救孩子"的呐喊声中便可了然；我想起的另一位是西班牙著名诗人希梅内斯，他在《小毛驴之歌》中也引用了一位德国浪漫主义诗人诺瓦利斯的话："哪里有孩子，哪里就有黄金时代"，并由此生发出了他的核心思想："这个黄金时代就像从天上降到地球上的一个小岛一样，诗人在那里漫步，心旷神怡，他最美好的愿望就是永远不离开那里。"[2]

---

[1] 鲁迅：《呐喊·头发的故事》，载《鲁迅全集》第一卷，人民文学出版社2005年版，第488页。

[2] ［西］希梅内斯：《小毛驴之歌》，孟宪臣译，北京十月文艺出版社2010年版，第2页。

《头发的故事》发表于1920年，而《小毛驴之歌》出版于1914年，两位同出生于1881年的文学大师几乎在同一时代表达了极为相似的观点，那就是：梦想和希望属于儿童、源于儿童，有儿童的地方就会有黄金时代。

一　梦想和希望的文学由来与呈现

正如希梅内斯所说："孩子们的黄金时代啊，你是惬意之岛，空气清新，充满生气，你永远留在我那苦海一般的生命里，你的微风为我送来了这岛上的悦耳琴声，这琴声就像黎明时云雀的啼鸣。"[①]的确是这样的，诗人将自己的梦想、愿望根植在了这样一个美好的小岛上，因为这里是孩童的世界，孩童的稚嫩、天真、无瑕……为梦想和希望的营造与实现提供了最适宜的温床，就像詹姆斯·巴里笔下的"永无岛"，因为"永远的童年"而使那里充满快乐、幸福，所以，梦想和希望的文学由来和呈现更多是属于儿童、源于童年。

儿童（童年）是儿童文学的三大母题之一，这已经成为中国儿童文学学界的共识和常识，所谓母题，汤普森在《民间文学母题索引》中是如此界定的：母题是"能在民间传统中辨认出来的民间故事的最小单元……一个母题是一个故事中最小的，能够持续在传统中的成分。要如此它就必须具有某种不寻常的和动人的力量"[②]。而儿童（童年）确实具有这样"不寻常的和动人的力量"，因为其是儿童文学中的梦想和希望主题的最直接来源，其是承托梦想和希望的最主要载体。我想通过两个文本来说明这个问题，首先是中国现代乡土小说的代表作家鲁彦，他在其儿童小说《童年的悲哀》的开头中这样写道："这是如何的可怕，时光过得这样的迅速！"……"谁说青

---

① ［西］希梅内斯：《小毛驴之歌》，孟宪臣译，北京十月文艺出版社2010年版，第2页。

② ［美］斯蒂·汤普森：《世界民间故事分类学》，郑海等译，上海文艺出版社1991年版，第499页。

年是一生中最宝贵的时代，是黄金的时代呢？我没有看见，我没有感觉到。我只看见黑暗与沉寂，我只感觉到苦恼与悲哀。"[①] 本以为成年后自己可以有更大的能力去改变、改造这个世界，可迎接他的只有面对黑暗现实的无力和无奈，于是作家不得不将自己重新沉浸在对童年的那一段美好的回忆中，回忆中有无忧无虑的玩伴、亦师亦友的阿成哥、纯净的板胡琴声等，可这一切终因成长而消失殆尽。童年虽然充满了悲哀，也有着种种苦难生活，但相较成长后的青年时代，童年却给主人公带来过希望，那远比现实的黑暗要"可爱"得多，鲁彦毫不避讳地向人们宣示：童年时代才是真正的黄金时代，童年才是其葆有那一丝微弱希望的最大动力。再如前文提到的巴里的《彼得潘：不会长大的男孩》，"永无岛"上的孩童是永远不会长大的，也正因为如此，他们才有了传奇般的快乐生活、有了不再迷失的心灵和触手可及的梦想与希望，在这里，儿童就是通往快乐、幸福、理想和希望的代名词与通行证。20世纪80年代的时候，有心理学家将拒绝成长并渴望回到孩童世界的成年人归入精神病患者之列，他们的病理表现被称为"彼得·潘综合征"，毋庸置疑，任何一个成年人在社会化的过程中都一定会或多或少地有着这样的症状表现，因为成人发现当他们告别童年时代之后，整个世界都发生了变化，认同、呵护、玩乐等童年美好都消失了，取而代之的是竞争、伤害、劳作等，梦想在崩塌、希望在枯萎，所以，成人才会不自觉地向那个记忆中的童年方向退缩，这是非常典型的"成人反成人化"心理状态。我认为这是可以理解的，只要不影响一个成人的正常生活，时不时地回味一下童年也不失为宣泄现实压力、重构梦想与希望的一条有效通路。不论是鲁彦笔下的浙琴还是巴里笔下的小飞侠，他们都是有着极为明显"彼得·潘综合征"的人物形象，一个是因成长而更清醒认识了现实的黑暗后依靠回忆童年而获得勇往直前力

[①] 鲁彦：《鲁彦选集》，开明出版社2015年版，第79页。

量的成人，一个是因无限的梦想和希望而拒绝长大的儿童，成人和儿童在这里似乎达成了一个共识，那就是童年才是梦想的起点、希望的锚地。

刘绪源曾指出顽童的母题"以儿童的生活理想与成人根深蒂固的生活理想相抗衡，发出了童年的顽强呼唤，而又表达了对于童年的无限留恋"[①]。我想这就是儿童文学富于梦想和希望的最根本原因，因为儿童文学里到处是孩童们徘徊穿梭的身影、美好的或者不够美好的童年回忆、肆无忌惮的儿童们的幻想和想象，这些都与成人残酷的现实生活和理想相去甚远，所以，儿童文学更加富于梦想和希望，不光是对儿童这一主体接受者，对成人亦是如此。在这里，我愿意大声地呼唤童年并适度地回归童年，这是我们葆有梦想和希望的精神家园。当然，需要指出的是，儿童（童年）是儿童文学富于梦想和希望的根源，却并不是唯一的来源，儿童文学三大母题中的"爱的母题"和"自然的母题"同样是孕育梦想和希望文学主题的重要胎体，这里限于篇幅便不再一一论述了。

二　儿童文学如何营造梦想和希望

当我们探清了儿童文学富于梦想和希望的根源后，如何在儿童文学中为儿童和成人营造梦想和希望就成为我们需要解决的核心问题了，即儿童文学如何赋予梦想和希望。也许有人会对此提出疑问：儿童文学本就先天地充满着各种美好、幻想、理想和希望，又何须去研究怎样做的问题呢？其实不然，儿童文学确实因为童年、爱与自然等几大母题而与梦想和希望保持着紧密的亲缘关系，但儿童文学也是一种独立的文学样式，并非一个简简单单的枕边故事就可以营造梦想和希望的，其同样需要构思、技巧、叙事手段、各种方法论等，其同样是一个需要用心去做的工作，毕竟儿童文学服务的主要对象是

---

① 刘绪源：《儿童文学的三大母题》，华东师范大学出版社2009年版，第7页。

儿童——人类世界的未来希望。那么，在营造梦想和希望这个主题上，儿童文学都做了或者可以做哪些工作呢？

在营造梦想和希望上，儿童文学曾经做了两种完全不同的尝试。第一种是在文本中直接叙写梦想和希望，我称之为正面描写。这种叙写手段相对明了，在文本的故事表述中将梦想和希望作为主体，甚至是推动整个故事情节发展的原动力。比如安徒生的童话《母亲的故事》，讲述了一位伟大的母亲为了孩子生的希望而艰难追寻和抉择的故事。"希望"是整篇童话的核心，这里既有母亲期盼儿子回魂与自己团聚的希望，也有对儿子重生并获得美好生活的希望，加之童年、爱等母题的参与，使得这篇童话分外感人，也让读者对母爱的无私与伟大有了更深切的认识，文学的教化功能也因此实现。再如梅特林克的《青鸟》，"青鸟"的象征意义是比较广泛的，但最为集中的还是幸福、梦想和希望，孩子们寻找"青鸟"的过程实际上就是追寻幸福、梦想和希望的过程。与此类似的儿童文学文本还有很多，它们都以正面描写的方式将梦想和希望直接呈现在读者的面前，故事明快、感情浓烈，极易引发读者的共鸣。第二种则属于一种反面叙写，在故事的表述过程中，作者并不明确叙写梦想和希望，甚至主要以叙写阻碍梦想实现和希望达成的内容为主，"苦难"是其中最为重要的关键词，可"苦难"描写并非这类文本的终极目的，"苦难"过后的"新生"才是儿童文学人文关怀的体现。也就是说，这一类文本表面上是在描写收获梦想和希望的艰难不易，可实际上正是因为这种不易才更能凸显梦想和希望的可贵。比如我个人非常欣赏的曹文轩的《青铜葵花》，这部作品将苦难写到了极致，可在这些苦难描写中我们还是看到了梦想和希望：雕塑家父亲在知识青年上山下乡的历史背景下仍不放弃自己的艺术梦想、贫寒多难的青铜一家因为葵花的到来而洋溢着幸福和对未来美好生活的向往、葵花返城的刺激让哑巴青铜重新说话……也许青铜和葵花这对少年男女从此便有了一段思念的距离，可谁又能说这段思念的距离不是一个新的梦想和希望呢?"当文学对现实人生表示不满,当作品充满深刻的忧虑,并在这忧虑之中渗透了渴望的时候,文学不就已经满载着憧憬,不就已经满载着关于未来的并不虚妄的'梦'了么?"① 的确是这样的,文本中的苦难非但没有消磨掉我们的人生信念,反而让我们对未来充满了梦想和希望,这也许就是富于梦想和希望的儿童文学的巨大力量吧。另外,儿童文学营造梦想和希望除了正、反两种叙写方式,我认为葆有儿童文学的原创性也是保证儿童文学的梦想和希望主题不会陈旧和枯竭的重要一环。我们已经有太多世界经典的相关文本了,怎样使新近文本超脱原有经典的窠臼,能够再次激发读者对梦想和希望的畅想与渴望就是一个亟待解决的问题,我认为增强儿童文学的原创性是最有效的方法。只有原创性提高了,中国儿童文学就不必再去模仿、追随安徒生、巴里、梅特林克……不必再去借用、艳羡别人的梦想和希望。

  总而言之,儿童文学首先是富于梦想和希望的,是儿童(童年)、爱、自然等母题孕生了梦想和希望的文学主题,特别是儿童(童年),其是梦想和希望的最重要来源和最主要载体。其次,儿童文学能赋予梦想和希望,这是儿童文学的核心功能,也是儿童文学的文本特质。总之,儿童文学可以为我们种植梦想、收获希望,它是全人类的宝贵精神财富。特别是进入21世纪后,中国儿童文学无论是创作实践,还是理论研究都成了文学领域内的热点,作为儿童文学理论研究者,我也努力在儿童文学的各个方面探寻新的理论生长点,本书主要集中了我在儿童文学本体、主题、文体、地域以及出版传播等方面的理论思考,以期为新世纪中国儿童文学的理论发展提供多维阐释的可能性。同时,本书也是在我十余年的本科和研究生教学过程中以教研相长的方式所获得的一些收获,其也将作为教材为更多的学子开启儿童文学的美妙世界。

---

① 刘绪源:《儿童文学的三大母题》,华东师范大学出版社2009年版,第64页。

目　　录

第一章　本体论 …………………………………………………（1）
　第一节　儿童观作为本体论起点 ………………………………（1）
　第二节　思想性作为本体论核心 ………………………………（14）
　第三节　原创性作为本体论方式 ………………………………（16）
　第四节　传承性作为本体论未来 ………………………………（18）

第二章　主题论 …………………………………………………（20）
　第一节　启蒙教育主题的生成与演变 …………………………（20）
　第二节　青春成长主题的确立与新质 …………………………（24）
　第三节　苦难新生主题的建构与更迭 …………………………（31）

第三章　文体论 …………………………………………………（42）
　第一节　儿童小说的个案与共识 ………………………………（42）
　第二节　童话文体的固守与创新 ………………………………（62）
　第三节　儿童电影的阻碍与突围 ………………………………（83）
　第四节　科幻文学的高蹈与热闹 ………………………………（101）

第四章　地域论 …………………………………………………（120）
　第一节　母题孕育的悲情体验 …………………………………（120）
　第二节　主题生成的"崇高感" …………………………………（136）

第三节 "成长的崇高"叙事 …………………………………（146）
第四节 东北儿童文学的独特个性 …………………………（158）

第五章 出版传播论 ……………………………………………（168）
第一节 纸媒童书的新生路径 ………………………………（168）
第二节 传播方式及效果呈现 ………………………………（176）
第三节 共谋出版的多元方式 ………………………………（181）

参考文献 ……………………………………………………………（190）

后记 儿童文学"微"言论 ……………………………………（199）

第一章 本体论

中国儿童文学的理论本体必须要从鲁迅谈起，因为儿童是鲁迅构建中国现代启蒙教育观的着力点，也是其开掘文学叙述新范式的炼金石。从《狂人日记》中的"救救孩子"到《我们现在怎样做父亲》中的"以孩子为本位"；从翻译有岛武郎的《阿末的死》中对弱小孩童的怜悯到翻译契诃夫的《坏孩子》中对顽劣孩子的批判，鲁迅在创作与翻译两个层面始终把儿童看作民族觉醒与复兴的关键，其也成了中国儿童文学理论的奠基人。因此，我对中国儿童文学理论的本体研究，也必须从鲁迅的儿童观这个理论起点入手。

第一节 儿童观作为本体论起点

鲁迅的儿童文学创作较少，只有寥寥数篇，但创作只是其一，其还有一个时常被人忽略的儿童文学方向，即翻译，从翻译凡尔纳的科幻小说到爱罗先珂的童话再到契诃夫的批判现实主义，在相对大量的儿童文学翻译中，鲁迅也把自己的启蒙主义心态融入其中。创作和翻译成为鲁迅儿童文学版图中的两个阵地，相辅相成地构建出了其完整的、不断演变着的儿童文学启蒙心态与叙述范式。

一 "经以科学，纬以人情"的教育论启蒙叙述范式的发轫与延续

1920年秋，郑振铎在起草文学研究会会章时便明确提出"本会

以研究介绍世界文学、整理中国旧文学、创造新文学为宗旨"①。换言之，无论是文学革命前的准备期还是五四期间，对外国文学的翻译和介绍都是中国现代文学的重要来源之一。除去《戛剑生杂记》《自题小像》等旧体诗文外，鲁迅的文学历程应是从翻译开始的。1903年10月，鲁迅翻译了法国作家儒勒·凡尔纳的科幻小说《月界旅行》并由东京进化社出版；1903年12月，其又翻译了凡尔纳的另一部科幻小说《地底旅行》的前两回，至1906年3月全书译毕后由南京启新书局出版；1905年春，鲁迅翻译了美国作家路易斯·托伦的科幻小说《造人术》，发表于上海《女子世界》该年第四、五期合刊。这三部翻译作品均为科幻小说，也是鲁迅儿童文学翻译的第一个阶段（1903—1918年）。

正如鲁迅评价凡尔纳等的"科学小说"时说的那样，"必能于不知不觉间，获一斑之智识，破遗传之迷信，改良思想，补助文明"②，他翻译科幻小说的初衷不言自明，这是鲁迅以"科学"做民智启蒙的最初尝试。科学与幻想是科幻小说的两个维度，"盖胪陈科学，常人厌之，阅不终篇，辄欲睡去……惟假小说之能力，被优孟之衣冠，则虽析理谭玄，亦能浸淫脑筋，不生厌倦"③，鲁迅希冀通过这种"能津津然"的小说使正"沉沦黑狱，耳窒目朦"的"纤儿俗子"获取一定的科学知识，进而达到"导中国人群以进行"的启蒙教育目的，"经以科学，纬以人情"④的启蒙叙述范式就此发轫，简言之，科学也好、思想也罢，还是需要通过文学这种"去庄而谐"的

---

① 仲源：《文学研究会（资料）》，《新文学史料》1979年第3期。原文《文学研究会简章》发表于《小说月报》1921年1月10日第12卷第1号。
② 鲁迅：《译文序跋集·〈月界旅行〉辨言》，载《鲁迅全集》第十卷，人民文学出版社2005年版，第164页。
③ 鲁迅：《译文序跋集·〈月界旅行〉辨言》，载《鲁迅全集》第十卷，人民文学出版社2005年版，第164页。
④ 鲁迅：《译文序跋集·〈月界旅行〉辨言》，载《鲁迅全集》第十卷，人民文学出版社2005年版，第163页。

载体才能更好地发蒙、开启民智，正如鲁迅于1907年发文所言："科学者，神圣之光，照世界者也，可以遏末流而生感动。时泰，则为人性之光；时危，则由其灵感，生整理者如加尔诺，生强者强于拿坡仑之战将云。"①可以说，科学与文学之人性、文学与启蒙教育的关联在鲁迅的文学创作之初就建立起来了。这与鲁迅在稍早时的《自题小像》中所表露的启蒙宏愿是一致的，只不过是通过翻译科幻小说以一种更加委婉、"超俗"的方式进行了具体的实践。

随后，1908年《文化偏至论》和《破恶声论》中"立人"和"白心"思想的提出，1913年第一篇小说《怀旧》的发表，鲁迅的启蒙教育对象开始越来越集中在青年和儿童的身上。特别是这篇被人或视而不见或嗤之以鼻的文言小说《怀旧》，可以说是鲁迅的第一篇原创儿童小说，以一个九岁孩童的视角观摩了辛亥革命时滑稽无知的封建统治阶级和愚昧麻木的底层民众，这与"改良思想、补助文明"的科幻小说翻译是异曲同工的，翻译在呈现科学的未来，而创作则在揭露糜烂的当下，鲁迅对儿童的启蒙教育是双管齐下的。与此同时，鲁迅于1913—1914年先后翻译了日本上野阳一的《艺术玩赏之教育》《社会教育与趣味》《儿童之好奇心》和高岛平三郎的《儿童观念界之研究》等论文，且不论这些异邦文字到底对鲁迅产生了多少影响，但至少可以证明鲁迅此时对儿童、儿童美育、儿童心理学的高度重视，"儿童"在此成为鲁迅启蒙教育思想中最为至关重要的一环。至1918年《新青年》改组，鲁迅加入编辑队伍，随后《新青年》便开始关注儿童教育问题并指出"儿童文学"是"儿童教育问题之一"，鲁迅的用文学来教育儿童的启蒙主义思想和文学叙述范式越发成熟了，无论是外国科幻小说的翻译，还是中国儿童小说的原创，鲁迅在这一阶段的"译以致用""重人生，重教育"的

---

① 鲁迅：《坟·科学史教篇》，载《鲁迅全集》第一卷，人民文学出版社2005年版，第35页。

教育论儿童观都在引领着后世中国儿童文学的发展方向。

鲁迅的教育论儿童观所呈现的启蒙心态与叙述范式的延续主要体现在两方面。一是用科幻小说来启蒙教育儿童,鲁迅既提早扬起了五四两面旗帜之一的"科学",也为中国科学文艺的发展拉开了序幕。在鲁迅的方向引领下,茅盾和陶行知为中国科学文艺树立了门庭,茅盾侧重翻译和编写科学文艺读物,比如译自英国科幻小说作家威尔斯《巨鸟岛》的《三百年后孵化之卵》(连载于《学生杂志》1917年1月至4月);陶行知则侧重各种科学文艺的原创,比如科学家传略系列、儿童科学实验系列等,正如陶行知所言:"你们知道现在是一个科学的世界。科学的世界里应该有一个科学的中国。科学的中国要谁去创造呢?要小孩子去创造!等到中国的孩子都成了科学的孩子,那时候,我们中国便自然而然的变为科学的中国了。"① 可见,这些中国现代儿童文学和儿童教育的先驱们是多么看重科学在儿童启蒙教育中的作用。之后,20世纪30年代的董纯才和40年代的高士其对科学文艺思想性和艺术性的加强,使得科学文艺作品在对儿童普及科学知识的同时,更为关注艺术表达和思想深度。"科学"因素在儿童文学中不论如何发展,其终极目的永远是对儿童进行启蒙教育,这便是鲁迅早在20世纪初便确立的启蒙心态与叙述范式,而当下的中国足以证明鲁迅"导中国人群以进行,必自科学小说始"的预见性和有效性了。二是以儿童文学行儿童教育之功,鲁迅的儿童文学启蒙教育叙述范式影响和规范了中国儿童文学的发展方向。鲁迅的这种儿童文学实用主义教育观经由杜威思想的加持,在中国现当代儿童文学近一个世纪的发展中从未缺席,五四时期的启蒙性、革命战争时期的大众性、"十七年"时期的政治功利性,至20世纪80年代初,经过了鲁兵"儿童文学是教育儿童的文学"等的极端化表达与学界的激烈论战后,教育功能成为儿童文学的核心

---

① 陶行知:《陶行知和儿童文学》,少年儿童出版社1990年版,第214页。

功能之一并延续至今。

鲁迅的启蒙心态和叙述范式虽然经历了变化，可他对"科学"的启蒙效果和儿童文学的教育功用始终保持一种执着，1930年鲁迅又翻译了日本刈米达夫的《药用植物》，发表于《自然界》月刊第五卷第九、十期，后收入1936年商务印书馆出版的《药用植物及其他》一书，并被列为"中学生自然研究丛书"之一，作为儿童科普读物向中学生介绍中医药文化，可见鲁迅的这份坚守。可以说，鲁迅在20世纪初对科幻小说这类外国儿童文学读物的翻译促发了中国现代儿童文学的诞生，"晚清出现的小说翻译热潮，对实现整个社会的文学观从传统向现代的转变起了巨大作用。而确立以叙事性小说为核心的现代文学观，则为中国儿童文学的日后诞生作了准备工作，因为儿童文学是故事文学即叙事文学"①。鲁迅就此为中国儿童文学的现代发生和叙事范式的确立开先河、奠基础、定方向。

二 "以孩子为本位"的进化论启蒙心态下的儿童文学创作与翻译

鲁迅的启蒙心态与叙述范式并不是一成不变的，因为他熟谙变化之道和变通之理，在不同的时代和文化背景下，鲁迅的启蒙心态也会随之调整，并同时影响着他的儿童文学创作与翻译，而标志着鲁迅从教育论儿童观转向进化论儿童观的便是他在1919年11月1日《新青年》第6卷第6号上发表的《我们现在怎样做父亲》，他在文中正式提出了自己的五四儿童观："往昔的欧人对于孩子的误解，是以为成人的预备，中国人的误解，是以为缩小的成人。直到近来，经过许多学者的研究，才知道孩子的世界，与成人截然不同；倘不先行理解，一味蛮做，便大碍于孩子的发达，所以一切设施，都应该以孩子为本位。"② 并且他坚信儿童作为后起者"总比以前更有意

---

① 朱自强：《中国儿童文学与现代化进程》，浙江少年儿童出版社2000年版，第102页。
② 鲁迅：《坟·我们现在怎样做父亲》，载《鲁迅全集》第一卷，人民文学出版社2005年版，第140页。

义，更近完全，因此也更有价值，更可宝贵"①。这就是鲁迅第二阶段的启蒙主义儿童观，即以进化论为基础提出的"以儿童为本位"。

在鲁迅的教育论儿童观中，儿童文学的翻译与原创只是一种外在的叙述手段，这种出于"立人"和"白心"思想的启蒙心态中更多的还是鲁迅对自我精神需求的投射，换言之，鲁迅是在用儿童文学的翻译和创作做一次实验，去验证自己启蒙手段的可行性和有效性，我们不否认鲁迅此时的"大我"理想，但在前途未卜的晚清民国时代，鲁迅的教育论儿童观还是有着显而易见的实用性和功利性，他的重心不全在儿童。而当五四浪潮真正袭来时，经历了思想沉潜后的鲁迅终于在进化论儿童观中把启蒙的重心真正地放在了儿童的身上，才真正俯下身子站在儿童的视角去揣摩儿童的心理和需求，才真正思考儿童对于民族未来的意义。此时，鲁迅明确认识到在"中国的旧见解"中，"本位应在幼者，却反在长者；置重应在将来，却反在过去"②。"时势既有改变，生活也必须进化；所以后起的人物，一定尤异于前"③，鲁迅希望用进化论儿童观攻破封建传统思想的底线、撕破封建统治阶级的遮羞布，让"将来的生命，去上那发展的长途"④。相比于教育论儿童观，进化论儿童观的教育功利性明显被弱化，其不再是站在成人的视角去规范、引导儿童的成长，而是立身于儿童的视角，凸显儿童性，虽"同归"却"殊途"，对这一阶段（1919—1927年）鲁迅儿童文学的创作和翻译也显现出了非同一般的影响。

---

① 鲁迅：《坟·我们现在怎样做父亲》，载《鲁迅全集》第一卷，人民文学出版社2005年版，第137页。

② 鲁迅：《坟·我们现在怎样做父亲》，载《鲁迅全集》第一卷，人民文学出版社2005年版，第137页。

③ 鲁迅：《坟·我们现在怎样做父亲》，载《鲁迅全集》第一卷，人民文学出版社2005年版，第141页。

④ 鲁迅：《坟·我们现在怎样做父亲》，载《鲁迅全集》第一卷，人民文学出版社2005年版，第138页。

就创作而言，鲁迅在这一阶段写出了很多反映儿童生活、彰显儿童情趣、追怀童年记忆的作品，比如《故乡》（1921年1月）、《兔和猫》（1922年10月）、《鸭的喜剧》（1922年10月）、《社戏》（1922年10月）、《风筝》（1925年1月）、《阿长与山海经》（1926年3月）、《五猖会》（1926年5月）、《从百草园到三味书屋》（1926年9月），这些作品是否专为儿童所作是无从考证的，但鲁迅此时写"儿童"是必然"以孩子为本位"的，故将这些作品划归儿童文学之属并无牵强，甚至这些作品有很多被纳入了中小学语文教材。就翻译而言，鲁迅此阶段翻译了大量儿童文学作品，包括《爱罗先珂童话集》（1922年7月由商务印书馆印行，其中有九篇为鲁迅所译）、《现代日本小说集》（1923年6月由商务印书馆出版，其中由鲁迅翻译的有岛武郎的《阿末的死》、江口涣的《峡谷的夜》、菊池宽的《三浦右卫门的最后》和《复仇的话》均可视为儿童小说）、爱罗先珂的童话剧《桃色的云》（1923年7月由北京新潮社印行）、荷兰作家望·蔼覃的童话《小约翰》（1927年5月完稿，1928年1月由未名社出版），这些翻译作品与同时期的原创作品一道构建起了鲁迅在进化论儿童观引领下的启蒙心态和叙述范式，即为童心正名、为弱小代言、为将来呐喊。

首先是为童心正名。正如鲁迅在《〈爱罗先珂童话集〉序》中所言："我觉得作者所要叫彻人间的是无所不爱，然而不得所爱的悲哀，而我所展开他来的是童心的，美的，然而有真实性的梦。……我愿意作者不要出离了这童心的美的梦，而且还要招呼人们进向这梦中，看定了真实的虹"[①]，鲁迅对"美的""童心"的呼唤由此可见一斑，甚至是"依我的主见选译"而有悖"作者的希望"，因为，在爱罗先珂的童话里，"童心"往往是被蒙蔽的，多的是被"狭的笼"

---

① 鲁迅：《译文序跋集·〈爱罗先珂童话集〉序》，载《鲁迅全集》第十卷，人民文学出版社2005年版，第214页。

囚禁的虎、被"池"束缚的"鱼的悲哀"、被腐蚀的"雕的心"……，鲁迅希望冲破这些"悲哀"，但很显然，只有寥寥数篇爱罗先珂的童话还不足以满足鲁迅对"童心"的启蒙表达和叙述需求，"'借他人之酒杯，浇自己的块垒'，虽也痛快，但人心不同如其面，环境的触发，时间的经过，必有种种蕴积的思想，不能得到一种相当的译本，可以发舒的，于是有创作"①，因此，几篇儿童文学原创作品便应时而生了。《故乡》中少年闰土与"我"的无间情谊、《兔和猫》中"我"的爱憎分明、《社戏》中聪明活泼、胆大心细、热情友爱的儿童群像等，特别是《鸭的喜剧》与爱罗先珂童话的"互文"，让读者看到了一个"大孩子"的童心竟然可以排解"在沙漠上似的寂寞"，这就是"童心"的功效，也正是鲁迅对"美的""童心"的礼赞。当鲁迅真正解透了"以孩子为本位"的真意后，他笔下的孩子才显得越发真实起来，这种启蒙心态的变化是显而易见的。

其次是为弱小代言。"欺侮弱者，压迫弱者，取了弱者的力气和智慧，随便给自己用，这似乎是人类自古以来的习惯，因为强者总是私有了弱者们的力气，所以不能真自由，而弱者也就非常之不幸了。"②这便是鲁迅对这个"弱肉强食"的世界的认知，因此，鲁迅的进化论启蒙思想中便有了为弱小代言的精神维度。特别是其在《现代日本小说集》中译介的几篇儿童小说，确能实在地勾起读者对弱小民众尤其是弱小孩童的怜悯和观照，其中尤以《阿末的死》为著。十四岁的女孩阿末"从四月到九月里"接连死去了四位亲人：父亲、二哥、姊姊的独子、弟弟力三。因为给姊姊的独子吃了染有赤痢的胡瓜而导致其惨死，阿末内心的愧疚无以复加，之后母亲和姊姊的怨怼让阿末最终精神崩溃，服毒自尽。在当时的北

---

① 蔡元培：《鲁迅先生全集序》，载《鲁迅全集》第一卷，北京日报出版社2014年版，第1页。
② 鲁迅：《爱罗先珂童话集·雕的心》，载《鲁迅全集》第十二卷，北京日报出版社2014年版，第170页。

海道，阿末一家仅靠一间小小的理发馆为生，是典型的社会底层家庭，阿末服毒后，大哥请的医生四十分钟都没有来，底层弱小民众的生命在医生眼里是多么微不足道，小说结尾处，"阿末便和十四年时短促的生命，成了永诀了"，牌位、高屐子、念珠、雪花意象的陆续叠加，使阿末这个弱小孩童的死更加摇撼人心。阿末的死总是让我想到《祝福》中经历一寡、二寡、失子后走向身心湮灭的祥林嫂，鲁迅的创作总在一定程度上弥补和强化着翻译难以达成的精神缺口，《兔和猫》中的幼兔、《鸭的喜剧》中的蝌蚪……鲁迅对"弱小""幼小"的观照在这些形象上是一目了然的，这在鲁迅的教育论启蒙思想中是难以得见的。

最后是为将来呐喊。"将来"即"幼者"，鲁迅说："因为将来的运命，早在现在决定，故父母的缺点，便是子孙灭亡的伏线，生命的危机。"① 因此，他才要奋力去唤醒"现在"，为"将来"呐喊，为"幼者"服务，这便是进化论启蒙思想的又一种精神维度。在此阶段的儿童文学翻译中，需要被呐喊唤醒的大多是"现在"，即麻木的大多数，比如爱罗先珂童话《狭的笼》中的"痴呆的堆"、《鱼的悲哀》中的"鲤鱼和泥鳅和蛙的堂兄弟们"、《雕的心》中的"僵石似的不动弹"的人们，还有日本儿童小说《峡谷的夜》中"不以为然"的巡警和少年们、《三浦右卫门的最后》中认为"强者杀却弱者，是当然的事情"的民众，等等。正是这些麻木的"现在"，残杀着"将来"的希望。而在同时期的儿童文学创作中，鲁迅基本沿用这样的叙述范式，即以"呐喊"唤醒"麻木"的大多数，但正如蔡元培评价鲁迅的翻译和创作的关系时说的那样，当鲁迅"不能得到一种相当的译本，可以发舒的，于是有创作"，很显然，鲁迅在中国的现实环境中还是发现了日俄文学中没有的另一种可怕的现状，那

---

① 鲁迅：《坟·我们现在怎样做父亲》，载《鲁迅全集》第一卷，人民文学出版社2005年版，第138—139页。

就是"麻木"的少数,比如《故乡》中被封建等级制度磨灭了孩童自然本性的闰土、《风筝》中被封建家长制"虐杀"了儿童天性的弟弟,他们本应是"将来",可现在却都"麻木"了,这便是鲁迅在创作中对翻译的一种补充和强化,以此来激发人们为将来呐喊、为幼者服务的迫切心理。

三 "出身下等"的无产阶级启蒙观与叙述范式的转型

1927 年后,随着鲁迅与梁实秋、后期创造社、太阳社等的交手、交流,他开始慢慢转变自己的精神轴心,到了 1930 年前后,他成为一个马克思主义者,在马克思主义认识论和近代至 20 世纪 30 年代阶级斗争的影响下,鲁迅的进化论儿童观逐渐发展成为阶级论儿童观。他说道:"这回也还是青年教训了我……我相信进化论,以为青年总胜于老人,世间压迫杀戮青年的大概是老人,老人要早死,所以将来总要好些。但是不然,杀戮青年的就是青年,或者告密,或者亲自捕人。过去军阀杀青年,我悲愤过,这回我来不及悲愤,早已吓昏了。我的进化论完全破产!"[①]当鲁迅见识了异常血腥残酷的阶级斗争后,他的思想发生了明显的转变,"现在倘再发那些四平八稳的'救救孩子'似的议论,连我自己听去,也觉得空空洞洞了"[②],这里并不是说鲁迅认为"救救孩子"已经不重要了,而是此时更为重要的任务是拯救整个劳苦大众阶级,只有以这些民众为本位,为这些民众服务,才能全面提升全体国民的素质,那么,对儿童的启蒙教育也就水到渠成了。

在鲁迅的进化论儿童观中,鲁迅自己俯下身子,"以孩子为本位",在这样的启蒙心态下,他的翻译和创作中的叙述范式也便全部围绕着童心、幼小、将来而展开,而在阶级论儿童观中,鲁迅的视

---

① 冯雪峰:《回忆鲁迅》,载《雪峰文集》第 4 卷,人民文学出版社 1957 年版,第 19 页。
② 鲁迅:《而已集·答有恒先生》,载《鲁迅全集》第三卷,人民文学出版社 2005 年版,第 476—477 页。

点由儿童扩展至整个无产阶级，正如其在《〈俄罗斯的童话〉小引》中所言："帝王卿相有家谱，的确证明着他有祖宗；然而穷人以至奴隶没有家谱，却不能成为他并无祖宗的证据。……高尔基出身下等，弄到会看书、会写字、会作文，而且作得好，遇见的上等人又不少，又并不站在上等人的高台上看，于是许多西洋镜就被拆穿了。"[①]"穷人""奴隶""下等人"……这些形象和意象越来越多地出现在了鲁迅的阶级意识中，他的启蒙心态开始转向无产阶级大众的启蒙，而其创作与翻译的叙述范式同步转向革命，虽然这一阶段（1927—1936年）的儿童文学创作和翻译较少，但仍然是鲁迅启蒙主义思想中不可忽视的重要一环。

在儿童文学创作方面，此阶段除了《故事新编》后五篇的神话传说可勉强归入，再无其他，而这几篇神话故事和历史传说虽有"游戏笔墨"的幽默性，也能讨得儿童的阅读欢心，但与阶级论儿童观却相隔甚远，这里便不赘述了，所以，本阶段我们关注的重点在于鲁迅的儿童文学翻译。这一时期的儿童文学翻译基本集中在俄国作品，如班台莱耶夫的儿童小说《表》（1935年7月由生活书店出版）、高尔基的《俄罗斯的童话》（1935年8月由文化生活出版社出版）、契诃夫的《坏孩子和别的奇闻》（1936年由上海联华书局出版，其中的《坏孩子》为儿童小说）等，在这些翻译作品中，我们可以逐渐明晰鲁迅于其中所要呈现的启蒙心态和叙述范式，即无产阶级儿童的先进性、可改造性，这与教育论儿童观和进化论儿童观对儿童的各阶级普适性有明显的区别。

比如鲁迅所译的班台莱耶夫的儿童小说《表》，十一岁的主人公彼蒂加·华来德是个流浪孤儿，一个典型的无产者，为了不被饿死，他求乞过、偷窃过、行骗过，也因此进过拘留所和教养院，但他的

[①] 鲁迅：《译文序跋集·〈俄罗斯的童话〉小引》，载《鲁迅全集》第十卷，人民文学出版社2005年版，第442页。

本性是良善的，当他得知那泰沙就是醉汉库兑耶尔的女儿时，教养院众人对他的感化使他的精神瞬间得到了升华，"彼蒂加觉得，在他脚下的地面好象摇动了起来"。这种灵魂上的震颤让他本性中的同情心再次复苏，他将金表还给了那泰沙，就此真正回归正途。班台莱耶夫"原是流浪儿，后来受了教育，成为出色的作者，且是世界闻名的作者了"①，鲁迅对作者生平的简单概括几乎就是小说《表》的情节复刻，作为无产者，班台莱耶夫深知无产阶级文学的功能，正如鲁迅所言："无产者文学是为了以自己们之力，来解放本阶级并及一切阶级而斗争的一翼，所要的是全般，不是一角的地位。"②鲁迅其实是要借《表》来表达自己的思想，让中国的读者尤其是无产阶级小读者"涵养广博的智识，和高尚的情操"③，磨炼精神以取得阶级斗争的"全般"胜利。关于儿童的被改造，彼蒂加不是唯一一个，鲁迅生命尾声阶段所翻译的契诃夫的《坏孩子和别的奇闻》中的"坏孩子"珂略也是被改造的对象，珂略因为撞见了姐姐和情人的约会而就此开始威胁这对有情人，因此而得到了很多"宝贝"，可随着拉普庚成功求婚安娜，再也不用偷偷约会的有情人一人扯住了珂略的一只耳朵，"他们俩秘密地相爱了这么久，能象在扯住这坏孩子的耳朵的一瞬息中，所感到的那样的幸福，那样的透不过气来的大欢喜，是从来没有的"。珂略的"坏"被改造好了，只不过彼蒂加的转变是主动的，而珂略的转变是被动的。

而在此之前的教育论儿童观和进化论儿童观所引领的儿童文学创作与翻译中，鲁迅笔下的儿童是鲜有转变的，要么是已被封建文化戕害而变成麻木的大多数儿童，他们在鲁迅的教育论启蒙思想中

---

① 鲁迅：《译文序跋集·〈表〉译者的话》，载《鲁迅全集》第十卷，人民文学出版社2005年版，第435页。
② 鲁迅：《二心集·"硬译"与"文学的阶级性"》，载《鲁迅全集》第四卷，人民文学出版社2005年版，第212页。
③ 鲁迅：《译文序跋集·〈表〉译者的话》，载《鲁迅全集》第十卷，人民文学出版社2005年版，第437页。

接受着先行者的教诲和改造，要么是尚未受到封建思想完全侵蚀而仍能保持天真本性的儿童，他们在鲁迅的进化论启蒙思想中为民族的未来保存着希望的火种，即便有如同闰土、"小弟兄"这样变化的形象，可这变化已是儿童与成人的差异了，这便是这两个阶段鲁迅儿童文学创作与翻译的启蒙心态与叙述范式。可在阶级论儿童观中，鲁迅的启蒙心态和叙述范式都发生了变化，在启蒙心态上，他从成人立场和儿童立场转向大众立场；在叙述范式上，虽然仍以儿童形象塑造为叙述核心，但也从固定化转向了可改造性，这正是鲁迅的一种无产阶级意识的"自觉"，"会自觉，能激发，足见那是原有的东西。原有的东西，就遮掩不久"①，可以说，为无产阶级大众发声、启蒙，似乎早已存在于鲁迅的骨血中，只是在一个特定的历史环境中被重新激活了。

鲁迅的儿童文学创作与翻译在启蒙心态和叙述范式上，经历了教育论儿童观、进化论儿童观和阶级论儿童观的演变，虽然在具体的启蒙对象和叙述策略上有所不同，但核心思想是不变的，那便是鲁迅在《呐喊·自序》中所言："凡是愚弱的国民，即使体格如何健全，如何茁壮，也只能做毫无意义的示众的材料和看客，病死多少是不必以为不幸的。所以我们的第一要著，是在改变他们的精神"②，我想直至阶级论儿童观阶段，鲁迅笔下的儿童才真正不再是"示众的材料和看客"，而是有了"精神"的独立个体。鲁迅的儿童文学创作与翻译被提及得较少，显得有些"微不足道"，可我们却能从中发现鲁迅的一条完整的精神线索，一颗不变的"赤子之心"③，"因为希望是在于将来"，所以，鲁迅对儿童的观照也便更有意义了。

---

① 鲁迅：《二心集·"硬译"与"文学的阶级性"》，载《鲁迅全集》第四卷，人民文学出版社2005年版，第206页。

② 鲁迅：《呐喊·自序》，载《鲁迅全集》第一卷，人民文学出版社2005年版，第439页。

③ 鲁迅：《译文序跋集·〈小约翰〉引言》，载《鲁迅全集》第十卷，人民文学出版社2005年版，第282页。

第二节　思想性作为本体论核心

儿童文学以儿童为本位，这个道理在学界已无争议，其是伴随着儿童的发现而逐渐被我们接受和认可的，可我们有时却有意地忽略了中西方对儿童的发现的巨大时代鸿沟。西方对儿童的发现早在人类中世纪晚期就开始了，到17世纪时西方的很多艺术创作都已"发现幼童，即发现幼童的身体，发现幼童的姿态，发现幼童的童言稚语"①。而中国对儿童的发现则要比西方晚了几百年，尽管鲁迅在《我们现在怎样做父亲》一文中指摘了西方旧儿童观的缺陷，但也明确批评了中国旧儿童观的"无知"，因此，缺陷容易弥补，而"无知"则相对难以消除，我想这正是中国儿童文学当下所面对的问题，即在西方，儿童文学已成高原之势，而在中国，儿童文学只是高峰偶现，那么，如何建立和提升中国儿童文学的整体高度呢？

我不赞同纯游戏、娱乐性的儿童文学创作，即便是低幼童书也应有适当和适度的思想性，毕竟幼儿的阅读是需要成人陪伴的，在伴读的过程中，成人也会于其中传递自己的思想。那么，我们又何必在童书创作中疑似"清高"又想当然地回避思想性呢？儿童文学承载思想性，并不是要篡取儿童文学审美性的位置，而是儿童文学本就应该担负起的功能职责，思想性才是中国儿童文学的本体论核心。在20世纪80年代刘厚明老师提出的"导思、染情、益智、添趣"、20世纪90年代蒋风老师的儿童文学八大功能、21世纪后王泉根老师阐释的"以善为美"的儿童文学基本美学特征等理论中，思想性都是儿童文学不可或缺的。无论在哪一个时代，儿童文学都是传承和传播时代主流思想的一种媒介，既把幻想照进现实，又把现

---

① [法] 菲力浦·阿利埃斯：《儿童的世纪：旧制度下的儿童和家庭生活》，沈坚、朱晓罕译，北京大学出版社2013年版，第76页。

实投进幻想。当然，我并不是彻底否定纯游戏、娱乐性的儿童文学，文学还是需要多样性的，但它们就仅仅只是一种游戏、娱乐，中国儿童文学的真正高度并不在它们身上。

那么，有高度的中国儿童文学的思想性都应包含哪些方面呢？首先就是时代主流思想，胡适有言："文学者，随时代而变迁者也。一时代有一时代之文学。"[①] 文学也在进化和发展，今天我们谈当下儿童文学的高度问题，其实就是要在儿童文学创作中或隐或显地呈现新时代主流思想，比如"不断促进人的全面发展"，这既是全体中国人的思想指引，也是儿童文学的艰巨使命，因为儿童文学是中国未来性格的规划者和指引者之一，儿童文学要通过文学审美的方式影响儿童的情感和思想，在精神领域引领儿童健康、全面地发展，是雕刻儿童的重要的思想文本。所以，对新的时代主流思想的呈现既是儿童文学的任务，也是儿童文学的责任。其次是人类的基本精神价值，这一点应是具有普适意义的思想内容，就如保罗·亚哲尔所说：儿童"不仅读着安徒生的童话来享乐，而且也从中领悟到了做人应该具备的条件，以及应该完尽的责任"[②]。这其中的"做人应该具备的条件"和"应该完尽的责任"就是人类的基本精神价值，比如勇敢、善良、勤劳、诚实等人的基本道德品质和热爱和平、保护自然、平等互助等社会人应尽的基本义务。儿童拥有一颗比成人更纯粹的心灵，也因此而更容易葆有人类的基本精神价值，只要儿童文学对其稍加引导，儿童就会对此坚守不移，有时儿童是可以做"成人之父"的。最后是作家的思想理念，儿童文学毕竟是由作家创作的，作家的思想理念也必然会通过这条脉络传输给儿童。作家在创作儿童文学作品时，无论其使用什么样的叙事视角、艺术技巧，也无论其设计了怎样的故事、塑造了怎样的人物，其一定是有一种

---

① 胡适：《文学改良刍议》，《新青年》1917 年第 2 卷第 5 号。
② ［法］保罗·亚哲尔：《书·儿童·成人》，傅林统译，台北：富春文化事业股份有限公司 1998 年版，第 191 页。

先行的理念的,这种思想理念就会在字里行间流露出来,进而影响儿童对作品的阅读和接受。所以,儿童文学作家的责任是非常大的,在创作时应格外小心谨慎,因为,作家们的某些思想理念有时可能会影响儿童的一生。

总之,当下的中国儿童文学尽管已有高峰凸显,但还远未形成高原之势,如果能使中国的儿童文学既是文学的"码头",又是文学的"源头",还能与时俱进地传递思想,那么,中国儿童文学整体高度的提升就是指日可待的。

第三节 原创性作为本体论方式

提升中国儿童文学的高度,另一个值得我们关注的问题就是原创性。中国儿童文学当下的同质性是我们难以视而不见的,尽管我们总是对儿童文学的当下繁荣保有自信和乐观的心态,可是,当我们看多了类似或雷同的故事、人物和技巧后,难道还不能心生警惕吗?中国儿童文学的当下新质到底在哪里呢?其实,中国当代儿童文学的主题、题材、形象等一直都未能脱得中西方成规的束缚和窠臼,比如现实题材中的校园、家庭生活;历史题材中的革命战争内容;等等,至今依然是大部分中国儿童文学反复咀嚼和涂抹的话题,虽然有的作品披上了新时代的外衣,可内核依然没有多少新意。这当然也与我作为儿童文学专业研究者苛刻、挑剔的眼光有关,但最主要的还是因为中国当代儿童文学在原创性上依然未能达到我们的预期。在文学创作与研究领域,我始终坚信我们既要做"文学的码头",又要做"文学的源头","文学的码头"就是"传承性"的问题,我们的优秀作家作品是需要更广泛地传播出去的,而"文学的源头"就是指儿童文学的原创性,那么,如何增强原创性呢?

从文化立场入手重新建立儿童文学的原创性是首要任务。正如前文所说的,要想重建原创性,必须先要克服文化自卑心理,甚至要有一定的文化自负，贾平凹曾说："现在，当我们要面对全部人类，我们要有我们建立在中国文化立场上的独特的制造，这个制造不再只符合中国的需要，而要符合全部人类的需要，也就是说为全部人类的未来发展提供我们的一些经验和想法。"[①] 对中国儿童文学而言，不再模仿和追随西方，而是为他人提供我们的"经验和想法"以供他人模仿和追随，我们的原创性才能达成。另外，当代儿童文学作家应努力摆脱对已有文学资源的依赖和模仿。我们主观上可以不去模仿和借鉴西方，但也不能成为自恋的纳西索斯，模仿自己同样有损原创性。其实，当下生活会给我们提供很多的原创资源，只是我们需要用心去观察和提炼，比如我们不必再去虚假地粉饰太平，而是可以适度地向儿童呈现这个世界的完整性，只要注意适当的思想引导就可以了，在儿童文学相对稀有的表现内容中也许会有更加震撼人心的力量。最后，文学过滤体系也应适度放松对儿童文学创作、出版及发行的控制。儿童文学是有题材禁区的，这一点我并不反对，儿童不比成人，其身体和心智都尚不成熟，对世界的认知还需要成人的引导，但中国强大的文学过滤体系有时也是损害原创性的一个重要原因。"放之"并不等于"任之"，再加上作家本身也是有良知和底线的，国家上层适度放宽儿童文学的题材领域，对重建儿童文学的原创性是会有一定辅助作用的。

　　这已经不是我第一次关注儿童文学的原创性问题了，因为看的作品越多，越容易在同构同质的作品中陷入一种怀疑和沮丧，难道中国当下的儿童文学创作水平就仅限于此吗？当然不是，只要我们努力建立起中国文化立场、作家主观上积极寻求原创资源、政策上对儿童文学创作适度宽松，中国的儿童文学一定会成为"文学的源头"。

---

① 贾平凹：《我们需要有中国文化立场的文学原创性》，《中华读书报》2009年11月4日第3版。

第四节　传承性作为本体论未来

近年来，对优秀传统文化的传承一直是文化领域里的主流思想，可还是有很多人忽略了一个关键问题，那就是传承文化最主要、最重要的载体是文学，如果文学本身不具有传承性，那么文化的传承也只是我们想当然的空中楼阁。我是在高校中从事儿童文学教学与科研的一线教师，在我讲授的儿童文学本科、研究生课程中，有一个奇怪的现象，学生们对西方尤其是20世纪以来的西方经典儿童文学作品耳熟能详，比如詹姆斯·巴里的《彼得潘》、拉格勒芙的《骑鹅旅行记》、梅特林克的《青鸟》，甚至于提到米尔恩、特莱弗斯、萨尔登和托尔金，学生们都能有所回应，可是，每当我提到同时代的中国儿童文学作家时，他们却几乎一无所知。在我的研究视野中，中国作家仇重《歼魔记》的形象生动性、严文井《丁丁的一次奇怪旅行》的思想教育性、金近《红鬼脸壳》的幽默讽刺性等都完全可以与西方经典媲美，可我们的学生为什么根本不了解呢？这是我一直苦苦思考的问题。我想大致有以下几个原因。

首先，是文化自卑心理在作祟。中国近现代的几次"西学东渐"虽在一定程度上辅助了中国文学的现代性生成，可也让我们形成了"东方不如西方""我不如你"的文化自卑心态，这种心态的可怕之处在于其似乎已经成为一种集体无意识深深地根植于中国人的代际传承中，这种心态就让我们先天地以为中国儿童文学是不如西方的，进而也就放弃了对中国儿童文学作家作品的进一步深度观照，又何谈对其美的发现呢？其次，是传播方式的单一化。就以刚刚我所说的20世纪40年代的中西方童话为例，西方童话在依靠纸媒出版获得一定的影响力后，必定会再次以舞台剧、影视剧、图画书等传播方式继续扩大影响力，这就使读者、观众在阅读接受心理上处于一种无缝衔接的"高压"状态，也更容易使读者和作品形成良性的长久的互动，反观中国，那个年代本身就是战争乱世，随后的种种原因使中国儿童文学到20世纪80年代以后才渐入主流，就连作家仇重的失踪都少人问津，其作品又怎能有更丰富的传播通道呢？能做到不在历史中湮灭就是幸运的了。最后，是对游戏精神的提防。尽管中国儿童文学学界早已对游戏精神有过专业的系统阐释，但对于普通读者而言，尤其是家长和教育者，"游戏"总是他们在教育教训孩童的过程中最谨慎、最难启齿的话题，即使不得不提，也在用"寓教于乐""劳逸结合"等冠冕堂皇的理由搪塞孩子和自己。可以说，我此前提及的几部半个多世纪前的优秀中国童话，虽有思想性，但却无一不是游戏精神凸显之作，这样的作品本身就在很多人的"黑名单"中，又怎能顺利地向下传播和传承呢？

可以说，中国儿童文学并非没有好作品，只是在众多主客观原因的影响下被阻断了传承的有效性和成为经典的可能性，要想提升中国儿童文学的高度，我们就必须重视这个问题，因为，当下中国儿童文学出现的那几座"高峰"如果未能解决这些问题，那么，多年以后，我们似乎还是会走回以往的老路，经典作品无法传承，我们的"高度"又在哪里呢？总而言之，当下我们研究中国儿童文学的理论本体，需要从理论的起点、核心、方式和未来等几个角度来进行综合评估，稳固源头、把控核心、创新方式并传承未来，只有这样，中国的儿童文学才有可能形成真正的高原之势。

第二章　主题论

在明晰了当下中国儿童文学理论的本体热点后，接下来要做的工作就是沿着这些理论热点一路探寻下去。本章阐述的问题就与中国儿童文学的思想性直接相关，即中国儿童文学的主题表达。当下的中国儿童文学作家在创作上最大的变化应该就是对文学主题的深化和发展，主题是与时代联结最为紧密的文学要素，时代发展的一丝微小的变化都会迅速地表现在文学的主题表达上，要想透析当下中国儿童文学的新变化、新成就，就要首先明确这些作品在主题上的新变。

第一节　启蒙教育主题的生成与演变

中国现代儿童文学启蒙教育主题的基调自五四确定以后就没有发生太大的变化，始终是以儿童为本位对儿童进行"发蒙"，以唤醒儿童作为独立的人的意识。可以说，这一时期的启蒙教育更加贴合启蒙的本质，就仿佛是黑夜中那撕裂星空的第一缕曙光，带给中国儿童和中国儿童文学的精神财富受用不尽。但是，1949年中华人民共和国成立后的中国当代儿童文学的启蒙教育主题却更加倾向于"教育"二字，虽然每一个时期都有不同的教育内涵表现，但它们无一例外地都把儿童文学作为启蒙教育的工具，甚至是教科书。好在这样的状况持续到改革开放伊始便出现了改观，新时期儿童文学的启蒙教育主题再次随时代发展而产生变化，其运行的轨迹似乎又从"教育"转向了"启蒙"，更加关注儿童自我身份的确认，这是启蒙教育在五四启蒙运动发现儿童以后的又一个重大突破，也是"启蒙"与"教育"不再分而述之的一个新的开始。启蒙是一种思想指导，而教育是启蒙的主要手段，在儿童文学的启蒙教育主题中，二者不能分立。

新时期儿童文学的启蒙教育主题更加倾向于"启蒙"主要有两个原因。第一，同五四前荒漠的文化背景相似，五四前的那段时期新旧政权频繁更迭，战乱四起，政治上层建筑尚且没有建成，而作为意识形态的文化自然不可能被提到当权者的议事日程上来，出现文化空档在所难免。五四运动爆发后，一些有志文人开始对中国大众进行文化启蒙，试图重建中国人的精神家园并取得了相当大的成绩。就儿童文学而言，经历了五四启蒙，儿童被发现了，儿童作为独立的人的意识被确立了，儿童文学也终于区别于成人文学而自立，这也许是五四启蒙运动的最大功绩了。而改革开放伊始，文化启蒙同样势在必行了。在儿童文学领域，1976 年后的中国当代儿童文学便迅速承担起了对儿童进行再次启蒙教育的重担，从头开始，以启蒙来达到儿童对自我身份的重新确认的目的，其文学史价值不可低估。第二，20 世纪 80 年代末的一场关于儿童文学与教育关系的论争对确立儿童文学启蒙教育主题在新时期的内涵起到了重要的推动作用。儿童文学自诞生的那一天起，就与教育发生了"暧昧"关系，而且在长达一个世纪的时间里，二者一直不断地纠缠在一起，"儿童文学教育本质论""儿童文学教育工具论"等都在试图解读它们的关系，但无一例外地出现了偏颇，甚至一度让儿童文学走入了歧途，沦为了教科书。改革开放以后，儿童文学与教育的关系被再次提起并引发了一场不小的学术讨论，如方卫平指出："把'教育作用'当成我们儿童文学观念的基本出发点，在客观上却造成了儿童文学自身文学品格的丧失……对这一儿童文学观念的否定并不意味着对儿童文学教育功能的怀疑"①,刘绪源也认为:"只有以审美作用为中介,文学的教育作用与认识作用才有可能实现……儿童文学要净化儿童的心灵,但这并不等于儿童文学本身是净化过的文学"②,这些学者与陈伯吹的观点针锋相对,但却更加接近儿童文学与教育关系的真相,儿童文学首先是文学,其首要的功能就应该是审美,完成了审美的过程,其"兴、观、群、怨"等其他功能才能表现出来,教育只是儿童文学审美接受过程中的功能之一,而非儿童文学的本质所在。另外,儿童文学虽然对儿童有教育作用,但并不意味着儿童文学就应该是圣贤书,满纸满篇的伦理道德、正义礼法,那与认不清儿童为何物的古代又有什么区别呢?经过这场论争,新时期儿童文学启蒙教育主题的内涵便清晰可见了,那就是通过文学的审美作用对儿童进行启蒙教育,使儿童完成对自我身份的确认,除了健康、乐观、有活力、有个性等正面品格,像幼稚、早恋、早熟、心理疾病等反面品格也都应在自我身份的启蒙之列,这样才会还原一个真正的完整的儿童。

在20世纪90年代以来的儿童文学作家作品中,伍美珍的《阳光姐姐小书房》系列、刘东的《轰然作响的记忆》、薛涛的《白鸟》、饶雪漫的《无怨的青春》、郁秀的《花季·雨季》等都是儿童自我身份确认的优秀之作。所谓儿童自我身份确认,就是指儿童在社会、学校、家庭生活中对自我独立人格的确认,也就是说儿童在现实生活中明确了自己作为一个社会人的各种属性并不断完善自我。这些属性中有好的一面也有坏的一面,但无论好坏,儿童都应正视并努力向积极的方向发展。当然,在他们的自我身份确认中,不光

---

① 方卫平:《近年来儿童文学发展态势之我见——兼与陈伯吹先生商榷》,《百家》1988年第3期。

② 刘绪源:《对一种传统的儿童文学观的批评》,《文心雕虎:儿童文学的奥秘》,少年儿童出版社2004年版,第129页。

都是好的一面，来自社会、家庭等方方面面的影响也让他们的性格出现了一些问题，如冲动、孩子气和早恋、孤僻、不够果敢等，这些身份确认是新时期及21世纪少年儿童们所不能回避的现实。当作家在文学作品中将一个个人物的喜、怒、哀、乐活灵活现地展现在读者面前时，少年儿童作为一个独立人的各种社会属性都会被儿童读者感知，在他们的心中自然会产生认同或不认同等各种想法，那么，通过儿童文学对儿童进行自我身份确认的启蒙就算真正完成了。看似简单的自我身份确认却并非那么简单，其与教育实用有着非常明显的本质区别的，教育实用化是将儿童文学当作对儿童进行教育的工具，甚至是教科书，实现儿童文学的教育功能是其首要任务，而儿童文学之为文学的审美功能则被抛到了九霄云外，这显然是一种本末倒置。新时期以来的儿童文学则不同，文本中对儿童实施教育和教训的内容被彻底摒弃，用儿童对自我身份的确认使主人公与小读者在精神上达到某种契合，最终实现文本审美与读者接受的和谐统一并使读者的心灵世界在审美接受过程中逐渐得到净化和升华，而教育及认识等功能只是作为审美的副产品。如果说教育实用化只是具备了儿童文学启蒙教育主题的外在皮相的话，那儿童对自我身份的确认就深具启蒙教育主题的内在骨相了，通俗地说，就是更加贴近启蒙教育的本质了。

可以说，这些儿童文学文本在"80后"的成长过程中扮演着极为重要的角色，作为其中的一员，我深有体会，每当我们读到这样一部儿童文学作品时，内心的感动、快乐、忧伤等情绪都会随主人公的经历而不时潮涌，甚至于经常会将自己与文本中的某个人物对号入座，让自己成为故事的参与者和亲历者，这其实就是儿童对自我身份的确认，而这种阅读审美效果是此前儿童文学所根本无法达到的。中国儿童文学启蒙教育主题仿佛就是一个圆，从五四时确立的以儿童为本位的"儿童中心论"到新时期以来的儿童对自我身份的确认，最终似乎又回到了原点，回到了五四时期那条起跑线上，但我们知道，不同的时代、不同的文化背景、不同的儿童文学文本，即使在同一条起跑线上，其所担负的历史使命也是不可能完全相同的。也许经过若干年的发展，未来的中国儿童文学的启蒙教育主题还会再次回到五四起跑线上，但那必定将是另外一番情景了，唯有一点是不变的，那就是启蒙教育的内涵，即儿童和儿童文学的独特性与独立性。

第二节　青春成长主题的确立与新质

新时期伊始，中国儿童文学无论是文体内涵还是文本创作都出现了新气象。儿童文学文体通过任大霖、蒋风、王泉根等人的界定和分类已经相当独立与成熟，而文本创作也跟成人文学保持高度同步，出现了伤痕少儿文学、反思少儿文学、通俗少儿文学、先锋少儿文学及后现代少儿文学等诸多思潮，理论与创作都出现了井喷的势头。特别是20世纪80年代中后期至90年代初期，儿童文学启蒙教育主题完成了儿童对自我身份的确认，使儿童明确了其作为独立人的各种社会属性，儿童的主体地位最终得以实现，以青春成长为主题的儿童文学迅速抢滩，成为彰显儿童主体地位和强化儿童独立意识的最重要载体。当文学完成对儿童的启蒙教育时，就意味着儿童具有了自主学习和成长的能力，因此，接下来的成长是最能体现儿童主体意识的重要阶段。只有在成长描写中，读者才能更直观地观察到儿童成长的社会、学校和家庭环境到底对其成长造成了什么影响以及这些影响在其成长中处于一个什么位置，同时，只有在成长描写中，读者才能真切体会到儿童主人公在经历生理与心理两个向度成长时所感受到的那种迷茫、痛苦、绝望、兴奋、期待、快乐等混合的复杂情绪，最后，也只有在成长描写中，读者才能判断出儿童主人公成长的主动性或被动性，因为如果儿童仍处于被动成长阶段，那他就还是一颗被人操控的棋子、一块砧板上任人劈剁的鱼肉，其成长就是虚假的，即使其最终成长为优秀的战士或者英雄，即使其最终成长为合格的接班人或建设者，与其相关的一切也都将是个假命题，因为这样的成长过程违背了儿童的天性和独立的主体意识。另外，也有学者认为1949年中华人民共和国成立至1976年近30年的时间里，中国成长文学中的主人公主体地位已经确立，对此观点我持坚决反对的态度。

在主体地位和主动性成长内涵确立后，新时期以来青春成长主题儿童文学涌现了大量"新人"。这里的"新人"自然是相对于此前的儿童文学"旧人"而言，其包含两方面。一方面是指大批儿童文学新锐作家出世，如薛涛、郁秀、于立极、刘东、饶雪漫、殷健灵、伍美珍、谢倩霓、李东华等，相比于"旧"作家，他们更有活力和魄力，更加尊重儿童的主体地位和成长的独立性与主动性，更加接近甚至寻到了儿童成长的真相。那么，为什么这些新锐作家能够做到这一点呢？简单地说，原因有二：一是这些作家全部都是20世纪60年代后出生并成长于70、80年代的，相对平稳的成长环境让他们更加关注成长的本质而非影响成长的外在因素；二是这些作家与儿童都有着长期而紧密的联系，甚至有的人就是中小学教师，与儿童的深度接触让他们对儿童本性有着比较准确的理解。"新人"的另一方面是指新时期青春成长主题儿童文学中出现了很多典型的"新"人物，如欣兰、谢欣然、蔡一心、苏了了、满山等，这些"新人"不再如"旧人"那样受制于社会、时代及历史，他们的成长完全依照儿童的天性自然发生，尽管有些成长过程因受到某个特殊事件的影响而突然加速或减速，但这完全取决于儿童的自主选择，可以说，这批"新人"才是真正的"儿童"，他们在1976年后集体唱响了一曲充满勃勃生机的"青春之歌"。与此同时，青春成长主题儿童文学出现了一些比较特殊的现象，如先锋探索性儿童小说对主题的淡化等，很显然，这是受到了现代与后现代主义文化渗透影响后产生的结果，尽管这些儿童文学文本对儿童阅读而言有些难度，但向读者呈现了一种另类的青春成长，其同样是我们必须要予以关注的。另外，此时有一部分青春成长主题儿童文学将儿童成长与动物成长相对照，如黑鹤、肖显志等人的作品，别出心裁又有极强的创新意识，以一种全新的叙事视角来展现儿童成长的美，意义非凡。

综上所述，主体地位的确立和成长的独立性与主动性是新时期以来儿童文学青春成长主题的基本内涵和主要特征，如果从哲学高度去分析儿童成长的主动性的话，那应该就是唯物主义生命哲学的核心思想竞争论了。竞争论总结的是生命发生和发展的一般规律，其教导人们认识环境的"残酷"，并通过改进自身去适应和改造世界。新时期以来的青春成长主题儿童文学就是运用这一观点去刻画儿童的主动成长的，这些文本描写他们理智地观察所处环境的各种不利因素并主动改进自身、主动适应和改造世界，最终生成"主体"并完成成长，这种成长对主人公而言更加真实、生动，对读者而言反而比那些充满教训意味的儿童文学具有更强的教育和认识功效，总之，生成了"主体"的儿童成长的文学价值和现实价值都更加凸显了。

20 世纪 70 年代末，中国文化界在经历了"真理标准"的大讨论后一下子清醒了过来，他们发现一味地将国家意志凌驾于个体意志之上并无视个体存在是对人性的极大压抑和损害，"十七年"及那个特殊"十年"时期的儿童形象终是被戴上了"异化"的帽子，儿童文学作家们迅速投身返回正轨的历史潮流中，对为什么会出现这样的"异化"及如何对待个人的主体意识这两个重要问题进行了重估，而重估的原则就是对人性的尊重并重建早在五四时就已经确立的个人主体信仰。那个时候有一部小说非常有影响，它就是英国作家艾捷尔·丽莲·伏尼契（Ethel Lilian Voynich）的《牛虻》，讲述的是大学生亚瑟·勃尔顿从笃信自己的信仰到与教会决裂、从幼稚无知的教徒到成熟老练的革命者的成长历程，亚瑟那敢于打破原有虚假信仰、追求个体解放的精神成为当时中国人反思自我的重要参照物，而第一个在文学创作上做出突破的竟然是儿童文学作品，即刘心武的《班主任》（《人民文学》1977年第11期；中国青年出版社1978年版）。在此之后的中国儿童成长文学便开始了确立儿童主体地位的各种尝试，青春成长主题也由此而呈现出丰富的内涵。

新时期以来青春成长主题儿童文学对"那个个人"的关注，对儿童个性特征的尊崇和开掘使儿童主体地位最终得以确立，青春成长主题也迎来了展现儿童多元个性生成的新时代。如果说中华人民共和国成立后三十年的儿童形象塑造体现的是黑格尔的国家主义理论，即文学创作意识形态化就是国家"绝对精神"主宰的结果，那么，对黑格尔理论进行果断攻伐的则是以齐克果、尼采等人为代表的存在主义理论。存在主义的核心思想就是讨论"人"的存在，而齐克果对"个人"的关注和推崇是最为强烈的，他认为"存在"就是一个人的生活过程，包括自我参与、自由选择和实现自我三个层次。齐克果将国家意识比作群众和群众的力量，认为群众与个人既有联系又有本质区别，"群众是由个人组成的，因此去做每个人当做的——一个个人——必然是在每个个人的能力之内的。没有一个人，绝无任何人是被排拒于成为个人这一行为之外的——除非他已变为群众而将自己排拒于其外"[1]。也就是说，群众是由个人组成，这是二者的联系，但个人必须要有个性特征以使自我区别于群众中的其他人。如果与中华人民共和国成立后三十年的中国儿童文学人物形象相对照的话，那些人物显然就是"群众"的集合体，而非真实的"个人"。"然而拥有力量，影响力，声誉以及人的统御力的并非

---

[1] ［美］W. 考夫曼：《存在主义》，陈鼓应等译，商务印书馆1987年版，第120页。

群众，而是那对人类生命的可厌的区别"①，即"一个个人"。只有"那个个人"才是真实的"人"的存在，才拥有实现自我和改造世界的能力。齐克果甚至还出言否认了"群众"的存在意义，认为"就伦理宗教的观点言，群众是一种虚妄，而把群众迎取得到他（指个人，笔者注）这一边——如果他做此想即是愚弄自己"②。我并不像齐克果那样彻底否认"群众"的存在，那也是不可能被否认的，但其阐释的"那个个人"却是青春成长主题儿童文学确立儿童主体地位的最重要一环，只有凸显了"那个个人"的存在，儿童才会有选择成为他自己的可能性。此后，中国青春成长主题儿童文学便开始了寻找和塑造"那个个人"的奇异旅程。

"那个个人"的寻找和塑造包括前文所提到的自我参与、自由选择和实现自我三个方面，通过对一个人的外在与内在世界的建构来最终实现自我存在的价值，才是真正确立人的主体性。正如一位学者总结存在主义哲学家雅斯贝尔斯的理论时所总结的那样："主体性意指人的理性的自我反思能力，就是真实而完整的内在自我（即价值主体）的重建，以及由此所达到的人的超验的精神自由。"③如果把这个理论用于儿童的青春成长描写，那就是"我的青春我做主"，成长要有一定的主动性、自主性和自由性，从而生成自己的个性特征以区别于其他人并成为自己选择要成为的自己。20世纪80年代以来的中国儿童文学都在做着这样的努力，也因此而为中国儿童文学的人物画廊中增添了很多形形色色、拥有不同个性特征的儿童形象，其中比较重要的代表作品有薛涛的《随蒲公英一起飞的女孩》、于立极的《美丽心灵》、刘东的《轰然作响的记忆》、张国龙的《拐弯的十字街》等，这些作品代表了21世纪中国儿童文学创作的艺术水准，其中绝大多数都与青春成长主题有关，中国儿童文学儿童主体

---

① ［美］W. 考夫曼：《存在主义》，陈鼓应等译，商务印书馆1987年版，第121页。
② ［美］W. 考夫曼：《存在主义》，陈鼓应等译，商务印书馆1987年版，第120页。
③ 樊国宾：《50年成长小说研究》，中国戏剧出版社2003年版，第154页。

地位的确立也终于在这些文本中得以实现。

　　当然，以上只是新时期以来中国儿童文学用以确立儿童主体地位的若干手段中的几个典型代表，却足以让我们窥一斑而知全豹了。通过上述分析，可以对确立了主体地位的儿童形象特征作如下总结：第一，有个性，有主见，绝不人云亦云地盲从和轻信他人；第二，有胆量，有智慧，有问题意识，敢于挑战不良社会现象、错误思想等；第三，有忧患意识，有坚韧、坚强的性格，有在逆境中成长的能力；第四，有现代意识，如民主、法治、科学、创新、责任、服务等。只有具备了这些个性特征的儿童，才算是真正确立了主体地位，但并非要同时具备这些特征，在某一项上比较突出亦可。经过数代作家的艰苦努力，儿童主体地位终于得以确立，青春不再虚伪和虚假，成长也具有了前所未有的主动性、自主性和自由性，这使得青春成长中的儿童更加鲜活、更加生动、更加真实。那么，儿童主体地位的确立为什么会拖延到新时期以后才最终完成呢？第一，从作家角度而言，新时期除了少数老作家仍执着于儿童文学创作之外，基本上都是20世纪五六十年代出生和成长起来的青年作家，如曹文轩、秦文君、常新港、梅子涵、程玮、黄蓓佳、班马、丁阿虎、薛涛、饶雪漫、于立极、刘东等，他们没有经历过战火纷飞的革命年代，因而就不具有坚定的革命文学信仰；他们遭受过那个特殊"十年"的冲击，接受过现代教育，因而对历史抱有一种谨慎的批判态度和清醒的认识，他们更容易接受在80年代纷至沓来的各种内部社会变革和外来文化思潮影响下形成的多元意识形态，从而使他们的思想触角更易深入社会和人的本质世界，那么，他们重新思考"儿童是什么""如何表现儿童"这些实质性的问题就成为顺理成章的事情了。第二，从社会角度而言，伴随着改革开放大潮而来的不仅是中国经济的快速恢复和发展，还有整个社会思想意识的现代化和多元化，中华人民共和国成立后三十年中国社会那整齐划一的思想、言行甚至是人的衣着都早已随历史而去，在这样的社会环境中，人人都有追求个性、表现个性的欲望,特别是到了21世纪,"撞衫"都成为一件十分尴尬的事情,人们对自我个性的彰显达到了一种巅峰状态,因此,儿童文学张扬儿童个性以确立儿童主体地位便是顺应潮流而动了。第三,从描写对象和接受对象儿童而言,新时期以来的儿童有着良好的社会、家庭及教育环境,除特殊情况,他们的成长将会是比较顺利的,马斯洛需求层次理论中的吃、穿、住、用、行及受教育环境等生理和安全需求基本上就不需被给予过多的关注了,而情感、自尊、自信、认知、审美、创造等社交、尊重和自我实现等方面的高层次需求才是儿童文学作家们关注的焦点,这是新时期儿童对作家的一种要求。第四,从哲学角度而言,唯物主义生命哲学的核心思想竞争论总结的是生命发生和发展的一般规律,其教导人们认识环境的"残酷",并通过改进自身去适应和改造世界。新时期确实给儿童成长带来了无数机遇,但同样存在各种挑战,其中最具代表性的就是竞争,竞争可以让人迅速成长,也可以让人萎靡不振,残酷的竞争成为摆在新时期儿童面前的最大难题,描写儿童如何在竞争中去改造自身、改造世界并最终实现自我,便成为新时期儿童小说确立儿童主体地位的重要手段。

总之,中国儿童文学儿童主体地位的确立经历了一段艰难而漫长的时期,让儿童自己去选择他要成为的自己并通过努力去实现自我,在这个确立主体地位的过程中儿童便具备了个性、智慧、胆识、科学、创新等特征,有了主体的儿童便有了自主、自由成长的能力,他们可以不再受成人的摆布和约束,不再受既有社会意识形态的禁锢和侵蚀,他们的青春才是健康多彩的,他们的成长才是真实动人的。中国儿童文学发展至当代,青春成长几乎成为主旋律,除极个别文本,作家们都会在作品中表达自己对青春成长的理解,这使得中国当代儿童文学的青春成长主题呈现出前所未有的丰富内涵。中华人民共和国成立后至1976年的近三十年时间里,儿童文学的青春成长主题集中体现在描写儿童火热青春和革命成长历程的儿童成长小说中，由于这些文本仍处在较强政治意识形态的影响之下，特别是那个特殊"十年"时期对阶级斗争意识的强化致使儿童主人公的青春成长极度缺乏自主性和自由性，他们的成长就像摄像师摆拍的模特，一颦一笑都要受到别人的指使和摆布，因此，这一时期儿童的主体地位还远未确立，青春成长仍包裹在伪装当中。1976 年后，随着思想意识形态的解禁和开放以及各种西方文艺思潮的涌入，儿童文学创作得到了迅速发展，此时的青春成长主题已经开始逐步关注儿童的个性生成和成长的主动性，儿童的主体地位终于得以确立，这才是青春成长主题的真实含义所指。儿童主体地位确立以后，以此为基调的青春成长主题的内涵逐渐丰富起来，如先锋探索性儿童文学对儿童成长环境的解构与建构、人物—动物小说对儿童成长中的本真人性的追寻与表现等，这些作家希望通过儿童文学使儿童的成长更加贴近大自然、更具原生态的意味，这何尝不是一种确立儿童主体地位的超实用手段呢？总之，新时期以来的儿童的青春成长已经不再被动地任人摆弄，而是在遵循人的成长规律的前提之下更为主动地要求成长，未来儿童文学的青春成长主题无论怎样发展，这个中心意旨是不会也不应改变的，千人有千面，儿童文学为读者呈现的将是多姿多彩的青春岁月和各式各样的成长轨迹。

第三节 苦难新生主题的建构与更迭

20 世纪 70 年代中后期以来，中国在精神和物质两方面都迅速发展，在这股浪潮中，很多中国社会的原有规则与格局在悄然发生着变化，比如对劳动力的需求让大量农村人口拥入城市而使城市与农村在相互交融的过程中出现了很多前所未有的问题；优越、丰富的物质与精神生活让当下儿童的身心出现过速成长；这与从前的中国社会有着天壤之别，问题也随之而来，对儿童来说，这种社会极速发展所带来的，除了机遇，也有痛苦。这时的痛苦除了身体上的伤痛，更多的则是心理上的困厄，比如高离婚率导致的单亲儿童的痛苦人生、人口向城市大规模流动造成留守儿童的心理孤寂、城乡及城市阶层间日益巨大的收入差距造成的弱势儿童群体的自卑与自闭以及儿童身心早熟所带来的早恋、自恋等心理问题等都逐渐浮出了水面，可以说，儿童心理上所承受的痛苦要比来自外界的痛苦更易摧残他们的心智，杀人于无形，让人防不胜防。在儿童文学创作方面，20世纪80年代中期以后的作家们也开始顺应时代"由传统的重视外部世界的描写而逐渐向重视内部世界描写的表现手法内向化转化，即由情节见长的儿童小说向注重精神的、心理的儿童小说转化"①。且他们在这方面的尝试更是不遗余力。

在这些描写当代儿童心理困厄的作家中，程玮和于立极是最为旗帜鲜明的，程玮的《少女的红发卡》被命名为少女心理小说，而于立极更是在1998年自创少年心理咨询小说，以一位心理医生的身份与责任对当代儿童的心理疯癫做出疗治，虽然相比程玮这样的叙事高手，于立极的作品在整体上还稍有差距，但有着极大的潜力和上升空间，比如他的《自杀电话》。这篇小说在发表的当年就获得了《儿童文学》年度优秀作品奖，其新鲜的创作样态引起了学界的极大关注，我也曾亲自参与多次于立极作品的研讨会，场面可谓盛况空前。小说的主人公名叫欣兰，她从小热爱舞蹈，却在一次意外车祸中失去了双腿，这对一个花季女孩来说，其内心所承受的痛苦远比肉体痛苦剧烈得多，所以，欣兰自始至终都难以接受现实，自杀的念头会时常左右她的行为，虽然几次付诸行动都被身为心理医生的父亲及时挽回，却仍然无法彻底治好她的"内伤"。就在欣兰想要趁父亲不在而再次结束自己生命的时候，她误接的一个原本是打给她

---

① 周晓波：《当代儿童文学面面观》，湖南少年儿童出版社1999年版，第40页。

父亲寻求心理慰藉的自杀电话彻底改变了她,原来电话那头的男孩因为早恋而导致成绩下滑并遭到周围人的耻笑与白眼,起了自杀的念头,并且吞吃了大量安眠药,眼看事态紧急的欣兰不得不充当起了心理医生的角色,不但耐心倾听男孩的诉说,还在交谈中成功劝解了他轻生的偏执想法,并在最后时刻协助救护人员成功解救了男孩。事情过后,欣兰开始重新思考生命的意义,这次救人的经历让她彻底摆脱了笼罩在心灵深处的痛苦阴影,为了能够更大地实现自我价值,欣兰开通了"小天鹅"心理热线,成为校园男女都特别喜爱的知心姐姐。很显然,于立极已经不再满足于和风细雨润物细无声般在潜移默化中去疗治儿童的心理创伤,那样的效果可能并不明显也有些滞后,所以,他在文本中设置了心理医生的角色,直接面对儿童的各种心理病患,找到病源并解决问题,这样或许有些强暴,却立竿见影。美学家鲁·阿恩海姆曾说:"用艺术来进行治疗,远不应将它作为艺术的一个继子来对待,而可以认为它是一个典范,它有助于使艺术又回到更富有成效的态度上。"[①] 的确是这样的,于立极用文学艺术的手段来疗治儿童的各种心理疯癫与困厄,是在树立一种新的文学典范,也是让文学的功用更加有实效。

除于立极外,另一位大连作家刘东也是利用文学来展示与疗治儿童心理困厄的行家里手,特别是他的《轰然作响的记忆》更是在全国范围内产生了较大反响,并获得了中国作协第六届全国优秀儿童文学奖。采访体小说集《轰然作响的记忆》共包含12个短篇故事,它的读者涵盖面是很广的。这些小说中描写了很多具有心理困厄的儿童形象,比如《沉默》,主人公林榍和宋长威每回去游泳都要拿看泳池的大爷寻开心,可这一次当宋长威溺水沉在池底的时候,任凭林榍如何着急,大爷却依然不相信他。最后,当大爷被说服放

[①] 转引自叶舒宪《文学与治疗》,社会科学文献出版社1999年版,第1页。

了泳池的水后，林樨最不愿看到的事情还是发生了。林樨因为间接造成了宋长威的死而从此变得沉默寡言，小说结尾处这样写道："每当我沉默的时候，就可以更清晰地听见那个老头在我耳边说：如果换了一个人跟我说，也许我早就把水放了。"可以说，宋长威的死彻底改变了从前那个喜欢嬉皮笑脸调侃别人的林樨，让他成长了，变成了一个成熟、稳重而又沉默的人，但他心理上所承受的苦是读者都能感受到的。刘东说过："有时候，人的某些经历就像是一条荆棘常生的路，即使只是用记忆的双脚重新走一遍，也会留下一路血印。"① 的确如此，宋长威的"死亡"留给林樨的是一生都无法忘记的教训，而留给读者的同样是一次心灵上的拷问。刘东的《轰然作响的记忆》向读者展示了很多"埋藏在主人公内心深处不愿触及，也无法向人倾诉的一段发生在上中学的时候'最刻骨铭心最振聋发聩的记忆，让读者体验最多的不是欢笑，而更可能是叹息，是哭泣，是呐喊，是沉默'"②。作家的"目的是为了给那些正身处花季岁月中的中学生们提供一种借鉴，让他们多享受阳光和鲜花，少一些挫折，少走一些弯路"③。这恰恰是刘东用以疗治儿童心理疯癫与困厄的有效手段。

阿恩海姆在《作为治疗手段的艺术》一文中指出："将艺术作为一种治病救人的实用手段并不是出自艺术本身的要求，而是源于病人的需要，源于陷于困境之中的人的需要。……于是以一种踌躇犹豫和半信半疑的态度，尝试用艺术来治疗疾病的人出场了。"④ 当代儿童在极速发展的社会面前出现了各种心理困厄，需求有了，于是，于立极、刘东等作家便出场了，他们所获得的各种奖项和读者对他

---

① 刘东：《轰然作响的记忆》，中国少年儿童出版社2003年版，第21页。
② 刘东：《轰然作响的记忆》，中国少年儿童出版社2003年版，第263页。
③ 刘东：《轰然作响的记忆》，中国少年儿童出版社2003年版，第263页。
④ ［德］阿恩海姆：《作为治疗手段的艺术》，载《艺术心理学新论》，郭小平等译，商务印书馆1996年版，第345页。

们作品的接受都证明了他们的作品确实起到了治疗的功用，真正地重建了儿童破碎的心灵并优化了儿童的内在文化环境，这无疑是痛苦新生主题在当代的最大收获。

痛苦与新生的基本因果关系在当代儿童文学中并没有发生改变，痛苦过后就得有新生，而且新生的几种模式也从现代被延续了下来，相比现代儿童文学，当代文本最大的变化应该就是痛苦的基本形态要更为丰富了。中国现代儿童文学中痛苦的主要来源，即乱世、战争及作家自身的痛苦经历等，归根结底还是中国现代社会动荡不安的政治局面与新旧思想文化的剧烈冲突所导致的痛苦，其表现形态相对单一，如生活拮据、窘迫，沦为童工、童兵、流浪儿，死亡，等等，但到了当代，痛苦的基本形态则变得十分丰富了。这里需要说明的是，痛苦表现形态的丰富并不是因为当代中国社会的政局更为动荡，也不是因为中国人的思想文化意识更为混乱，而是由社会的高速发展所必然滋生的一些问题引起的，这是每一个国家在这个阶段都会面临的问题，中国并非例外。

那么，当代儿童文学中痛苦的基本形态都有哪些呢？首先是死亡，这是痛苦的终极表现形态，当代儿童同样不能幸免，如刘东《沉默》中宋长威意外死亡等，死亡的样式千差万别，但与现代死亡却有着本质不同，现代文本中的死亡主要是外界因素导致，作家大多以此来控诉社会的黑暗与无情，那时的儿童之死多多少少透出些信仰的光芒，而当代文本中的死亡则更多的是来自儿童"内宇宙"与"外宇宙"的共同作用，此时的死亡对生命意义与尊严的彰显更加强烈，就死亡观而言，明显属于个人之死。其次是残缺，这是当代儿童痛苦的重要表现形态，其样式也是多样的，如儿童由于先天或后天原因导致的身体残缺、心理残缺；家庭残缺不全或情感缺失等，这些无疑都是当代儿童成长路上的强大敌人，一旦无法战胜，很可能就将面对死亡。于立极《自杀电话》中的欣兰等都是残缺的受难者。再次是叛逆、孤寂、暴力等，这些显然是当儿童的"青春期"遭遇到社会的"更年期"时必然会出现的痛苦形态。特别是正处于"青春期"的儿童,身体中暴增的两性荷尔蒙很容易使他们在面对"劫难"时出于自保而走向无法回头的另一个极端。最后是早恋、自恋、自虐、自杀等,这些显然都是儿童身心早熟后所要经历和遭受的痛苦形态。优越和丰富的物质与精神生活让当代儿童的成长、发育要明显快于从前,很多儿童的性成熟时间要比正常值提前好几年,但中国社会的整体伦理氛围却尚未接受这一现实,所以,每当有儿童冒天下之大不韪而偷尝了早恋的禁果后,整个社会(包括家长、学校、老师、同学等)都会与他为敌,可以试想,在这样的千夫所指下,儿童本不成熟的心理又怎堪如此重压呢？出现各种各样的心理问题也就在所难免了。另外,随着儿童早熟到来的是儿童对自我身份的确认与对自我评价的关注,也就是说,此时的儿童特别看重外界对自己的看法,因此,敏感的他们甚至会因为脸上的一颗痣而对自己不满,以至于产生自虐、自暴自弃的悲观想法,痛苦也就如影随形了。当然,当代儿童文学中的痛苦形态还有很多,因大多流于个别,这里就不再赘述了,总而言之,这些痛苦还是与社会发展有关,并且伴随社会的高速前进,新的痛苦形态也会随之出现,儿童文学作家们有义务、有责任将其及时呈现给读者。

　　痛苦过去了,新生也就不会远了。当代儿童文学中的新生也有两种主要模式,即文本中的主人公在痛苦过后迎来新生或对文本中的其他人物产生新生影响；文本中人物的痛苦与新生对接受读者产生新生影响,特别是由于当代国人的文化素质普遍提高,第二种新生影响早已不像现代社会那样容易出现中断,读者与人物、作家与读者之间极易产生心理共鸣。那么,儿童文学痛苦新生主题的美学意义又有哪些呢？

　　从现代到当代,痛苦新生主题一直游弋于儿童文学文本中,与启蒙教育主题、青春成长主题鼎足而立,成为中国儿童文学最为重要的三大主题之一，特别是当痛苦过后迎来新生之时，痛苦也具有了大美，因为痛苦可以让读者体味人生中的喜怒哀乐、酸甜苦辣，且痛苦并不意味着毁灭，那种苦尽甘来的希望与体悟才是痛苦美的核心所在。正如《论语·阳货》中所说："《诗》可以兴，可以观，可以群，可以怨"，中国儿童文学的痛苦新生主题也在一定程度上承担着使文本发挥"兴、观、群、怨"功用的使命。在痛苦叙事中，读者会被主人公的遭遇打动，使读者情感激动，从而影响到读者的思想和意志；痛苦可以反映社会现实，使读者在主人公的受难过程中认识到社会文化、习俗等的盛衰与政治、决策等的得失；痛苦可以促进读者与人物、作家与读者、读者与读者间的感情交流，使读者能够在别人的痛苦中找到可以吸取的教训与借鉴的经验，从而提高自己规避痛苦风险的能力；痛苦还可以充分表达作家与读者对现实的不满与批评，抒发怨情。总之，能够发挥这些文学功用的痛苦新生主题，其美学意义也必定是非常丰富的。

首先，痛苦新生主题能够影响读者的心志，具有震撼人心的美学力量。在中国儿童文学向读者展示的众多痛苦中，有的如溪水涓流般慢慢煎熬读者的情感，有的则如滔滔江水般直接冲击读者的神经，但不论是哪一种痛苦，都先天地被人排斥和厌恶，没有人喜欢痛苦，也没有人愿意亲身尝试痛苦的滋味，但痛苦却如幽灵一样围绕在中国儿童文学中的那些主人公身边，让读者观之恐惧、思之怜悯、论之无奈，常常拥有夺人心志、震撼心灵的力量。为什么呢？从心理学的角度而言，每个人对自己尚未认识之事都有好奇心理，而对自己不愿经历之事都有排斥心理，有时越好奇则越排斥，越排斥则越好奇，痛苦就是这样让人既好奇又排斥的事物，因此当读者忍耐不住好奇心而揭开痛苦的面纱时，就会产生如此大的心理波动。另外，痛苦本身就力量非凡，比如死亡，现代儿童文学中的儿童死亡属于信仰之死，更多表现的是儿童为国家、民族、集体、革命与道义而死，死得重于泰山，而当代儿童文学中的儿童死亡已经渐渐褪去信仰的光芒，不再动不动就上升到英雄主义的高度和附会到国民根性的劣度，更多表现的是儿童的个人化死亡，这种洗尽铅华的本源与真实往往会更加震撼人心，死亡有时也是一种美的显现，而死亡作为痛苦的终极表现形式，也使痛苦具有了深沉的美学意义。痛苦实际上也有信仰与个人之分，其与死亡在不同时代儿童文学文本中的呈现是一致的，特别是在当代这样一个和平年代里，痛苦便显得弥足珍贵了。其实，当一条鲜活的生命在你面前陨落或受到伤害时，无论其承受的是哪一种类型的痛苦，都没有人会无动于衷，这就是痛苦的力量。

其次，痛苦新生主题可以反映社会生活的两面，具有洞察是非的美学意义。在中国儿童文学中，凡是有痛苦新生主题的文本，其叙事内容必定是最贴近社会现实生活的，这从中国儿童文学中的痛苦来源就可以略窥一二，比如现代，痛苦主要来自频繁更迭的乱世政权、难以计数的非正义战争以及新旧思想文化的激烈冲突等，而当代的痛苦则主要来自社会的极速发展以及儿童自身的心理困厄等，从这些痛苦根源来看，无一例外地都在反映着社会发展中存在的问题，既有社会文化、习俗、伦理纲常等的盛衰，也有社会政治、法律、决策等的得失，读者在阅读主人公的痛苦人生时，不可避免地会对这些社会问题进行是非判断，与作家的创作意旨达成思想默契与心理共鸣。比如，抗日战争与解放战争时期，很多儿童文学文本都是以战争为背景，讲述战争中儿童所承受的痛苦，作家如此做的唯一目的就是批判非正义战争的罪恶与血腥以及那些战争发动者的无情与残忍，绝没有哪一位作家会对这样的战争大唱颂歌，是非观一目了然；再如，1976年后的众多儿童文学文本中涌现出大量受苦受难的儿童形象，其目的也是再明显不过的，那也正是作家们表明是非观与抒发怨情的重要载体，所以，痛苦新生主题具有洞察是非的美学意义。另外，如《旧唐书·魏徵传》

所言："夫以铜为镜，可以正衣冠；以古为镜，可以知兴替；以人为镜，可以明得失。"由此可知，中国儿童文学中的痛苦与新生好似一面面可以反映社会问题的镜子，不但可以让普通百姓明辨是非，也可以使当权者由人观己、慎重决策，痛苦新生主题的意义可谓重大。

再次，痛苦新生主题可以促进人与人之间的情感交流，具有增强读者规避痛苦风险能力的美学作用。这里的人与人指的是读者与人物、作家与读者、读者与读者之间的互动影响，文学理论指出，文学创作的整个过程包含四个要素，即世界、作家、文本和读者，只有这四者共同参与、相互作用，一个完整的文学创作才算完成，所以说这四者之间的沟通交流对文本质量的提升至关重要。痛苦新生主题就是沟通四者关系的一座桥梁，一方面，因为每个人的童年时光里都会有快乐，但痛苦却并非所有人的童年都会经历，因此在儿童文学文本中获得痛苦体验是读者增加自身阅历的有效途径，这就很自然地沟通了读者与人物的关系，读者会因主人公的痛苦人生而压抑自己的情感，也会因主人公获得新生而释放自己的情感，一紧一松之间，读者便与人物完成了情感交流，获取了人物的痛苦人生体验，在使自我人生臻于完满的同时提高了自己规避痛苦风险的能力。另一方面，很多儿童文学主人公的痛苦遭遇都是作家虚构创作出来的，也就是说，在人物的痛苦背后还隐藏着作家的主观意图，如控诉旧社会的黑暗腐朽、批判非正义战争的血腥罪恶等，作家借人物来表达自己的这些观点，除了要直抒胸臆外，更多的还是想与读者进行沟通交流，进而影响读者的判断，最终形成良好的社会思想氛围。此外，痛苦新生主题也可以促进读者间的情感交流，尤其是儿童读者，因为他们在读到一个精彩的并能给人留下深刻印象的痛苦故事后，大多数都会选择将其与自己的同学、朋友甚至家长分享，这样的星星之火便可迅速达成燎原之势，让人物的痛苦经历在更多读者当中产生新生影响。

最后，痛苦让儿童主人公的成长更具质感和力度，使成长具有了一种迷人的魅力与悲剧含蓄美。在中国儿童文学中，痛苦几乎是伴随成长而生，尽管痛苦使儿童的成长充满了艰辛、痛苦甚至中途夭折的危险，但经过痛苦锤炼与打磨的成长却要比那些温室花朵的快乐成长更加具有质感和力度，正如曹文轩在《青铜葵花》的封底上所说的那样："少年时，就有一种对痛苦的风度，长大时才可能是一个强者！"① 的确如此，中国儿童文学尤其是当代文本中的痛苦美恰恰就体现在少年儿童在痛苦来临时所怀有的无畏无惧的心态以及战胜痛苦过后那成为或即将成为强者的姿态，这种痛苦美让人感动，更让人难忘，而在痛苦中彰显的正是生命的意义与尊严，因为在痛苦中，生命才会显得更加宝贵、更加让人敬畏。另外，痛苦有如一把锋利的雕刻刀，它在塑造人物坚强性格的同时，必然会给人物带来巨大的伤害，因此，经历痛苦往往就是一场悲剧，但儿童文学独特的性质及其接受读者的特殊性使得其虽是悲剧却不能悲观，还要力争给读者带去战胜痛苦的勇气和新生的希望，悲情而不悲观，中国儿童文学的痛苦新生主题有了一种隐而不发的悲剧含蓄美，而这种情感压抑之后的爆发也必将是相当可观的。

也许有人会问，随着社会的发展和人民幸福指数的提高，在不久的将来，痛苦还会出现在儿童文学文本中吗？答案是肯定的。因为痛苦新生主题有如此丰富的美学意义，其文学价值就永远不会被作家们忽视，只是痛苦与新生的形式也许会随社会发展而发生变化，但其基本的美学意义是不会变的。另外，研究中国儿童文学的学者绝不能夜郎自大、坐井观天，我们必须了解国外同类体裁文学作品的创作概况，也必须要清醒地认识到中国与世界顶尖儿童文学的差距，这样，我们才能在取长补短中不断精进和提升自己的修为，才

---

① 曹文轩:《青铜葵花·封底》，江苏少年儿童出版社 2005 年版。

能逐渐靠近或者最终成为世界级儿童文学大师并创作出可以媲美世界经典的优秀作品。

痛苦是一种客观存在，但也是人类在面对无常生活时所持有的一种主观态度，作家在儿童文学文本中叙写痛苦并不是要靠痛苦来刺激读者的感官、满足作者的表现欲、增加作品的销量等，其主旨在于通过痛苦描写来达到一种新生效果。同痛苦一样，新生既是一种客观存在，也是人类面对痛苦时的一种人生态度。痛苦并不可怕，只要人们拥有战胜痛苦的决心和获得新生的信心，痛苦与新生这对因果就会得以实现。即使人类将逐步进入一个和平、稳定的发展阶段，痛苦也不会销声匿迹，至少死亡这一痛苦的终极表现形态就仍是摆在人类面前的最大难题，所以，儿童文学的痛苦新生主题还将长期存在下去。

总而言之，当下中国儿童文学作家的创作最大的变化，也是最大的成就就在于对新时期以来的儿童文学主题的深化和发展上，这是前一代作家未能做到的，也是新时代赋予这些作家的新历史使命。正如第一章所指出的，思想性是中国儿童文学理论本体的核心，而文学主题则是儿童文学思想性的最根本体现，可以说，当下的中国儿童文学作家是真正地抓住了儿童文学未来发展的命脉，不迷茫、不慌乱、不媚俗、不盲从，这让我对中国儿童文学的未来葆有坚定的美好期待。

第三章　文体论

中国儿童文学的文体是非常多样的，在小说、童话、散文、诗歌、戏剧、科学文艺和图画书几大文体的引领下，又有若干细小的分支文体，从文体透视中国儿童文学在当下的理论发展轨迹同样是一个重要的切入点。本章将从当下中国儿童文学的几个核心文体入手，从作家个案研究的角度出发，以点带面地呈现儿童文学文体研究的理论特征。同时，儿童文学文体也是其理论本体的重要承载物，在儿童文学的各文体中同样存在儿童观、思想性、原创性、传承性等本体问题，因此，文体研究看起来似乎是个案，却能让我们从中发现中国儿童文学理论的丰富发展样态。

第一节　儿童小说的个案与共识

在儿童小说的文体个案研究中，我选择了最熟悉的作家薛涛。薛涛是当下中国儿童小说创作领域中的领军者，也是我关注和研究了近二十年的对象，所以，在研究和阐释当下中国儿童小说的文体特征时，我的首选一定是薛涛，特别是他近年来的重要代表作《孤单的少校》和《砂粒与星尘》。

一　《孤单的少校》的文本特征解析

薛涛的文字从不会让人失望，这部《孤单的少校》也是如此。

小说叙写了一群小学生的日常生活，可这"日常"却极不简单，他们生活在类似于城乡接合部的小镇，既没有城市儿童日复一日的刻板划一，也没有乡村儿童闭塞狭窄的信息眼界，他们是城市的现代性与乡土的传统性融为一体的独特存在。在当下中国儿童文学同质性非常严重的背景下，薛涛的文字就显得弥足珍贵了，他是与众不同的。这让我想到了20世纪30年代东北作家群中的翘楚萧红，萧红偏爱乡镇生活的叙写，她用女童视角观摩了一座小城并抚慰了自身的焦虑，而薛涛的儿童文学创作似乎是对萧红的一种"类似再现"，他的小说中有东北味、有乡土味、有人情味、有文化味，更有一种非常宝贵的最本真的童心味道，那么，这部《孤单的少校》在这五味杂陈中都体现出了哪些特征呢？

（一）游戏性：儿童自然本真的状态

《孤单的少校》写的是小学生的群像，这个年龄段的儿童思维特征是非常复杂的，他们不再是学龄前儿童的纯粹的感性直觉思维，也还未达到中学生的理性逻辑思维程度，而是以童心为主体并夹杂幼稚的理性的思维意识，也就是说，他们的日常生活仍带有较为明显的童心特质，比如观察事物的具象性和易感性、思维活动以想象和幻想为主、真挚自然的情感流露、以自我为中心等，但这些童心特质其实是用来对抗一种秩序，即学校学习的。他们一方面不愿意丢弃自己的童心特权，另一方面又不得不与学校的理性规制相妥协，就如人们常说的那样，一年级的小豆包们自从背上书包走进校园就被套上了一生的夹板，这也许是一种悲哀，但也是人生必经的成长之路，可以说，这个阶段的儿童是非常值得我们关注的，此时的经历可能会影响儿童的一生。很显然，薛涛认识到了这一点，并且在这部作品中用"游戏精神"努力地抗衡和减缓着学校学习生活对儿童本真天性的压制，在同类儿童文学作品中是极为特殊的。

幼教之父福禄贝尔认为："游戏的发生是起于儿童内部发生的纯

真的精神产物。"① 这种"纯真的精神产物"其实就是童心，儿童在童心的支配下所进行的游戏可以让儿童超越理性的规制、排解成长的烦忧、弥补现实的缺失。《孤单的少校》整部小说就是一个巨大的天然的游戏场，故事便是围绕着太阳镇的豆子团和月亮镇的谷子团之间的战争游戏而展开的。薛涛用游戏精神彰显童心本质的第一步就是让羊肠河两岸的孩子们从学校的刻板生活和网络的虚拟世界中走出来，走进最纯粹的自然界，因为自然是最好的呵护童心的温床。在小说中，孩子们"走在林子里，走在河滩上，世界一下子变大了。从前在一间黑屋子里，一条发霉的隧道通向一座座孤城和谷仓。现在敞亮了，山是真山，能挡住你的去路；林子是真林子，里面长着能吃的果子和蘑菇；河是真河，在河边走一遭还能弄湿鞋子"②。作家用毁灭电子游戏厅的强制手段将孩子们抛进了大自然，将他们从虚假的网络游戏带入一个"真"的世界，而孩子们对这个世界的认识也迅速地从"怯生生"到"混熟"，其实，他们的童心在这一刻才被真正唤醒。紧接着作家便任由游戏来辅助儿童的成长，实现游戏的绝妙功能。首先，作家尽可能回避了学校这个理性场域，孩子们的游戏都是在放学后或假期中进行，这就在最大限度上提升了游戏的自由度，让孩子们尽可能不受干扰地恣意舒展童心。当然，这并不是说学校的学习生活会泯灭童心，而是会对童心有所束缚，薛涛也并非完全没有校园生活描写，但都被他以游戏精神进行了巧妙的化解，比如，少校及谷子团成员被校长罚写作业也仅仅被看作对战争失利的惩罚，甚至其间还夹杂了豆子团对少校等人的让人啼笑皆非的营救行动；再如极少会提及的我和乒乓的校园生活，却被突然闯入的银河战队的探测器彻底冲淡了，可以说，薛涛在有意地消解着学校的理性规范对童心的影响，用游戏让童心一次又一次突破

---

① 李燕：《游戏与儿童发展》，浙江教育出版社2008年版，第13页。
② 薛涛：《孤单的少校》，接力出版社2018年版，第8页。

理性的规制，童心被唤醒而又不过分逾矩。其次，作家用游戏排解掉了儿童成长过程中的诸多烦恼、忧愁，让他们于成长的过程中认识世界、认清自我。比如少校，他的姐姐四年前因一次捉迷藏游戏而走失，母亲也因此而精神失常，这成了少校在现实生活中最难以启齿的痛苦，可他与伙伴们所进行的游戏却恰恰能缓解其现实中的焦虑，在忘我的游戏中收获一份难得的快乐。除了儿童，小说中的成人似乎也非常依赖游戏，就如护林员，他对游戏的参与表面上是要实现自己的飞天梦想，可实际上却是要利用自己的飞机在更广阔的天地寻找失踪的小女孩，以完成一种自我救赎，这是成人的精神成长。最后，作家利用游戏中的角色扮演去弥补儿童们现实生活中的某种缺失，这种缺失既有物质的，也有精神的，这也是让儿童如此沉迷于游戏的一个重要原因。比如"我"的国防大学梦和将军梦，这样的梦在现实生活中是不被家人理解和认可的，可在游戏中，"我"在一步步实现着自己的梦想；少校用游戏中的胜利换取了敌方的大本营"木屋"，由此开启了"寻姐之旅"，并最终找到了姐姐失踪的真相，弥补了自己和母亲心中最大的遗憾；等等。可以说，游戏对于这部小说中的所有主人公来说都不可或缺。

在当下的同类儿童文学创作中，能把游戏作为主体来进行叙写，又写得如此深刻的，薛涛绝对算得上第一人。儿童的游戏绝不是我们通常所理解的小儿科，而是辅助儿童成长的有效手段，对于成人来说，这种游戏有时还能唤起我们的儿时记忆，我自己就在阅读小说的过程中恍惚间回忆起了儿时在大院里疯跑、角色扮演过家家的游戏经历，所以，我与小说是有共鸣的，同时我也惊叹于薛涛在这部小说游戏的表面下所隐藏的极具深意的思想性。

（二）思想性：儿童健康成长的密钥

作为儿童文学的理论研究者，我一直以来都不太赞同那种纯娱乐性的儿童文学，那种作品只是娱乐，是儿童阅读中的一种调剂，绝不应成为主流。文学是人学，因此也便让文学具有了人之为人的思想意识和变化多端的个性情感，儿童文学亦如此。儿童文学需要有一定的思想性，但这绝不是简单的思想说教，而是以一种不着痕迹的方式将有用的思想缓和地、有效地输送给儿童，让儿童的"三观"得以健康养成。薛涛小说的思想性从不刻意又略有深度，就如保罗·亚哲尔所说：儿童"不仅读着安徒生的童话来享乐，而且也从中领悟到了做人应该具备的条件，以及应该完尽的责任"[1]。我想薛涛的作品也如安徒生童话一样，要让儿童在阅读的过程中，既享受到游戏的乐趣、童心的本真，又能够体悟到成长的意义和责任，这才是优秀的儿童文学作家、作品所要完成的任务，也是一部作品成为经典并得以传承的必要条件，他的《孤单的少校》做到这一点了。

这部小说的思想性隐藏得极为巧妙，其于字里行间自然地流露出来，如果你想专门地去寻找却又很难发现，不刻意、不做作、不煽情而又让人感悟良多。这些思想的闪光点主要体现在以下几个方面。首先，是对人的认识。羊肠河两岸的男孩们在游戏厅没有被关闭之前几乎都沉迷于那个虚拟的世界里，儿童对自身的认知很简单，他们上学时是一样的学生，下课时是一样的游戏玩家，似乎只是一具具有形体却无个性的"被示众者"。孩子如此，成人也如此，"他们都是一些平淡的人，过惯了平淡的生活，连情绪也是平淡的"[2]。也许，这正是对当下世人生存状态的一种准确概括吧。可当游戏厅被毁后，薛涛让男孩们"活了"，"大街上的男生多起来，就像平时被隐瞒的黑户口在全国人口普查中突然冒出来"[3]。他们在现实的游戏中完成了个性的生成和思想的丰满。比如"我"，"我"一开始只是豆子团中的一个兵，受上校统辖和指挥，可在战争游戏中，"我"逐渐成长、成熟并最终与弟弟乒乓组建了新的队伍——"兄弟连"，

---

[1] [法]保罗·亚哲尔：《书·儿童·成人》，傅林统译，台北：富春文化事业股份有限公司1998年版，第191页。

[2] 薛涛：《孤单的少校》，接力出版社2018年版，第59页。

[3] 薛涛：《孤单的少校》，接力出版社2018年版，第6页。

小说中说道："一只鸟，不属于任何一片树梢，它完全可以选择天空。一片叶子，也不属于树枝，宽阔的大地才是它的归宿。一个人，你也不必依附任何人，你属于你自己。"① 这其实正是"我"形成自我个性、完成自我确认的一个重要表现，因为"我"意识到了自己是一个独立的个体并拥有独立的思想，这种意识的获得并没有受到成人的干预和说教，而是在"我"参与战争游戏的过程中自然而然地取得的，这便是儿童主体意识的生成，就如有学者在总结存在主义哲学家雅斯贝尔斯的理论时所总结的那样："主体性意指人的理性的自我反思能力，就是真实而完整的内在自我（即价值主体）的重建，以及由此所达到的人的超验的精神自由。"② 用这部小说的儿童主人公的言行来说的话，那就是"我的青春我做主"，儿童要有自己的个性特征以区别于他人并成为自己选择要成为的自己，而不是别人安排和塑造的"自己"。其次，是对世界的认识。薛涛在小说中对世界的认识往往与人相关，既有趣又睿智。世界的构建本就离不开人，而薛涛也于小说中表达了自己对人与世界关系的理解。从表层上来看，薛涛在尽力维系着这个世界的原生态，他不希望人类过分干预和破坏我们周围的世界，比如在孩子们的战争游戏中，作家仿佛化身成了那位木讷又睿智的护林员，坚定地保护着森林中的每一棵树，这是他的底线。再如，作品中对城镇生活的轻描淡写、对开发商扩张行为的不满等，都在清晰表达着守护原生态世界的思想。从深层上来看，作家也在与世界的打交道中明悟了很多带有哲学意味的认知，比如"我"和乒乓因为贪玩而积攒了大量的作业，我们拼命写作业时，"笔尖狠狠划过本子，发出沙沙的响声。这声音听起来很像老鼠在天棚跑过发出的动静。都为生存奔走，发出的声音便相似"③。这是多么有趣又恰切的比喻啊，其把孩子们疲于作业时的

---

① 薛涛：《孤单的少校》，接力出版社2018年版，第107页。
② 樊国宾：《50年成长小说研究》，中国戏剧出版社2003年版，第154页。
③ 薛涛：《孤单的少校》，接力出版社2018年版，第137页。

焦急、恐慌与无助等情绪与自然界中的老鼠做类比，如果不是因为作家有一颗通透的自然之心，是不可能做到这一点的。再如，当"我"随着长白狼完成了那次奇幻之旅后，"我"的眼界和心境被打开了，再也不是曾经的与谷子团争得"你死我活"的那"一亩三分地"了，而是更广阔的天地，就像"我"对乒乓说的那样，"你看看世界多大，夜空多大。树屋太小了，装不下人的想象"①。我想这正是世界的广博和奇异给了少年主人公一种启示，人不应被拘于一方小小的天地里，而是在成长的过程中完成对这个世界的探索、研究和保护，并于其中获得更多成长的力量，这才是人与世界的和谐相处之道。最后，是对成长的认识。成长是非常复杂的命题，而作家对成长的认识也是这部小说中隐藏最深的思想，特别是"孤单的少校"的成长给读者的启发最深刻。在少校的成长中，父亲的缺失、姐姐的失踪、母亲的疯癫等给予了他太多的磨难，可少校从未软弱过、放弃过，他与豆子团的战争游戏从一开始就是其精心设计的，因为他的目标非常明确，就是夺得护林员的木屋以探寻姐姐失踪的真相，最后他成功了。成长虽然不易，但只要目标坚定、努力不辍，奇迹也许就会出现。

薛涛在这部小说中所潜藏的思想性其实还有很多，比如他在"小行星与银河"这一部分的第三章"树屋"中对"小"之一字的认识甚至让我感觉到了如同丰子恺对于"渐"、鲁迅对于"节烈"这种简单字词认知的深刻性和哲理性，共鸣良多，深感敬佩。薛涛小说的思想性也许并不能完全被儿童读者理解，但在他们成长的过程中，这些深邃的思想必然能够逐渐开启他们智慧的大门，引领他们更健康地成长。

（三）原创性：儿童精神世界的守望

除了游戏性和思想性，薛涛的小说还有一个非常重要的文本特

---

① 薛涛：《孤单的少校》，接力出版社2018年版，第289页。

征，那就是原创性。从《随蒲公英一起飞的女孩》到《精灵闪现》，从《山海经新传说》再到《孤单的少校》，我进入薛涛的文学世界有十几个年头了，他的每一部作品都那么与众不同，原创性赋予了这些作品更丰富的个性特征和更长久的文学生命力。其实，当下中国儿童文学的原创力并不足，原创资源也似有些枯竭，题材相近、故事雷同、技巧单一、形象千人一面等问题还是比较突出的，有时在阅读作品时都十分担心故事的走向会与自己预想的差不多，可读薛涛的作品却不会有这样的忧虑，特别是这部《孤单的少校》又一次让我在新奇中感悟良多，也让我对作家所构筑出的儿童精神世界有了更深一层的认识和理解，换言之，作家是在用宝贵的原创性来呵护童心、守望儿童的心灵。

《孤单的少校》的原创性相比薛涛此前的作品是没有一丝削弱的，其主要体现在三个方面。首先，是幻想性。按照常理，幻想是童话文体的本质特征，也是幻想文学的基本属性，其本不应出现在这样一部典型的现实主义小说中，可是熟悉薛涛的读者都知道，幻想性一直以来都是其文学原创性的一个重要组成部分，将幻想融于现实以造成时空层次的丰富性、用现实包裹幻想以使幻想不至于脱离现实而过于天马行空，也就是说，薛涛小说中的幻想往往更多表现为现实中人物的一个梦、一次"胡思乱想"。可恰恰是这样的梦，能够引领故事走向一种全新的境界。比如这部小说的结尾部分，长白狼的出现本就奇幻，而之后"我"、护林员和少校在长白狼的带领下解开了姐姐四年前的失踪之谜，长白狼所蜗居的时空仿佛与现实世界并不在一个层次上，可读者读来却觉得那么自然而然、顺理成章，在现实世界中用四年时间都未能破解的谜题竟被这一次奇妙的相遇追本溯源了。看完作品后我也时常在想一个问题，姐姐失踪之谜如果是在现实世界中该怎样去揭开呢？难道再安排一个刑侦破案的噱头？那显然是不符合薛涛的文学风格的，而幻想恰在此时登场并完成了整个故事的升华，空灵飘逸、妙笔生花。其次，是幽默性。这部小说的幽默性主要体现在语言上,"幽默需要童心,幽默呼唤童心的长存。童心呵护幽默,童心本能地要求儿童文学张扬幽默精神与机智的快乐原则"①。薛涛语言的幽默性与他对童心的呵护是相得益彰的,因为童心离不开幽默的滋养。比如,"我"在提及弟弟乒乓总惹事时这样说道:"惹事让人担心,不惹事让人揪心。这个弟弟我都不愿意要了,最好有人把他领养,我愿意出钱。要是有人拐卖,我帮着打掩护,保证人家安全把乒乓拐走。"② 这是多么形象生动、诙谐风趣又童心十足的表达啊,看到这里谁又能不会心一笑呢?再如,有一次"我"骂了乒乓,"二百五、缺心眼儿、丧门星……我妈损我爸的词都给他用上了"③。这样的语言让我浮想联翩又忍俊不禁,其于读者头脑中投射出的画面感是非常强的,但也提高了人们对父母言传身教的警惕性,语言虽幽默却不轻佻。当然,薛涛的文学语言除了幽默性外,也是非常精准的,特别是少校姐姐第一次见长白狼时的描述让我印象极为深刻:"她目瞪口呆了,门缝外不见伙伴们的影子,却'塞着'一条狼。"④ 门缝里看狼,狼自然就成了"一条",而"塞着"二字更是运用得精妙绝伦,其将姐姐看见狼后的那种紧张感、恐惧感、压迫感表现得入木三分。最后,是叙事技巧性。薛涛在他的文学创作中对叙事技巧的使用是很用力的,《孤单的少校》也是如此,特别是悬念的使用尤为突出。这部小说中悬念的运用是非常丰富的,如游戏厅为什么被砸?少校妈妈为什么会疯?姐姐在四年前去了哪里?护林员最终的结局怎样?等等,这些悬念既推动了故事情节不断向前发展,也成为吸引读者(尤其是小读者)的制胜法宝,好奇是童心的基本特征之一,如此扣人心弦的悬念设置又怎么能不激发出儿童的好奇心呢!当然,最让人印象深刻的悬

---

① 王泉根:《高扬儿童文学幽默精神的美学旗帜》,《文艺评论》2000 年第 3 期。
② 薛涛:《孤单的少校》,接力出版社 2018 年版,第 17 页。
③ 薛涛:《孤单的少校》,接力出版社 2018 年版,第 14 页。
④ 薛涛:《孤单的少校》,接力出版社 2018 年版,第 274 页。

念就是护林员的结局，小说以一种奇幻的方式收尾，并未做明确的交代，他也许去了远方重新生活，也许为了少校的姐姐而选择与自己最爱的飞机一起为姐姐殉命以自赎……这个悬念是一种留白，其留给读者无尽的想象，这就是薛涛特色。除了悬念的设置外，这部小说的叙事技巧还有很多，比如倒叙、插叙、顺叙与补叙等的自如穿插、以"我"为主和以其他人物为辅的叙事视角的适度替换、复调主题与复线结构的纯熟运用、东北地域特色的彰显等，这些技巧的使用在儿童文学创作中还是比较少见的。也许有人会质疑，这些复杂的叙事技巧的使用能被儿童读者理解吗？可我想说的是，儿童是不断地成长着的，其审美趣味和能力相比以往的时代也是有长足发展的，不要把孩子想得过于"简单"，他们对于自己同龄人的故事有时比我们成年人看得更加通透。

原创性是作家创作的生命线，可当下中国的很多儿童文学创作者还没有真正或者说还没有能力认识到这一点，商业利益的驱使、快消文化的盛行、崇洋心态的作祟等都在制约着原创力的提升，而薛涛是个特例，他从创作儿童文学的初始就非常重视原创性，这从他这些年来所取得的成绩中就可以看出来。我关注薛涛的儿童文学创作有十五六年的时间了，他的创作成了我儿童文学研究中的重要范本，可单独为薛涛的一部作品写评论，这还是第一次。写到这里，我有一个感触，那就是薛涛的儿童文学创作既可做文学的"码头"，又能做文学的"源头"，"码头"是指文学的传承性，薛涛的作品有思想，哪怕是写孩子们的游戏，其也隐藏着或隐或显的意味，只有这样的作品才具备传承下去的可能性；"源头"则是指文学的原创性，薛涛的创作不保守、常创新，反而成为别人学习的对象，影响了更多儿童文学的后来者。总之，薛涛已成为中国儿童文学的一座高峰。

二 《砂粒与星尘》中关于人与自然的深邃解读

已经很久没有用如此长的时间阅读一部作品，原因是实在有些不敢过早地揭开故事的结局,生怕真相与自己的想象一致,但好在薛涛讲故事的能力足够高,他的故事是很难预料的。《砂粒与星尘》符合薛涛一贯的写作风格,有天马行空的想象,也有掷地有声的单纯,但这部作品又有些与众不同,其对人与自然的思考要更加深邃。故事中的孤独老人砂爷、两个相似的砂粒、孤鹰虎子、公鹅公爵……这些自然万物在这个故事里上演了一部可歌、可颂和可泣的传奇大剧。

(一) 人与自然的关系

关于人与自然关系的思考,古往今来有很多思想家、哲学家都在试图探究其答案,比如中国古代复杂的"天人合一"思想、欧洲中世纪的"人类中心主义",前者偏向"'天'的绝对性和权威性"[1],后者则强调自然是为人类而存在的,两种观点截然相反,却正好代表了人们对这一复杂问题的不同认识,而薛涛于《砂粒与星尘》中所呈现的人与自然的关系却与这两种传统观点均有不同。在薛涛的笔下,人与自然没有绝对的中心,也没有绝对的和谐,更没有绝对的胜者,双方总是在主客体的不断转换中丰富着彼此的内涵。

在《砂粒与星尘》中,薛涛没有简单地遵从人与自然和谐共处的固有思维,也没有过度地凸显自然的伟力与人类的贪婪,而是在乌粮这座渐渐被沙化的小村里小心谨慎地探寻着人与自然之间微妙的博弈关系,读来让人思索良多。一方面,砂爷和乌粮的人们对自然的要求和索取并不多,甚至清简得有些让人吃惊。砂爷仅靠一点在贫瘠的土地上开垦出的玉米、土豆和花生田勉强维持口粮,在他看来:"在乌粮没有'营养不良'这个说法,能活着就赢了。"[2] 可见,乌粮的原住民对自然并非索取无度。另一方面,大自然对生活在乌粮的人类也没有"赶尽杀绝",至少这里还有"人气"。乌粮周

---

[1] 刘立夫:《"天人合一"不能归约为"人与自然和谐相处"》,《哲学研究》2007年第2期。

[2] 薛涛:《砂粒与星尘》,安徽少年儿童出版社2019年版,第67页。

围的沙子已经难以控制，绝大部分百姓都因为沙子的"登堂入室"而不得不迁往外地，可在这样的绝境中，大自然还是给乌粮留下了一条细瘦的小河和一片杂木林，尽管村主任砂爷早成了人类的光杆司令，但只要砂爷在，乌粮就还有人。所以，从这两个角度看，乌粮的人与自然的关系似乎有些暧昧，人类没有穷凶极恶地对待自然，自然也没有肆无忌惮地报复人类，双方似乎只是在不断试探着对方的底线。比如为了阻止沙化，乡政府在沙地边缘种上了樟子松、砂爷在自家门口种上了桦树……人类似乎一直在依靠补给自然的方式来阻止自然的威胁，砂爷"小屋左右两侧各伸出两排桦树栅栏，摆出跟风沙周旋到底的架势"[1]，面对风沙的挑战，人类从来没有真正放弃过；自然也在不断突破着人类的防线，可就在即将战胜人类时，沙子又总是会给乌粮仅剩的人类留下一线生机，这也许才是人与自然关系的真正奥秘，也是薛涛的智慧所在，他看透了人与自然本就一体的本原，人类战胜不了自然，而自然也毁灭不了人类，他们总在一种对立中寻求一条共生之路。

作者的这种自然观让人欣赏，他既不宣扬"人定胜天"的唯意志论，也不对自然持卑微的谄媚态度，而是一切顺其自然又自然而然。砂爷之所以不离开乌粮，是因为根在这里，也因为这里还有一份亲情的等待，而大自然似乎感受到了这份执念，在乌粮陪伴砂爷一同等候，这才是人与自然和谐共生理念的完美呈现。

（二）沙漠动物的想象

在人与自然关系的呈现中，《砂粒与星尘》还有一类非常重要的角色，那就是动物，比如老鹰虎子、公鹅公爵、羊群、孤狼及其带领的草原狼群等，这部作品虽不是动物小说，但因为有了这些动物的参与而让整个故事显得更加丰满，砂爷和砂粒在与自然的博弈中也不再那么孤立无援了。在这些动物角色中，虎子、公爵甚至暂解

---

[1] 薛涛：《砂粒与星尘》，安徽少年儿童出版社2019年版，第24页。

饿狼口腹之欲的羊群都是人类的帮手，而孤狼带领的狼群则是大自然为人类设置的考验，在双方的你死我活中，薛涛精准地透视了动物的本性和心理，在乌粮这个有些与世隔绝的处所演绎出了精彩的动物哲学。

在《砂粒与星尘》中，动物也是主角，"人与动物共同参与故事进程，或者以人的视角看动物表现动物对人类的影响……；或者以动物的视角看人表现人类对动物的影响……；或者人与动物互看、互动、互相影响"①，当然，在这个互看的过程中，薛涛充分尊重了动物的自然天性，但又在此基础上做了奇妙却又合理的想象。首先，作品中的动物没有逾越各自的物种属性，这是保证乌粮自然氛围单纯性和原生态的前提。公鹅强烈的领地意识、羊群的胆小柔弱、孤狼的犬科智慧等，哪怕是已经被鹰把式驯熟的虎子都恪守着动物的本分，这样的呈现提升了作品的真实性和可信性。可以试想，如果作家让动物们于小说中说出了"鸟言兽语"，那整部作品的表现力似乎就被大打折扣了。其次，作家在尊重动物自然属性的基础上，展开了其最具魅力的一面，即动物想象。在作品中，无论是以人的视角看动物，如砂爷、砂粒和沙厂老板看虎子，还是以动物的视角看人，如孤狼看砂爷、砂粒，抑或是动物间的互看，如虎子和孤狼、公爵和虎子，这些视角的相互堆叠让这部作品中的动物们多了一丝人性，薛涛便在这丝人性中展开了对动物心理的有效揣摩，让很多动物主人公形象变得越发生动起来。就拿薛涛着墨较多的公爵来说，它本是一只普通的公鹅，可在虎子的无视和与左边狼的搏斗中被激发出了原始的野性和飞翔的斗志，公爵的心理演变之路被作家刻画得极为精准，虽然一遍遍飞翔练习都失败了，但公爵依靠俯冲之力砸倒新狼王和最后乘着狂风飞上九天的壮举深深地震撼着每一位读者，公鹅的这份不放弃、不抛弃的执着让人感动，而它的行为似乎

---

① 王家勇：《中国儿童小说主题论》，中国社会科学出版社2014年版，第198—199页。

也给了读者更深切的思考，那就是我们在面对逆境时有公爵的这份执念吗？薛涛的这番动物想象也许有些高于生活，却让人类在与动物的对望凝视中去重新、全面认识自己，因为动物身上的某些闪光的动物性正是人类在漫长进化过程中被逐渐泯灭或掩藏的本真人性，虎子、小公羊、孤狼……这些动物形象中无不隐藏着薛涛的这份哲学思考。最后，作品中动物形象的塑造大多较为悲壮，虎子在沙尘暴中只留存了两只鹰爪、公爵在狂风停歇后的结局似乎也好不到哪去，还有狼群于草原沙漠中生存的艰难，其实，这些并非薛涛故意为之，而是一种自然的必然，因为在大自然中，动物与人是平等的，其也要面对大自然的重重考验，这些动物的悲壮时刻恰恰彰显了自然的公平，读者也在这种悲壮氛围里感受到了自然的另一种美。

（三）两个砂粒的隐喻

在人与自然的关系中，薛涛还有一层更深沉的思考和安排，那就是两个砂粒的隐喻。这种情节设置让作品带有了一丝神秘性，也让读者感受到了人与自然之间的相生性。在《砂粒与星尘》中，大自然仿佛就是一面镜子，两个砂粒在这面镜子中照见了真正的"自我"，他们的出走便是要在大自然的历练中将"自我"变得完满。从这一点上来看，薛涛的这部新作是带有突破性意义的，他已经不再局限于一般儿童小说的意义架构，而是从更高的精神层面去观照人的成长。

作品中两个砂粒的出走是一种成长的隐喻，而他们成长的起点则来源于他们对自然的凝视，大砂粒所在的城市秩序无法接纳虎子，因此他带着虎子投身远方；小砂粒所在的城市灯光污染阻碍了观星，因此他带着望远镜走进荒野，他们都在对大自然的凝视中发现了满足自身欲望的可能性，正如拉康的"凝视"概念，"'凝视'不同于一般意义上的'观看'，当我们不只是'观看'，而是在'凝视'的时候，我们同时携带并投射着自己的欲望"[1]。也就是说，两个砂粒

---

[1] 戴锦华：《电影理论与批评》，北京大学出版社2007年版，第185页。

在凝视大自然时，他们都看到了理想中完满的自己和现实中不完满的自己，在这种镜像对照中，他们都生出了想使自己完满的欲望并付诸行动。薛涛的高妙之处在于，两个砂粒并没有停滞于欲望的想象，而是为实现这份欲望努力去实践了，这对于当下人类的某些不切实际的虚妄的空想多少是一种讽刺和警醒。当然，这毕竟是一部儿童文学作品，薛涛在《砂粒与星尘》中还是比较谨慎地处理了砂粒出走以后的问题，即砂粒的三种结局：第一种结局来自八年前出走的大砂粒，他为了虎子和自己的自由走向了辽阔的草原，砂粒自身的欲望得以满足，可他却给父亲砂爷留下了沉重的创伤和漫长的等待，可以说，这个结局虽然是开放的，可依然难以让人轻松；第二种结局来自八年后出走的小砂粒，他为了观看流星雨而展开了一场荒野求生，最终他的欲望也得以满足，但又在砂爷经历的触动下回归了正常生活，这也许是薛涛也是所有读者最乐见的成长；小说中其实还隐藏了砂粒的第三种结局，只不过这些"砂粒"就没有那么幸运了，他们都在出走后付出了生命的代价，砂爷在这八年间痛苦地经历了五个少年"砂粒"的夭折，外人尚且如此痛心，更何况是这些少年的家人呢？死亡是最极致的苦难，薛涛是想用"死亡"来提醒那些将走未走的孩子们，在出走之前你们都准备好了吗？这三种砂粒的结局都是在砂粒对自然的凝视中铺展开来的，只不过有的砂粒赢得了自然的犒赏，有的砂粒却被自然吞噬，在一个砂粒如流星一样消逝时，又会有另一个砂粒走进自然的镜像中，这种循环是永不停歇的，是人与自然之间的一种微妙的平衡。

其实，在这部小说中最早出现的"砂粒"是砂爷，他也在小时候出走又在三年后回归，也许像这样的"砂粒"有千千万，他们就像浩瀚星空中的星尘一样微不足道，"在沙地和草原上，砂粒就是一粒沙。沙地和草原是大海，砂粒是掉进大海的那根针"[1]。可砂爷却

---

[1] 薛涛：《砂粒与星尘》，安徽少年儿童出版社2019年版，第14页。

靠一己之力对抗着大自然挥舞起的风沙，在乌粮这个有念想的地方等待着儿子的归来，砂粒的归期无从得知，但读者却从中看到了一位从小到老都顶天立地的辽北汉子。人与自然的关系是复杂的、微妙的，薛涛在《砂粒与星尘》中给了人们一种与众不同的带有哲学意味的思考。

总而言之，在对薛涛的个案研究中，我依然是围绕着儿童性、思想性、原创性、游戏性等理论本体来展开的，也从一个作家个案入手分析了中国儿童文学的高峰到底是如何通过作品逐渐建构起来的，可以说，"高峰"的出现实属不易。当然，除了薛涛外，近年来特别是2021年至2022年，也有部分儿童小说作家在不断地求新求变，赋予了儿童小说文体不同以往的文体风貌。

三　中国儿童小说的形象"新貌"与主题"新质"

自2021年下半年始，《马兰的孩子》《金珠玛米小扎西》《琴声飞过旷野》《冷湖上的拥抱》《三江源的扎西德勒》等儿童小说相继刊载和出版并在学界引发了广泛关注，这些儿童小说涉及原子弹实验、雪域戍边、抗战求学、石油工业以及生态保护等题材，虽不至包罗万象，却几乎触及了新时代文学所观照的众多核心领域，特别是在儿童形象的塑造和主题内涵的呈现上，这些作品在中国儿童文学既有传统的基础上有了可喜、可贵的新突破。

（一）"新时代"儿童形象中的传统因子

当然，"新突破"是相对于"传统"而言的，这个传统就是"十七年"和"新时期"儿童小说中的儿童形象类型和特征。"十七年"的儿童形象因为异化的实用主义教育观而带有了鲜明的教训性和功利性，大多集中于"少先队"和"革命"儿童形象，罗文应、张嘎、小荣和雨来等都是人们耳熟能详的儿童形象代表，也是几代中国读者心目中的文学典型，可由于时代、历史等原因，这些形象还很难深入儿童的本体特质和心灵深处，儿童的本体地位和自我身份的确认便只能交由"新时期"去完成。

到了"新时期",作家们开始观照儿童"内宇宙"的建构,从70年代末80年代初的"疗伤"到80、90年代对"个人"的关注,儿童小说对儿童形象的塑造渐渐形成了新的特征(前文已有总结,这里不再赘述)。经过数代作家的艰苦努力,儿童主体地位终于得以确立,青春不再虚伪和虚假,成长也具有了前所未有的主动性、自主性和自由性,这使得青春成长中的儿童更加鲜活、生动和真实。"新时期"的这种变化是因为这个时期的作家更容易接受在80年代纷至沓来的各种内部社会变革和外来文化思潮影响下形成的多元意识形态,从而使他们的思想触角更易深入社会和人的本质世界。也因为整个社会思想意识的现代化和多元化所激发的人们追求个性、表现个性的强烈欲望等,有了主体的儿童便有了自主、自由成长的能力,他们可以不再受成人的摆布和约束,不再受既有社会意识形态的禁锢和侵蚀,他们的青春才是健康多彩的,他们的成长才是真实动人的。

而近期的几部儿童小说在儿童形象的塑造上,对"十七年"和"新时期"的某些"旧"传统并未完全舍弃,比如《金珠玛米小扎西》中的戍边英雄小扎西、《琴声飞过旷野》中的革命儿童群像等;"马兰的孩子""三江源的孩子""油田的孩子"等学龄儿童形象等,在儿童形象类型上与以往的传统并无二致,这是中国当代儿童小说最为青睐的"宝贝"。当然,在儿童主体性的确认和凸显上,这几部新作同样"因循"了传统,尽管这个传统并不"旧"。正如存在主义理论家齐克果对那个真实的"个人"的推崇,《琴声飞过旷野》等作品对儿童"个人"的寻找和塑造相比"新时期"是有过之而无不及的,但本质内涵仍然是一致的,那就是通过儿童的自我参与、自由选择和实现自我于外在与内在世界的建构来实现自我存在的价值,从而真正确立人的主体性。其实,这正是几代中国儿童文学作家不断努力的结果,保留这样的传统是有价值、有意义的。

（二）"新时代"儿童形象塑造的新气象

除了对传统的保留外，近期的这几部儿童小说新作在儿童形象塑造上都展示出了一些前所未有的新气象，这也是学界非常关注这几部作品的原因所在。比如《琴声飞过旷野》《金珠玛米小扎西》中儿童主人公身上更接地气的英雄气，《马兰的孩子》《冷湖上的拥抱》中在独特的代际关系里传承的精神气，还有几部作品非常难能可贵地为其中的儿童注入了真正的、真实的孩子气。我从不否认文学的"过去"，是因为"过去"的文学都有其存在的合理性，但我们也必须要承认，近期这几部新作中儿童形象塑造的新貌确实让人耳目一新。

首先，儿童形象的英雄气在儿童本位中更接地气。在以往的"十七年"和"新时期"文学，特别是"十七年"文学中，革命儿童形象比比皆是，他们大多要承担起在新的历史阶段教育教化儿童读者的重任，即以英勇无畏的英雄儿童作为榜样和范本，儿童英雄形象大多是高大的、完美的，这是时代对文学表达的需要。而细致考察近来的几部儿童小说，我们发现了让人惊讶的儿童身上"非同一般"的英雄气，比如徐贵祥的《琴声飞过旷野》中所塑造的拉倒、秋子、白儿扎等少年们，他们从戏班里的苦难生活到进入红军宣传队后的精神独立，再到最后成长为红军战士，作家似乎在走一条革命儿童成长的老路，但其实不然，作家在作品中要突出的是文化教育对塑造一个健全人的重要性，这与以往塑造儿童英雄的初衷已完全不同，正如作家所说："我希望我们的孩子成为英雄，不一定是战争英雄，也不一定是彪炳史册的英雄，只要他们受过良好的教育，把自己的生活过得完美，给社会增加一缕阳光，他们就是英雄，平凡的英雄也是英雄。"所以，"新时代"的儿童小说中儿童的英雄气变得不那么直接和壮烈了，而是更加平和与踏实了，对普通的儿童读者来说则更具真实性和亲和力。其次，儿童形象的精神气在代际传承中凸显。近期的这几部儿童小说竟然有多部是在代际关系中塑造儿童形象的,比如孟奇和杨飞的《马兰的孩子》讲述的是中华人民共和国核工业建设者用自己的血肉和生命所凝聚的"马兰精神"在新文等下一代人中的传承和延续;于潇湉的《冷湖上的拥抱》则讲述了青海石油工人与他们的子弟在深度共情下完成了"石油精神"的凝聚与存续;杨志军的《三江源的扎西德勒》则更是将小海一家三代人前赴后继保护三江源、追求人与自然互助共生的精神描写得感人至深。这些"精神气"竟然都在家人代际中产生和传播,与"十七年"和"新时期"的儿童小说有很大差异,因为那时的儿童小说中的父母一代大多缺席或处于儿童的对立视角,儿童的"精神气"需要被激发,而非代际传承与创新。正如《马兰的孩子》中所言:"马兰精神,它是一种奋斗的精神,一种奉献的精神,一种创新的精神,一种向上的精神。它需要继承和延续……更需要一代代人不停地注入和创新,这才是马兰精神的真正意义。"我想这与新时代"中国梦"的提出与实现是不谋而合的。

总之,这几部新作中儿童形象所透射出的"英雄气"和"精神气"是以往的作品中所未见的,英雄未必非得发光,精神确需传承与创新,这是符合儿童的本能天性和人类社会发展规律的体现,是真正的"儿童本位",作为读者,我更喜欢这样的孩子气。

(三)儿童形象所承载的主题"新质"

透过对这几部儿童小说新作中的儿童形象的探析,我们看到了儿童小说形象塑造的与时俱进,而这些形象"新貌"的背后,恰恰隐含着新时代儿童小说在主题表达上的独特"新质"。这些作品对成长有着更为贴近儿童真实本性的观照,对时代精神的弘扬更为主动、更加贴切,而对儿童本体的建构与确认也更为深邃、更有担当。

在这几部新作中,作家对儿童成长的观照显得很自然,不过多地以作家的主观意志或时代需要而去人为操控儿童主人公的成长轨迹,既不像当年的左翼儿童小说中的大多儿童都被革命思想裹挟着被动成长,也不像"新时期"儿童小说中为了彰显儿童个性而显得有些刻意的"求异存同",这些新时代的儿童小说更加看重儿童成长的真实性、本源性,比如《琴声飞过旷野》,作家没有将拉倒、秋子等少年急匆匆地扔进火热血腥的战场上去进行历练,而是让孩子们去享受难得的教育,作品中的教官叶晨霞等人也未充当革命引路人的角色,而是充分尊重儿童的兴趣,培养他们的特长,这在以往的同类题材儿童小说中是极为罕见的主题表达,作品中的儿童成长显得那么自然而然。另外,这些新作对时代精神的主题呈现也比以往更加主动和及时。比如《马兰的孩子》中的核事业题材、《金珠玛米小扎西》中的戍边题材、《三江源的扎西德勒》中的生态保护题材、《冷湖上的拥抱》中的石油工业题材……这些题材在以往的儿童小说中并不鲜见,但这几部小说在这些题材中所反映的时代主题却特别地应运应时,与当下中国所关注的时代焦点息息相关,不刻意献媚主旋律,却主动贴合时代,这是新时代儿童小说的一种责任担当。最后,这些新作对儿童本体的建构与确认更加深广。与"新时期"的儿童小说更愿意通过彰显儿童的个性来达成儿童本体建构与身份确认不同,近来的几部新作在这一点上则更加贴合儿童的天然本性,作家要的不是一个个迥异的儿童形象,而是一个个真实的"人",当拉倒们有了自己的名字时的那份精神归属感、当马兰基地的孩子们望向英雄纪念碑时油然而生的自豪感、当成为班长的小扎西喊出"每个兵都是一个界碑"时的责任感……很显然,几位作家想要的不再是对儿童个性的张扬,而是更加深入儿童的精神灵魂世界去建构一个个更为饱满的、真实而又独立的、平凡的"人",凡人亦英雄,这与当下的时代主题密不可分。

总而言之,当下中国儿童小说无论是在儿童形象塑造上,还是主题内涵表达上都有了不同以往的新貌、新质,它们不再一味地功利迎合或标新立异,它们更愿意在与时代脉搏的共同跃动中去呈现新时代的儿童,讲好新时代的中国故事,这是儿童小说的一种文体共识。

第二节　童话文体的固守与创新

童话是我的学术研究中一直以来都有些回避的文体，主要是因为童话文体涉及的内涵实在太过广博，包括哲学、心理学、教育学、文学等，但即便如此，作为儿童文学的研究者终是无法真正做到对童话视而不见，因此，本节中我会选择几位作家的童话个案，来呈现当下中国童话研究的一些新的理论路向。在我所选择的中国童话作家中，既有老、中、青三代，也有海峡两岸，以期能够较为全面地勾勒出新世纪中国童话的发展概貌，让人们看到童话作家的坚守和创造。

一　《乌丢丢的奇遇》：狂欢化的诗性与人性童话

狂欢化诗学和复调对话理论是苏联思想家和文论家巴赫金的两个重要文论学说，他将源于欧洲狂欢节的"狂欢式内容转化为文学语言的表达"，进而建立起具有"隐遁权威话语""开放文体"等功能的狂欢化诗学，又从陀思妥耶夫斯基小说中的"众声喧哗"里找到了文学叙事中自我与他者意识组成的复调对话机制，避免了人格的物化倾向。巴赫金的文论思想在为"西方马克思主义、结构主义、符号学、叙述学、解构主义、新历史主义……所接纳"[①]后，又因为其理论根植于社会主义国家的文化经验，因此对我国学术界的影响就越来越深远了。

虽然巴赫金的狂欢化诗学涵括了戏剧、诗歌、小说等多种文体类型，但他的复调对话理论却主要得自对陀氏小说的研究，当这些理论进入中国后，一些学者也开始自觉地把其移植入其他文体

[①] 夏忠宪：《巴赫金狂欢化诗学理论》，《北京师范大学学报》（社会科学版）1994年第5期。

类型的研究与解读中。如范一亭发表于1998年第4期《戏剧》的《试论巴赫金复调对话理论在戏剧领域的移植》，就是一篇将巴赫金复调对话理论从小说研究移入戏剧阐释的成功范例。范一亭认为：巴赫金的"对话理论对于戏剧研究无疑会有裨益，因为戏剧具有的对话形式与复调理论的核心对话性原则有着天然的联系"。并且他从"巴赫金小说理论移植到戏剧领域的可能性；对话理论在莎剧《亨利四世》中的个案分析；莎士比亚和主人公及戏剧观众的对话关系""三个方面对复调对话理论在戏剧领域作移植式的初探"。[①] 这对巴赫金的文论思想进入其他文体研究起到了"引玉"的作用。而关于我即将解读的金波的童话《乌丢丢的奇遇》，徐鲁也曾尝试将复调理论引入其中，其发表于2003年7月30日《中华读书报》的《记忆深处，一切都未丧失》及发表于2004年第1期《中国儿童文学》的《午夜时分天使降临——童话随笔》两篇文章都指出：《乌丢丢的奇遇》"诗歌与童话的完美交织，使本书在叙事艺术上平添了有如复调音乐般往复回返的抒情效果"[②]。但只寥寥一句，并未做深入分析。故我欲把巴赫金的文论思想移入童话文本，对金波童话新作《乌丢丢的奇遇》进行巴赫金式的"狂欢"解读。

（一）广场上的狂欢——一部诗性童话

文学狂欢化源于"狂欢节"型的庆典，这种庆典可追溯到古希腊罗马或更早的时期，古希腊的酒神节、古罗马的农神节等都是典型的狂欢庆典。而广义上的狂欢节型庆典，还包括属于不同国度、不同时代的一些民间节庆，如愚人节、复活节，甚至还包括日常生活中具有狂欢特点的一些活动，如：集市活动、婚礼、葬礼、洗礼仪式等。"巴赫金将狂欢节型庆典活动的礼仪、形式等的总和称为

[①] 范一亭：《试论巴赫金复调对话理论在戏剧领域的移植》，《戏剧》1998年第4期。
[②] 徐鲁：《午夜时分天使降临——童话随笔》，《中国儿童文学》2004年第1期。

'狂欢式'。狂欢式颇具象征意义且复杂多样,但它有其独特的外在特点和意蕴深刻的内在特点。"①

《乌丢丢的奇遇》"狂欢式"的外在特点主要是通过五处狂欢场景表现出来的。这五处场景分别是:①第四章孩子的情话,夜半乐声起,乌丢丢与"套娃可可七姐妹"的跳舞欢愉成为童话的第一处狂欢场景;②第六章重返童年的晚会,在吟老和乌丢丢离家的前一天晚上,多宝格上的樟木老头、套娃姐妹、人祖猴、鬃人、蝌蚪人等各色"人物"伴着锣鼓、随着洞箫翩翩起舞,这场重返童年的聚会成为童话的第二次大狂欢;③第七章远行第一天,当吟老和乌丢丢来到一个叫跳跳镇的地方时,参加了在广场上举行的篝火晚会,在女孩子们的翩然起舞下,男孩子们开始了"单脚跳"的舞蹈比赛,篝火的火红与兴旺增强了童话的狂欢氛围;④第十三章探访口袋村,当乌丢丢伫立于布袋爷爷的墓前时,如丝如缕的音乐唤醒了小脚丫和木偶们的激情,他们要为布袋爷爷演一场木偶戏,随着孩子们、爸爸妈妈们、猫脸花、蝴蝶花的加入,整部童话的狂欢气氛渐入高潮;⑤第十四章回归生命,当乌丢丢冲进火海救出珍儿而献身的瞬间,整部童话的狂欢化达到了最高潮,但也随着大火的熄灭而徐徐落幕,这是童话的最后一次狂欢聚会,是心灵的狂欢与升华。这五处"狂欢式"的场景首先体现了全民性的特点。在狂欢节中的所有人都是参加者,"人们不是观看狂欢节,而是生活在其中,而且是所有人都生活在其中,因为按其观念它是全民的。……狂欢节具有世界性,这是整个世界的特殊状态,是与所有人息息相关的世界的复兴与革新"②。《乌丢丢的奇遇》的童话性质使其"狂欢式"的场景中不仅有人参与,也有玩具、字、花、木偶等物的参加,可以说,

---

① 夏忠宪:《巴赫金狂欢化诗学理论》,《北京师范大学学报》(社会科学版)1994年第5期。

② 夏忠宪:《巴赫金狂欢化诗学理论》,《北京师范大学学报》(社会科学版)1994年第5期。

《乌丢丢的奇遇》的全民性更为彻底。其次，这五处场景让人们体味到"距离感消失"。"在狂欢中，人与人之间形成了一种新型的相互关系，通过具体感性的形式、半现实半游戏的形式表现出来。这种关系同非狂欢式生活中强大的社会等级关系恰恰相反。人的行为、姿态、语言，从在非狂欢式生活里完全左右着人们一切的种种等级地位（阶层、官衔、年龄、财产状况）中解放出来……"① 在这部童话的五处"狂欢式"场景中，人与人、人与物、成人与儿童亲密无间，陌生感与距离感在心灵的交会、狂欢中荡然无存。再次，"狂欢化"的另一个外在特点就是仪式性。乌丢丢每经历一次狂欢场景，就会在由非人到人的进化路上迈进一大步，如果说乌丢丢初获人身是对他的"加冕"的话，那么他在狂欢中所脱去的一层层的虚假的非人外壳则是一种"脱冕"仪式，当他的生命融入珍儿时，仪式也就完成了。这里的仪式性不再是笑谑的，而是庄重地为生命喝彩。

"狂欢式"不仅有全民性、距离感消失、仪式性等外在特点，其也有意蕴深刻的内在特点。一方面，《乌丢丢的奇遇》体现了一种狂欢式的世界感受，即颠覆等级制、主张平等对话精神。在这部童话中，作者与主人公、读者的交流完全隐遁了权威话语，毫无教训意味，也没有政治、宗教等的外在影响。另一方面，狂欢式对社会、宗教、伦理、美学、文学的等级、规范的颠覆，打破了文学体裁的封闭性，使众多难以相容的因素奇妙地结合在一起，同时存在、多元共生。《乌丢丢的奇遇》既是一部童话，也是一部诗集，童话与诗的完美结合让这部童话具有了一种音乐气质，这是诗歌文体节奏跳跃性的内在要求，整部童话中套用的一组十四行诗花环，无疑更使其成为一部具有诗性气质的童话。其实，这部童话的音乐诗性更主要地体现在其复调形式与对话结构上，并从中真正反映出了这部童

---

① ［俄］巴赫金：《陀思妥耶夫斯基诗学问题：复调小说理论》，白春仁、顾亚铃译，生活·读书·新知三联书店1988年版，第176页。

话在呼唤人性、复归人性上的巨大价值。

（二）多声部的复调对话——一部人性童话

巴赫金认为，千百年来的文学创作和作品的重要方面，一直被一种"独白思维"占据，其主要特征为：进行文学创作的作者君临一切、统治一切，文学作品中的人物成为作者无声的奴隶。独白思维使人物化了，把人客观化了。但在巴赫金看来，实际生活却是另一番情景。人类生活本身是一种对白性现象，人们生活于其中，也结成了一种相互依存的对白性关系。正如他所说："两个声音才是生活的基础，生存的基础。"① 他认为，这种对白关系"几乎是一种无所不包的现象，它渗入人的所有语言和人的生活的所有关系中，凡是一切有意义和有价值的方面，它都要渗入"②。文学也是如此。

在分析陀氏小说时，巴赫金认为其小说是"众多独立而互不融合的声音和意识纷呈，由许多各有充分价值的声音（声部）组成真正的复调"，这种对话思维完全可以移入童话文本，《乌丢丢的奇遇》就是一部真正的复调童话。这部童话同陀氏小说一样，"创造的不是无言的奴隶，而是自由的人——他们能够同自己的创作者并肩而立，能够不同意他的意见，甚至起而与之抗争"。③ 主人公乌丢丢在寻访布袋爷爷的历程中逐渐跨越了束缚与羁绊，不再无言，不再背负"奴隶"的身份，而是掌握自己的自由，与创造者即作家站在平等的立场上去拷问世界是什么，自己是什么，并最终领悟到了生命的意义："生命就是爱。"在这部"复调童话"中，主人公乌丢丢的生命在自我意识的延续下而真正复活，并获得与作家平等的立场和意识。可以说，乌丢丢是童话文本的一个独立声部。而另一位主

---

① 刘子岸：《评巴赫金的"复调小说"与"狂欢节化"理论》，《广西师范大学学报》（哲学社会科学版）1999年第S1期。

② 刘子岸：《评巴赫金的"复调小说"与"狂欢节化"理论》，《广西师范大学学报》（哲学社会科学版）1999年第S1期。

③ ［俄］M.巴赫金：《巴赫金文论选》，佟景韩译，中国社会科学出版社1996年版。

人公吟老同样具有复调意味。在童话中,作家与吟老其实是二而一、一而二的关系,吟老代表了作家的自我意识,"过去由作者完成的事,现在由主人公来完成,主人公与此同时便从各种可能的角度自己阐发自己"[①],吟老对乌丢丢生命意识的启发,对生命观、时间观的认知……在很大程度上体现了作家的声音。因此,作家与吟老共同组成了童话中的第二个独立声部。另外,童话中"逆风的蝶""种鸡蛋的小姑娘""蘑菇人""雕塑家"等都以其自由与独立的意识与立场参与到两位主人公所演绎的主旋律中,当优美的交响乐与读者的心声达成共鸣之时,这部有如"音乐般往复回返"的复调童话才真正完成。

当然,作家、主人公、读者之间的复调对话只是这部童话复调的外在形式,其内容还蕴含了一个深刻的内核,即人的复调。巴赫金把"窥视"他者的物质性存在与尊重他者精神性的主体自由看成复调小说的一个重要内核,他指出:一个人总有"超出其作为一个物质存在这一点","而物质存在则可以在人的意志之外,即'在背后'去窥视、判定和预言的",但"个性的真正的生活只能通过对它的对话性体察来把握,它本身则会向这种体察自由地揭示自己作为回答"。[②]他指出陀氏有一个独特的见解,即"人身上的人",包容了人的客体性和精神性两个方面,并提出"不能把一个活生生的人变为那种在想象中被盖棺论定的无声客体。在一个人身上,总有某种东西只能由他自己通过自由的自我意识活动和言语活动去发现,不能凭他人想象从表面上去论断"[③]。复调童话《乌丢丢的奇遇》中乌丢丢在初获人身的时候,只有一副人的外壳,这时的他是一个纯

---

① [俄]巴赫金:《诗学与访谈》,白春仁等译,河北教育出版社1998年版。
② [俄]M. 巴赫金:《巴赫金文论选》,佟景韩译,中国社会科学出版社1996年版,第73页。
③ [俄]M. 巴赫金:《巴赫金文论选》,佟景韩译,中国社会科学出版社1996年版,第72页。

粹的客体存在，没有情感，也没有"人性"，当他在与吟老的交往中、在寻访布袋爷爷的旅途中，在与珍儿的生命交融中逐渐获得了自由存在的精神主体，其在"客体性和精神性"两个复调方面达到了完美统一，他不仅有了实实在在的生命，还深深懂得了生命的意义。也就是说，《乌丢丢的奇遇》是一部呼唤人性、复归人性的人的复调童话，即人性童话。

我将巴赫金的狂欢化诗学引入童话文本《乌丢丢的奇遇》，从中深深体味到了其浓郁的诗性气质；将复调对话理论移植进童话领域，不仅证明了《乌丢丢的奇遇》是一部带有复调意味的童话，更为重要的是，作家金波在作品中塑造了一个复调的人，确认了人的客体与主体的同在、理性与感性的共生以及人的整体性存在，真正体现了作家或是文学对人的终极关怀，可以说，这部诗性和人性的童话就是一叶现代人寻找"家园"的精神方舟。

二 《装在口袋里的爸爸》：难能可贵的游戏精神

《装在口袋里的爸爸》自 1995 年诞生至今有 20 多年了，超过 50 册图书，发行量逾千万册，这是多么了不起的数据。在中国儿童文学出版市场中，即使是杨红樱的"马小跳"系列恐怕也难以与其相匹敌。只有拇指大小的爸爸和主人公杨歌伴随了中国几代孩童的成长，同样，我的成长里也有他们的影子。作为儿童文学研究者，我更愿意用理性去解析杨鹏所创造的这个中国童书阅读与出版史上的奇迹。

杨鹏是极为推崇"游戏精神"的，这与《装在口袋里的爸爸》的读者定位是非常吻合的。主人公杨歌是小学生，而故事的阅读接受者也是七八岁至十二三岁的童年期儿童，可以说，整个系列故事都与现实读者有着极好的成长同步性和精神默契。童年期儿童的日常生活是游戏和学习参半，他们的思维类型则是在感性思维的基础上慢慢萌发理性逻辑思维，杨鹏对此是了然于胸的，正如李学斌所说："童年文学的游戏精神不仅在于描绘、传达儿童成长中的愿望和体验，更在于通过对童年文学游戏效应的自觉追求，参与儿童的心灵建构，最终实现童年人格审美塑形与内在自我的精神超越。"杨鹏的"游戏精神"正表现在这两个方面。一是帮助儿童实现一些现实生活中难以实现的愿望，这是童年期儿童日常游戏的基本内容。在我们每个人的成长经历中都曾有的"过家家"其实正是儿童企图实现愿望的通常"伎俩"，在《装在口袋里的爸爸》中，这些愿望通过杨鹏的无与伦比的想象力最终得以实现，比如《爸爸变小记》中对榕树里的小人世界的探秘、《我是超人》中对变成超人的渴望、《我会七十二变》中对孙悟空看家本领的向往等，虽然杨歌的很多本领和实现的愿望在故事结束时都会回归原点，但杨歌和儿童读者们在这个过程中却体验到了"游戏"的无限快感，这就足够了。同时，在游戏的过程中，杨鹏对童年期儿童"反儿童化"的心理把握是十分到位的。儿童在成长中总会有一段自我逆反的时期，他们不愿意成人将他们当成小孩子，也自认为不是小孩子，这在《愿望星》中表现得十分突出。杨歌因为解救了被邪恶巫师变成癞蛤蟆的小巫女而获赠了五颗可以实现一天愿望的愿望星，于是他用其中一颗把自己变成"大人"，可这一天的"大人"经历却并不顺利，因身体变大胀破衣服被同学取笑、回家换爸爸的西装却被妈妈误认为小偷、找工作四处碰壁、帮助同学"老肥"反被埋怨、变老后又被当成了乞丐等，当愿望星魔力消失，杨歌再次变回孩子时，他得出了"当大人没意思"的结论。我觉得作家杨鹏是用心良苦的，因为我们知道"儿童反儿童化"是不可能得逞的，杨鹏却在这种不可能得逞的游戏体验中让儿童学习到了某些至关重要的成长经验，这其实就是杨鹏"游戏精神"的第二个层面，即通过游戏参与儿童的内在文化环境的建设，使儿童在游戏中学习，在学习中逐渐完成对自我的确认和真正的精神成长。童年期的小学生们除了游戏，他们还有一个非常重要的任务就是学习，除学校教育外，文学阅读是不可或缺的学习渠道。在阅读中，儿童一方面在文学的幻想的世界中通过主人公来实现自己的愿望，体验不同的世界，另一方面他们也在这些经历中收获和学习某些科学知识、生活常识，乃至人生经验和生活至理，这在一定程度上是有助于儿童内在性格和人格的养成的。童年期儿童不可能永远生活在自己的懵懂的、想象的、感性的世界里，伴随着他们的成长，终有一天他们要学会用理性和逻辑来看待自己和周围这个世界，杨鹏的《装在口袋里的爸爸》系列作品在这一点上做的是十分到位的。比如其中的很多故事在结束时都会回归理性和现实，超人的能力会被解除、数不清的金钱会消失、明星梦终会醒来等，其实这些都是在用一种曲折的方式让儿童学会勤劳、诚实、善良等优良品质，不能空想、不能不劳而获。我想，这也正是杨鹏作品的重要价值之所在。

另外，杨鹏在《装在口袋里的爸爸》系列作品中所营造的这些故事并不是完全脱离现实的天马行空，其中有很多是立足于现实生活的，甚至有时他对现实的披露都是一针见血的，比如《愿望星》中杨歌的妈妈加班却没有加班工资，用杨歌爸爸的话来说就是："这是变相压榨，是万恶的资本家想出来的千百种剥削劳动人民的方法之一"，再如杨歌许愿希望自己长大后，他的衣服却没有跟着身体一样变大而被撑破，此时杨歌的一句抱怨"校服的质量又不怎么着"，将现实生活中的某些问题既轻描淡写又切中要害地进行了表现。虽然，我们并不要求儿童文学一定要去呈现这些社会的负面，但作为有社会责任感的作家，特别是儿童文学作家，还是应该尽可能地在作品中向儿童读者们呈现这个社会的方方面面。特别是面对这些即将慢慢萌发理性逻辑思维的童年期小学生们，儿童文学不应再去做粉饰太平的虚假鼓手，而是尽力将这个世界的全貌和原貌以一种较为缓和的方式展现给儿童，可以说，杨鹏在这一点上的作为同样让人称赞。虽然这套书系已有50余册，却没有任何续尾之嫌，也无做作之气，其未来依然大有可期。

三 《称心如意秤》：一个无序与浑融的世界

识得刘东是因为他在2004年出版的少年口述实录《轰然作响的记忆》，这部作品是刘东多年心血的结晶，他因此书而获得由中国作协颁发的全国优秀儿童文学奖，这是对作家和作品的最到位的评价。

本以为一位儿童文学作家在获得如此成就之后，会暂缓前进的脚步，但在2005年的冬天，我看到了他的《称心如意秤》。虽然看到的只是电子版，而没能见识到着陆白纸变成美丽铅字的出版物，但依然让我有话想说。

平日里写评论文章，拿起一部作品，首先想到的是该用什么样的理论去解读它，常常是将社会历史批评、原型理论、接受美学甚或是难度较大的解释学和解构主义等西方文艺理论从头至尾过一遍，以便找到适合这部作品的方法。可是，当这些理论用得多了，才发现它们并不适用于独特的中国儿童文学。因为，我们所了解的西方文论好似被人咀嚼过的二手食料，是难以给养正在快速发展的中国儿童文学的。也许儿童文学评论并非想象中的那么难，简单而直接地谈出自己的感受才是最好的评论吧。

看刘东的《称心如意秤》的时候，恰值我的导师马力的国家级课题"20世纪90年代两岸童话研究"结题，其中马力教授提到的童话形式模糊性触动了我的某些神经，让我在《称心如意秤》中发现了一些契合点。

"在20世纪90年代两岸童话互文性的网络里，每一篇童话都是一个牵一发而动全身的纽结。同时它自身又是一个游移的点，在前文本与生成文本之间、在童话结构形式与其他文学结构形式之间、在童话文体形式与其他文体形式之间滑动，使20世纪90年代两岸童话形式具有不稳定性和模糊性的特征。"[①] 这里虽然谈论的是20世

---

① 马力主编：《建构与解构：一个文学史现象——20世纪90年代两岸童话范式转变研究》，中国社会科学出版社2004年版，第246页。

纪末的童话创作，但21世纪前五年的童话创作依然具有这样的特征。我现在还无法判断刘东的《称心如意秤》是否存在前文本，但在阅读完后，我发现它的文体存在交叉性，换句话说，它的文体是模糊的。

（一）充满幻想，它仍是一部童话

说实话，看完《称心如意秤》之后，我思考了很长时间也难以将其进行文体归类，它既有童话幻想的基本特征，同时也表现出了小说文体的逻辑话语。

幻想，是童话文体存在的生命线。一部童话倘若没有奇异的幻想和作家的直觉智慧，那就无法称得上一部高品位的童话作品，或者说那根本就不是童话，而《称心如意秤》中最能体现童话幻想特征的就是这只神奇的"称心如意"秤。

秤，是日常生活中常见的物品，体重秤、沥青秤、粉料秤、核子秤……每个人都可以随口说出几个种类来，如果查阅关于"秤"的专业书籍，那么得到的"秤"的名称种类会更多。但是，能够称量人话的"秤"在现实生活中是不可能有的，它也许只有在刘东的思想里、在他的笔端才可能冒得出来。"称心如意"秤可以称量人话的分量，甚至可以与它的主人曲小洋说话，并且遵循着严格的做秤的原则，比如"只管称出每句话的重量，不管解释为什么""必须竭诚为主人服务，满足主人的需要""不谈论与自己有关的事情""公平客观"等；"称心如意"秤还有喜怒哀乐，它会生气、会高兴，甚至还能和曲小洋斗斗嘴，可以说，它更像是曲小洋的一个名叫"称心如意"的好朋友。如果从童话类型的角度来看，"称心如意"秤分明就是一个拟人体童话形象。另外，曲小洋因为有"称心如意"秤的存在变得与普通人不同，有了高于常人的能力，可以说，在曲小洋的身上有了某些超人体童话形象的特征（超人体与常人体的结合同样是童话形式模糊性的一个重要表现，这里不再赘述）。"称心如意"秤和曲小洋是这部作品在童话形象方面所体现出的童话幻想特征。

《称心如意秤》中另一处体现了童话幻想特征的就是对"加卢王国"的构建。在作品中,刘东精心营造了一个充满幻想色彩的异度空间,那里有国王、国师"麦修"、大管家等,与人类社会相差无几,但因其存在于地球的另一个空间内而变成了一个神秘的童话国度,这里同样体现了童话幻想的特征,它是依靠作家的直觉、智慧建构起来的。

刘东的《称心如意秤》通篇充盈着幻想的氛围,让读者的情绪随这只神奇的"秤"和它的主人曲小洋的故事而跌宕起伏,可以说,这部作品不失为一部优秀的童话。但是,在作品中,我们似乎看不到那种大起大落的极度的童话夸张了,更多的是一种现实的叙事和小说的科学逻辑话语。

(二)科学逻辑,它又是一部小说

如果把刘东的《称心如意秤》中的这只神奇的"秤"抛开,不难看出,整部作品都是在现实的逻辑中运行的。

我们可以通过两个例子来看一看作品是如何真实地在现实中叙事的。比如,曲小洋所在的二班与三班将要举行一场实力相差悬殊的足球比赛,情节是由于"称心如意"秤称出了两班队长张力伟和顾闯的话的分量,称重的结果被方赵强泄露给了本班的队员,在"事先知道会赢"的精神鼓励和方赵强雪糕的物质奖励下,实力很弱的二班竟奇迹般地战胜了三班。其实,这里作家动用了一个心理学方面的理论——心理暗示。在这部作品中,还有多处体现出心理暗示的作用,这在现实生活中是很常见的,作家只是将心理暗示变化成一只有形有质的"秤",通过它来达到某种暗示的作用,这完全是依照一种现实的科学逻辑来展开情节的。再如,在"'称心如意'称了一回'爱情'"一节中,曲小洋的表姐徐楠面临两难的爱情选择——吴昊和段敏涛。当曲小洋分别测出吴昊和段敏涛"我爱徐楠"的表白的重量后,他仅用三秒钟便为表姐做出了选择,因为吴昊的话比段敏涛的话重一钱。但是事情发展到后来,表姐的选择却大出他的意外，因为表姐选择了段敏涛。可见，爱情是并不能称重的，现实生活是按其自己的逻辑发展着的，"称心如意"秤并不能左右现实。

由此可见，"称心如意"秤在整部作品中，虽然是必不可少的，但故事情节却是按照现实的科学逻辑向前推进的，并不受"称心如意"秤所影响，这多少有些现实主义小说的影子。除此之外，我们刚刚提到的"加卢王国"也为说明《称心如意秤》是一部小说提供了佐证。

根据"加卢王国"大管家"善善"的说法，"加卢王国"存在于"地球上的另一个空间"，这里虽然体现了幻想的色彩，但这"另一个空间"却是多（异）次元宇宙科幻文学的基本论点，也就是说《称心如意秤》还具有科幻小说的某些特征。

"除了我们人类居住的世界之外，还有几个类似的世界存在着？"这是多（异）次元宇宙科幻文学中必须涉及的问题，也是这类科幻文学不可或缺的重要元素。在此类作品中，最具代表性的是布朗的《疯狂宇宙》，书中主人公在一次事故中被弹到了另一个世界里，新世界的电脑对他做了如下说明："要让你了解自己确不属于本世界的事实，可能非常困难。但我们必须向你说明，除了本世界与你原属的世界之外，还有无限个世界同时存在着，而这些世界每一个都是同样的复杂与真实。"[1] 这段话后来就成为对此类科幻小说最精辟的概括，而刘东的《称心如意秤》中也存在这样一个世界——加卢王国。加卢王国建立在地球上的另一个空间，他们掌握着两个空间的秘密通道（时空隧道）、有着发达的定位系统等许多只有在科幻小说中才能看到的用具，也就是说，《称心如意秤》的故事情节发展到最后更像是一部科幻小说。

---

[1] 吕应钟、吴岩：《科幻文学概论》，台北：五南图书出版股份有限公司2001年版，第151—152页。

由此，我们不难看出，刘东的《称心如意秤》不仅具有童话的幻想特质，同样遵循着小说的现实科学逻辑发展故事情节，更有某些科幻小说的味道，这种在文体上的模糊性是显而易见的。

另外，需要指出的是，刘东在整部作品中既对童心童趣做了极大的观照，比如曲小洋只让方赵强看一眼"称心如意"秤时，曲小洋说："那行，就再让你看一眨巴眼儿的。说好了，看到你的眼睛眨巴了为止。"再如，当曲小洋说自己"简直帅呆了、酷毙了、没治了……"的时候，方赵强却学着他的口气来了一句："真是摔傻了、哭鼻子、没气儿了……"只是这些简简单单的充满童真童趣的话，就可以看出刘东对儿童心理的成功捕捉，也表现出他幽默诙谐的语言风格。同时，刘东也在作品中加入了许多有深度的人生思考和包含哲理的话语，比如"所谓冷门就是抽冷子偶尔爆一下而已，要是总能爆冷那冷门也就不叫冷门了，那就叫'实力'叫'热门'了"。还有他借"称心如意"秤之口说出的"人类的小孩子一旦长大成人，就会丧失掉几乎所有的想象力"。再如，当"称心如意"秤告诉曲小洋不要放弃的时候，曲小洋却是这样想的："这个世界上的许多事情被放弃了，并不是因为你想放弃，而是因为你不得不放弃。换句话说，就算你不放弃，就一定能得到或者是留住吗？"……在这部作品中，像这样的语言还有很多，这里限于篇幅不能一一列举了。

总之，刘东的这部作品在寓意上同样是模糊的，这里既有可以愉悦儿童的游戏场景的设置和充满童趣的幽默语言，也有可以警示成人的哲理话语，可以说，刘东创作了一部老幼皆宜的文学作品，创造了一个表面无序实则浑融的精彩世界。

写到这里，似乎应该收笔了，但我的眼光却突然游移了电脑屏幕。在我的眼前，是那个帅气得像个外国小孩而又难以抉择何去何从的曲小洋，心里却在怪着刘东为何这样匆匆收笔。虽然我还和其他读者一样在琢磨着曲小洋的将来会怎样，但在不久的将来，刘东会给出答案的。

四 《猫田》：温暖的潜入竟如此奇妙

刘天伊的《猫田》是一部奇妙的童话，其透过食物所折射出的温暖主题自然又纯粹，很多幻想天马行空却又真实可靠，时而闪现出的幽默话语就似智慧的结晶，一位"90后"作家能将童话写到这种程度是极为不简单的。童话并不易写，但凡与幻想搭上了边，很多童话就走进了童言稚语的误区，岂不知"鸟言兽语"也能写出人生的大智慧，我觉得《猫田》做到了。

（一）主题有爱

《猫田》的主题既集中又层次分明，温暖是这部童话的核心主题，食物只是温暖的载体而已，但在这温暖的主题之下却隐藏着作者很多的良苦用心。这样的"用心"有的一目了然，有的深邃奥妙，细细地品味后，让人十分受用。

温暖在作品中是无处不在的，看似零碎的系列童话却被温暖串成了一条完整的线索。温暖起始于"猫田"中洋溢着的浓浓母爱，再于"老板"的心中生根加固，最后又在"老板"的手中化作一份份有温度的食物传递给食客，而读者又在阅读这份温暖中得到了心灵的抚慰和疗治，这是多么奇妙的童话构思啊。温暖的童话比比皆是，但像《猫田》这样既宏观又微观地将温暖切入人心的作品却很少见。在宏观的温暖呈现中，读者又能感受到多元化的微观主题观照，比如《画蛇添足的蛇》中知音难觅的大蛇、《穿棉袄的小山雀》中知恩图报的山雀、《不吃鱼的猫》中坚守梦想的灰猫、《盛过翅膀的杯子》中渴望自由的蝴蝶……可以说，12篇故事里篇篇都有作者耐人寻味的"用心"。这些"用心"有的浅显，儿童是可以独立理解接受的；有的深奥，哪怕是成年人也需要勾连自己的人生阅历去体悟，所以，在刚刚读罢这部作品时，我一度怀疑这是儿童文学吗？但当我再次翻阅作品后，我意识到在儿童的"前逻辑思维"中，一切皆有可能，一切又都是真实可信的，而《猫田》有趣的故事就足以满足儿童的全部心理需求了，毕竟温暖的"爱"是儿童最容易感受得到的。

（二）幻想有根

《猫田》的幻想真是让我叹为观止的，正如作家在《童话作家不要的牙齿们》中的一段话："如果说童话作家的想象力都是天马行空，那她骑的天马一定比别的作家飞得快，而她飞过的天空也比别的作家更为广阔。"我想这就是天伊的真实写照。

作为专业的儿童文学理论研究者，我知道纯粹的天马行空的想象与幻想是不存在的，如果有，那一定是痴人妄语，所有的想象与幻想都应建立在一定的真实之上，可近年来大多的幻想文学并未做到。而在《猫田》中的幻想，我既看到了一种审美惊奇，又感到了一份真实可靠，在这部作品中，幻想是扎实有根的，是没有脱离大地和天空的有价值的创新。比如《猫田》中的有触感、有情感、有美感的猫田草，我竟在作者的描述中体会到了一种亲手抚摸小猫的真实感，幻想的营造能让人如身临其境，这足见作家的功力。当然，在我看到猫田草会用根系困住小鱼并"吃个饱"时，我承认自己有些愣神，这看似与美的童话格格不入，却恰恰成了幻想有根的最好例证，毕竟猫田草也是需要生存的养料的。再如《咖啡渍狐狸》中由一滴咖啡渍演画而成的狐狸，从它的诞生到逃离本子再到与尾巴合体，这一系列的幻想都让我感到了惊奇，柯勒律治在评价华兹华斯时曾说道："给日常事物以新奇的魅力，通过唤起人对习惯的麻木性的注意，引导他去观察眼前事物的美丽和惊人的事物，以激起一种类似超自然的感觉"，咖啡渍本是多么日常的生活琐事，可作家却赋予其陌生感和新魅力，超自然的幻想是自然而然不做作的，在我看来，天伊的浪漫主义气质是她的天赋使然，也有大师的影子。除此之外，《穿棉袄的小山雀》中的飞猫絮小棉袄、《排队的海岛》中排队兜售海鲜的海岛等幻想的设置都让人眼前一亮，这是多么难得、新奇又可靠的想象力啊！

（三）语言有味

《猫田》的语言有着智慧的意味和幽默的品位，使整部作品看起来更加浑然天成。正如作品扉页上的那句话："温暖无处不在，就像食物里的爱"，《猫田》的语言并无奢华之处，却能在字里行间透射出智慧和幽默，这对一位年轻作家来说是难能可贵的。

这部作品的语言首先是朴实的，这与温暖的主题相得益彰。华丽的辞藻堆叠很容易，但作家却舍弃了那种浮夸的文风，用质朴的语言营造了一种让人舒适的、入心的童话氛围，温暖也便随着文字的铺排而洋溢着跃然纸上。"自由这种味道，一旦尝过了，就再也不能舍弃了""无论心里有多苦，也能在合适的环境里发芽，还会开出漂亮的花""月亮很美，但也很寂寞，所以我想陪陪它"……类似的充满哲理沉思和温暖抚慰的话语几乎在12个故事里都能找到，这不是简单的心灵鸡汤，而是与作家的故事水乳交融在一起的，不刻意、不做作。另外，这部作品的语言还是轻松风趣的，《猫田》中对那个猫毛过敏的小男孩的一连串动作描写简直如神来之笔，我似乎在其中看到了冰心在她的小说《三儿》中对连串动作的精妙绝伦的描写，只不过天伊笔下的小男孩带给读者的是莞尔一笑。再如《一会书店里没有大头宝》中作家把"前来投案自首的一人一猫"比作了"一个造型怪异的吉祥物"，这样的描写怎能不让人会心一笑呢？我真的喜欢这部童话的语言，读起来让人感到轻松、温暖、有力量。

无论是幻想的设置还是语言的使用，《猫田》都围绕着温暖这一爱的主题来做文章，所以，才有了现在所呈现的这12个既简单又有深意的故事，希望这条温暖的主线和这种让温暖潜入世间的奇妙方式能一直延续下去。

五　张嘉骅与周锐：20世纪90年代两岸童话的双璧

贝洛说："在孩子来说，没有不能消化的真理，一点儿兴趣都没有的真理。当然孩子们很讨厌这样的东西，如此硬绷绷的真理，假使用兴味盎然的故事包装起来，然后诚挚的送给儿童，相信他们也会高兴的接受的。"① 张嘉骅和周锐正是这样为儿童创作的，他们虽地处海峡两岸，却同根同源，因而，他们如有灵犀般几乎同时分别在两岸掀起了游戏童话的高潮，使童话中的"真理"在游戏精神的牵引下"活泼起来，激奋起来"，并出色地呈现了其丰富的审美文化功能。

（一）亦谐亦庄的游戏性审美特征

游戏是儿童不可或缺的生命要素，"那些不知疲劳的儿童，拥有令人惊异的、丰富的生命力，他们从早到晚蹦蹦跳跳的，喊喊叫叫，打架了又和好，飞奔着跑远而去。他们夜晚静睡，是为了明日能够跟太阳一同起床，然后反复他们的游戏。"② 而在文学史上，最先把文学和游戏结合起来探讨的是康德。他认为："艺术还有别于手工艺，艺术是自由的，手工艺也可以叫做挣钱的艺术。人们把艺术仿佛看作一种游戏，它是本身就令人愉快的活动，达到了这一点，就符合目的；手工艺却是一种劳动，它本身就是令人不愉快（劳累辛苦）的事，只有它的效果（如报酬）有吸引力，因而它是强迫承担。"③ 之后，席勒又提出了艺术与游戏的内在联系，认为："审美活动和艺术的本质就是外观和游戏。"④ 因而，可以说，儿童文学中的游戏精神就成了儿童文学尤其是童话启发儿童心灵最为重要的本质力量，它主要体现在幽默上，正如秦文君所说："幽默不是一种现代派的东西，幽默是一种古典精神，说到底是和儿童的游戏精神紧密联系在一起的。"⑤ 幽默使张嘉骅和周锐的童话让儿童在游戏中接

---

① ［法］保罗·亚哲尔：《书·儿童·成人》，傅林统译，台北：富春文化事业股份有限公司 1998 年版，第 93 页。
② ［法］保罗·亚哲尔：《书·儿童·成人》，傅林统译，台北：富春文化事业股份有限公司 1998 年版，第 25 页。
③ 李醒尘：《西方美学史教程》，北京大学出版社 1994 年版，第 313—314 页。
④ 李醒尘：《西方美学史教程》，北京大学出版社 1994 年版，第 341 页。
⑤ 王泉根：《高扬儿童文学幽默精神的美学旗帜——兼评〈中国幽默儿童文学创作丛书〉》，《文艺评论》2000 年第 3 期。

受了"真理"。

幽默属于审美范畴，按照皮亚杰的发生认识论和现代儿童心理学理论，儿童的自我中心思维导致他们产生诸如泛灵论、人造论等与原始思维模式同构对应的"儿童—原始思维"。当儿童以这种思维方式去观察外部客体世界时，就必然会与真实的客体世界产生程度不等的错位、混杂等现象，并从非逻辑、不协调中得出似是而非、悖理反常的结果，这样就产生了幽默。张嘉骅与周锐童话的幽默并非出自主客体世界间的混杂，而是存在于经典与解构经典之间的错位。

张嘉骅的《怪怪书怪怪读》系列、《怪物童话》，周锐的《哼哈二将》等都堪称错位的典范之作。例如：《怪怪书怪怪读》第一部中的《卖火柴的小女孩》，小女孩正在因害怕挨打而不敢回家时却遇上了卖炉子、猪肉、猪肠子等的小女孩，她们居然一同合作卖起了烤肠，并且发了财；《阿姆斯壮回忆录》中的嫦娥竟然邀请登月英雄打麻将……又如周锐的《哼哈二将》，哼哈二将最完整的文学形象出自明代经典神魔小说《封神演义》，哼将军本是姜子牙座下一员大将，手握三千飞虎兵，而哈将军则是纣王军中的开路先锋，掌控三千乌鸦军，他们二人原是生死对头，但周锐却在这部童话中将他们描绘成了一对形影不离的好朋友……他们对童话的解构体现了其突破经典话语束缚的勇气，经典之成为经典，说明其在同类事物中达到了最高成就，是一种经验的集合体，它像权力在握的国王一样傲视古人和后来者。福柯的"权力话语理论"认为："主体行为对权力的反抗是一面，在反抗的同时，又以受体的身份出现，即对强势话语主体表现出认同或屈从的立场。"[①] 但张嘉骅和周锐却并未对眼前的经典高山仰视，而是通过对经典的解构和重建找到了自己的艺术表现之路。

[①] 畅广元：《文学文化学》，辽宁人民出版社2000年版，第56页。

张嘉骅和周锐将古今中外的经典作品尽情地解构,并在重新建构的过程中产生了幽默,但他们的故事不仅仅是为了与儿童的认识错位达到一致,产生共鸣,还在于亦谐亦庄地将"真理"启发给了儿童,努力通过外部的文化环境来建设儿童的心灵世界,即内在文化环境。

(二) 建构心灵的审美文化功能

文学活动作为一种心灵文化活动,最鲜明地表征着社会精神价值状态,并直接与人的心灵即内在文化环境的建设密切相关。荣格在其《现代灵魂的自我拯救》中看到"人类心灵疾病"比"自然灾害更危险",因而拯救心灵,即建设内在文化环境对于人类,尤其是儿童而言至关重要。张嘉骅和周锐将幽默的游戏精神融入童话故事当中,使儿童在笑中自主地建设着他们健康的内在文化环境,因此,他们的童话有着极为重要的审美文化功能。

首先,他们的童话促进了儿童理性思维意识的增强。唯物主义认识论认为:理性认识是认识的高级阶段,是感性认识的飞跃,感性认识必须上升为理性认识才是一个完整的认识过程。由于儿童心理和生理的不成熟,他们的感性要比理性发达得多,而要使他们由感性上升为理性又相对困难得多。张嘉骅和周锐的童话正是让儿童在游戏的感性中发现理性,以增强他们的理性思维意识。例如张嘉骅的《卖火柴的小女孩》结尾处的一段理性暗示:"与其一个人做生意,不如大家一起做。"虽然看似无意而为,却启发给儿童一个"团结力量大"的理性思考;周锐《哼哈二将》中的"单身汉和画师",这一节中哼哈二将由于贿赂刚刚被点化成仙的吴道子,犯了不诚实的毛病而未能获得红、绿两位仙女的芳心,这告诉了儿童"诚实"的重要性;《哼哈二将》中的"八宝神仙汤"一节中让儿童在"鼠肉换虎尾"的幽默中增强了环保意识和动物保护意识。可以说,他们的童话通过增强儿童的理性思维,进而增强了他们的自觉意识,十分有利于儿童内在文化环境的建设。

其次，他们的童话促进了儿童认知范式的丰富和更新。文学是通过文字符号加以表达的文化，其认知功能表现为人类所具有的一种知识能力和创造能力。"文化的认知，首先表现为人类文化的知识和成就，包括对自然认识、对社会认识、对自身认识的知识和成就，……其次表现为在这种认识的基础上的创造，形成新的文化内容，开始新一轮的文化认知。"① 由此可知，由于人类创造的关于世界的基本构成及其总体意义的思想观念和知识体系是丰富多彩的，因而，人的内在文化环境的认知范式也是千差万别的。合乎时代要求的认知范式使人随着历史的发展而进步，反之亦然，这表明，人的内在文化环境的认知范式能否适应历史的发展而能动地丰富和更新，即再"创造"，对人来说是至关重要的。在张嘉骅的《怪怪书怪怪读》和周锐的《哼哈二将》中，大多数章节都加入了许多时代性很强的因素，例如《卖火柴的小女孩》在当今商品经济的时代里是不会再因冻饿而死的；《笑掉门牙》中被古人顶礼膜拜的天神也成为人们调侃的对象；《八宝神仙汤》中更是添入了现代气息很浓的动物保护意识；等等，他们使儿童的认知范式不再拘泥于传统经典，而是随着时代的发展不断得到丰富和更新。

再次，他们的童话促进了儿童对自我情感体验的关注和优化。情感在审美心理中是最活跃的因素，它广泛地渗透于其他心理因素之中，使整个审美过程浸染着情感色彩；它又是触发其他心理因素的诱因，推动它们的发展，起着动力的作用。由于人的情感总是与其他心理过程密不可分，所以情感的表现往往体现着人的整个心理状态。在日常审美活动中，人们面对一部文学作品时是绝不会无动于衷的，他们总会根据作品是否满足自己的某种需要而产生一定的态度，这种态度的心理形式就是情感体验。张嘉骅和周锐的童话带给儿童最大的情感体验就是"幽默"，但是他们童话中的幽默体验既

---

① 陈华文：《文化学概论》，上海文艺出版社2001年版，第57页。

不是张天翼那种"带刺的幽默和含泪的搞笑",不是张乐平那样"苦涩的幽默和哭比笑好的苦笑",也不是汤素兰的那种具有女性关怀的"童趣型"幽默,他们游戏童话中的幽默是有着强烈的力度感的,让儿童在游戏中不只感受到笑的力量,也体验到了一种理性情感的观照,从而促进了儿童对自我情感体验的关注和优化。

张嘉骅和周锐的童话增强了儿童的理性思维意识,进而唤醒了儿童对自我生存状态的自觉,正因为有了这样的自觉,儿童才能在主观上改变自己陈旧的不合时代需要的认知范式,才能在审美活动中主动地去感受不同的审美情感体验以使其内在文化环境不断得到优化。尽管如此,对他们童话审美文化功能的挖掘并未殆尽,正如韦勒克"增值理论"说的那样,随着文学批评的不断深入,文学作品是可以增值的,其游戏童话也将随着时间的推移和越来越多人的重视、研究而被发掘出更为丰富的审美文化功能。

综上所述,张嘉骅和周锐的灵犀并未因那一湾窄窄的海峡而被隔绝,因为他们有一种精神:一种敢为人先的精神,一种专心为儿童创作、诚心为儿童提供既有游戏娱乐性又有理性启发的寓教于乐的文学作品的精神。这种精神让他们虽两岸相隔,无法进行面对面的交流,却依然创作出了如此一致的精神佳作,他们对经典的解构,必将重新建构出新的经典。

其实,对童话文体的理论研究,我仍是有些意犹未尽的,不仅仅是因为对童话文体的研究会洞开我的学术视野,让我的理论积累遍及哲学、心理学、教育学、比较文学等领域,也让我深刻体悟到了中国童话作家对童话中的人性本质、游戏精神和爱的主题等思想内涵的坚守以及对童话文体的幻想特质、审美功能等的大胆创新,我愿意在今后的学术研究中,将更多的精力放在童话文体上。

第三节 儿童电影的阻碍与突围

儿童电影是我近年来研究的重心之一,将儿童电影和儿童文学进行文体交叉为我研究当下中国儿童文学提供了重要的理论增长点，本节我将以童牛奖为切入点透视中国儿童电影的创作与传播，并探讨如何利用中国儿童电影讲好中国故事。

一 中国儿童电影的困境与发展

1995年，作为中国生产儿童电影的龙头老大，中国儿童电影制片厂被撤并入中国电影集团公司，使得中国儿童电影第一次尝到了被边缘化的苦涩滋味。十年后，依据2005年3月颁布的《全国性文艺新闻出版评奖管理办法》，中国电影童牛奖被并入中国电影华表奖。这一事件虽早有先兆，但仍然让中国儿童电影界遭遇了前所未有的尴尬。那么，中国儿童电影的过去和现状究竟是怎样的呢？它的未来又将有何走向呢？从童牛奖入手去分解中国儿童电影的这些相关问题是一条有效的途径。中国电影童牛奖自1985年至2004年评选了12届，若加上并奖后的4届华表奖优秀少儿童影片奖，则童牛奖持续了26年。通过分析这些获奖儿童电影以及将进入21世纪后的童牛奖获奖作品与往届进行比较研究，可以发现中国儿童电影在21世纪所发生的明显变化，其审美特征、现实困境与未来发展都清晰可见。

（一）童牛奖综述评析

中国电影童牛奖每两年评奖一次，至2001年改为每年一次，2005年并入华表奖并单列奖项优秀少儿童牛影片奖后，又改为两年评奖一次。由于优秀故事片奖最具代表性，因此我们便将研究对象设定于此。

1. 获奖情况、发行单位分析综述

童牛奖从第一届至第十二届共评出优秀故事片奖36部，除第六届为2部、第十二届为4部，其余均为每届3部。2005年并奖后，华表奖优秀少年儿童影片奖至今也评出了四届，共13部获奖作品。2000年前的八届童牛奖优秀故事片奖共有23部获奖作品，2001年至今的童牛奖优秀故事片奖共有 26 部获奖作品，合计 49 部。在 49 部获奖作品中，中国儿童电影制片厂 16 部、上海电影制片厂 7 部、中国电影集团公司 6 部（其中合拍片 5 部）、北京电影制片厂 3 部（其中合拍片 1 部）、长春电影制片厂 2 部（其中合拍片 1 部）、福建电影制片厂 2 部、其他电影制作单位 16 部。

从上面的数据可以得出如下结论。首先，中国儿童电影制片厂在儿童电影制作与生产上的能力是毋庸置疑的，但是从其并入中国电影集团公司开始，其生产规模就遭到了极大的削弱。其次，中国电影集团公司取代中国儿童电影制片厂的地位，在 21 世纪后的童牛奖中斩获颇丰，已然成为中国儿童电影的新任龙头。再次，上影、北影等制片厂依然保持强势势头，其他电影制片厂百花齐放。尤其是在近几届童牛奖中，天津、潇湘、深圳等电影制片厂和一些影视文化制作公司可谓风光无限。

2. 故事片类型分析综述

纵观童牛奖，可以发现获得优秀故事片奖的 49 部电影的故事类型是较为单一的。21 世纪前的八届中除第四届的《霹雳贝贝》和《大气层消失》与第八届的《疯狂的兔子》属于科幻类，其余均属于现实剧情类。在 21 世纪后的几届获奖作品中，除第十二届的《危险智能》和《寒号鸟》分别属于科幻类和音乐类外，其余都是剧情类。可见，儿童电影故事类型的单一性并没有在 21 世纪发生大的变化，这不得不引起我们的思考。在国外，幻想类题材与现实题材的儿童电影可以说是旗鼓相当的，甚至幻想类的电影还要占据一定的优势，可以说，国外儿童电影的优势很有可能就在其无穷的想象力中。

儿童思维毕竟不同于成人，他们与现实生活还是有相当一段距离的，很多事情难以用完整的理性去思考，过多的现实剧情可能会给儿童带来过度教育，反而不利于儿童想象力的培养和发展。童牛奖作为政府奖，是带有一定的导向性的，如果剧情类的作品过多，一方面会给后来的电影制作者带来影响；另一方面还会使类型过于单一的中国儿童电影失去先天就具有的"第四度空间"[①]思维，即幻想力的儿童的欢心。因此，作为童牛奖接班者的华表奖优秀少儿童牛影片奖应该在这个方面多下功夫，应该提升儿童电影故事类型的丰富性。

3. 剧本原创与改编综述

儿童电影剧本是原创或者改编，是我们研究的重点。在前八届童牛奖中，由文学作品改编的剧本有《少年彭德怀》《霹雳贝贝》《三毛从军记》《草房子》《疯狂的兔子》，共5部，其余均为原创剧本共18部，比例为0.28∶1。而在21世纪后的童牛奖中，由文学作品或音乐剧等形式改编的剧本有《危险智能》《寒号鸟》《没有音乐照样跳舞》《我要做好孩子》《90后的天堂》《男生贾里新传》《孩子那些事儿》共7部，其余为原创剧本共19部，比例为0.37∶1。

从上面的数据统计可以看出，进入21世纪，儿童电影在剧本的选择上仍然以原创为主，但由其他形式改编得来的剧本的比例也有所增加。当然，剧本的原创性依旧是我们坚持的方向，而通过其他渠道获得优秀剧本同样势在必行。就拿文学作品改编而言，中国的儿童文学创作虽然起步较晚，但在近半个世纪中取得了很大的成绩，很多儿童文学作品已在国际上享有较高的声誉。那么，面对这么多的优秀资源，不充分进行利用就是一种浪费。由张之路作品改编的《霹雳贝贝》、根据曹文轩同名小说改编的电影《草房子》都获得了巨大成功，因此，从优秀儿童文学作品中挑选适合的文本将其改编为电影，应该是中国儿童电影选择剧本的一种长效模式。

4. 接受情况综述

接受情况是指儿童电影在适龄人群中的接受反映情况，我们做了一份20世纪80年代至今中国儿童电影的读者调查问卷，这个问卷共涉及1976—2004年的儿童电影共293部、儿童动画电影199部和12部儿童科幻电影。同时，设计了若干问题供受访者回答。这份

[①] 唐池子：《第四度空间的细节》，湖北少年儿童出版社2003年版，第3页。

问卷共发往全国30个省、自治区和直辖市,每省均为200份,最后,除贵州外,其余省份的问卷均按时按要求返回。对问卷进行统计整理后,我们发现了一个令人忧心忡忡的问题,那就是全国各地的儿童(小学和初中)对儿童电影的接受情况不容乐观,在西藏、甘肃等省份的很多儿童观看儿童电影的数量竟然为零。尽管在东部地区和中西部的一些大城市中这个情况略好,但仍然不尽如人意。令人意外的是,童牛奖尤其是近几届童牛奖获奖影片的接受情况反而要好得多。究其原因,应有以下几方面。一是童牛奖作为儿童电影的政府最高奖,对地方选择观看具有导向性。二是2004年7月8日,国家广电总局等六部门联合下发了《关于进一步做好少年儿童电影工作的通知》,通知中向全国中小学生推荐了100部优秀电影,其中少年儿童题材电影44部,而在这44部中有30部是童牛奖的获奖影片,这样的推荐力度自然会使童牛奖获奖影片在传播中占据优势。

(二) 儿童电影的困境与发展

前文对童牛奖尤其是近几届的童牛奖进行了综述分析,发现了一些问题,但这仅仅是中国儿童电影通过一个奖项所反映出来的表面问题,实际上,中国儿童电影存在的困境和导致这些困境的深层原因才是亟待解决和探究的。

1. 剧本创作

剧本是一部电影的生命线,而中国电影童牛奖获奖影片的剧本在故事类型上是十分单一的,究其根源就是"创作主体与接受主体的分裂——成人创作、儿童接受"[1]。正如著名儿童文学家刘厚明说的那样:儿童文学与成人文学的一个明显区别,就是它有些作品可以没有什么思想意义,光是幽默——益智与添趣。[2] 因此,儿童电影的剧本并不一定非得是反映现实生活的说教题材,多一些幻想、多

---

[1] 小鸥:《从儿童电影剧本征集看儿童电影现状》,《电影艺术》1997年第2期。
[2] 刘厚明:《导思·染情·益智·添趣——试谈儿童文学的功能》,《文艺研究》1981年第4期。

一些趣味会更受孩子们欢迎的。试想一下，成人制作拍摄出来的儿童电影如果得不到儿童的观赏，或观赏后逆反不接受，那么，再好的教育动机也会落空的。

同时，儿童电影剧本的来源仍有待开掘。比如在 1996 年由中国儿童少年电影学会等组织联合举办的"96 全国儿童电影、电视、动画剧本征集评奖"活动中，共征集到 1000 多部（集）剧本，其中电影剧本 178 部，像在后来的童牛奖上斩获大奖的《驴嘎上电视》《我也有爸爸》等就是这次征集活动的成果。除此之外，把优秀的儿童文学作品改编成剧本也是一条值得去继续探索的路子。

2. 发行体制

发行一直是中国儿童电影发展的一个瓶颈，就拿童牛奖的几十部获奖影片来说，能与儿童观众见面的寥寥无几。其原因在于：一是中国儿童电影的发行量本就不大，再从中挑选优秀作品进行公映是有困难的；二是中国儿童电影的拷贝发行都是依靠政府的政策性保护来进行的，所以长期下来中国儿童电影缺乏市场竞争意识，同国外同类电影相比竞争力薄弱；三是儿童电影的经济效益低，与国内外"大片"的高效益诱惑相比，大多数电影发行放映公司的选择是可想而知的。

尽管国家加大了对儿童电影的资金投入，电影局设立的少年儿童电影创作专项资金每年都在 1500 万元左右，但对于中国儿童电影来说依然是不够的。1500 万元可以拍十几部儿童电影，但这只是拍一部"大片"所需资金的几分之一。这样悬殊的差距，让我们看到中国儿童电影在制作发行上还有很长的路要走，因为仅靠国家的拨款还不足以使中国儿童电影得到长足发展。另外，我们可以将优秀儿童电影推向国际，面向国外发行。如由曹文轩儿童小说《草房子》改编的同名电影就将海外发行权转让给了法国公司 Gébéka Films 和日本公司 Herald Film Company，得到了非常好的经济效益。用海外市场的高效益来反哺国内儿童电影市场，这不失为中国儿童电影发行的好办法。

3. 接受反映

相对于剧本创作和发行体制而言，其应属于儿童电影流通的最后一个环节了。前面我们提到，已经制作出来的儿童电影绝大部分无缘和小观众们见面，只是在某个地区或是学校进行了小范围的点映和放映，能够进行全国放映的很少。在这个困境中，一部分阻力来自地方政府职能部门，另一部分阻力则是来自学校和家长的。学校给学生进行儿童电影包场，一方面是费用问题会带来乱收费等不良社会舆论压力，另一方面学校又担心学生在观看电影过程中的人身安全，所以，学校自然不愿意承担风险，而家长也主要是从收费和安全方面考虑反对学校包场看电影。对儿童而言，接受儿童电影的渠道单一和不畅是最突出的问题。其实，我们已经开发了少年宫、少儿活动中心等场所放映儿童电影，同时，儿童电影放映进校园、电视电影等手段的运用也会增加儿童观看电影的数量和扩大覆盖面，只是这个工作还需要加大力度。

当然，中国儿童电影的困境绝不仅仅是以上三点，比如说中国唯一独立的儿童电影奖——童牛奖被撤并、中国儿童电影的文化含量普遍不高、儿童电影剧本创作队伍不够壮大等，都是摆在中国儿童电影人面前的必须竭尽全力才能翻越的高山，这些问题我将在后文具体展开阐述。但是，中国儿童电影的未来依然值得期待。尽管中国儿童电影从一开始就走了一条"光荣的荆棘路"，而且今后的路依然不会平坦，但我们相信"二十一世纪是儿童的世纪"，也是中国儿童电影腾飞的世纪。

二 中国儿童电影的创作与传播

中国电影童牛奖自 2005 年并入华表奖以来，至 2013 年的第 15 届中国电影华表奖，每一届都会评出 3—4 部优秀少儿影片奖，但近年来的第 16 届（2016 年）、第 17 届（2018 年）两届华表奖都只各自评出了一部获奖儿童电影，在奖项设置和获奖数量都略有增加的总体背景下，儿童电影的获奖数量却大幅减少，这的确是个耐人寻味的现象。近十年来，本已有所起色的中国儿童电影似乎又有了后继无力的疲软态势，在强调儿童美育的新时代主旋律下，儿童电影的工具性、审美性都不容小觑，那么，通过近两届华表奖优秀少儿影片是否能管窥中国儿童电影的创作现状？又如何提振中国儿童电影的发展呢？

（一）思想性：政府主导类儿童电影的必要规制

近两届华表奖获奖少儿影片分别为《家在水草丰茂的地方》和《旋风女队》，同时两届还各有一部入围儿童电影，即《少年棋王》和《天籁梦想》，这四部儿童电影竟然有着一个相同的主题，那就是"成长"，也可称为"追寻"。《家在水草丰茂的地方》讲述的是一对少年兄弟在寻找家乡和父亲的路途中的成长故事；《旋风女队》刻画了一群女孩在教练的带领下追求足球梦想的成长经历；《少年棋王》描述了少年成就一代象棋高手的成长历程；《天籁梦想》则描摹了一幅四盲童实现音乐梦想的成长图卷，可以说，这种"成长"主题的表达是非常明显地带有主流意识形态引导性的，从近两届华表奖的儿童影片来看，国家层面对儿童电影创作的思想规制是较为突出的。

其实，这四部电影都应属于政府主导类或称为主旋律影片，而近两届华表奖评选中此类儿童电影的脱颖而出是有其缘由的，因为自1999年2月12日中国儿童电影制片厂（以下简称"童影厂"）全建制并入中国电影集团公司后，儿童电影的"国家队"似乎突然失去了"主心骨"，此后由国家或政府主导的儿童电影创作便日益稀少，投资不足、重视不够是近年来中国儿童电影出现颓势的重要原因，而从近两届华表奖获奖的儿童影片来看，止颓趋势初显，特别是由童影厂制作的《旋风女队》的成功标志着这一类儿童电影的强势回归。可以说，思想性是这一类主旋律儿童电影的必要规制。儿童电影虽不是教育儿童的电影，但其却担负着"影视育人"的重要使命。正如保罗·亚哲尔所说：儿童"不仅读着安徒生的童话来享乐，而且也从中领悟到了做人应该具备的条件，以及应该完尽的责任"①。主旋律儿童电影也应如此。从近两届华表奖的儿童电影中可以总结出这种思想性主要体现在以下几点。一是对正能量的宣扬。四部电影均以"成长"为主题，但在主人公成长的过程中却有着各种"障碍"，比如《家在水草丰茂的地方》有对归途的陌生和兄弟之间的隔阂、《旋风女队》有落魄教练和足球"零基础"、《少年棋王》有父亲早逝和母亲阻挠、《天籁梦想》有遥远征程和失明的双目，这些"障碍"是孩子们成长路上的一种苦难，而这些苦难恰恰是"儿童成长路上的磨砺与点金石"②，也正是因为这些苦难的打磨，电影中的儿童主人公才于成长途中展现出攻坚克难、积极乐观、坚忍不拔、崇德向善的正能量精神。二是对国家政策的响应。通过分析这四部电影，可以发现其中有三部电影的儿童主人公都是少数民族，比如《家在水草丰茂的地方》中的两兄弟是裕固族、《旋风女队》中的足球队员是黎族、《天籁梦想》中的四盲童都是藏族，这显然是主旋律儿童电影对国家民族政策的积极响应，在促进"民族平等、团结和共同繁荣"方面起到了一种"自上而下"的思想引导作用。三是这些电影几乎无一例外地安排了"思想引路人"。一部主旋律儿童电影仅有主导思想和思想的承载者是不够的，还需要有让思想落地生根的引路人，引导主人公和儿童观众的思想生成，比如《家在水草丰茂的地方》中的老喇嘛、《旋风女队》中的吴教练、《少年棋王》中的蓝校长、《天籁梦想》中的尼达老师等，正是因为有了这些引路人，"主旋律"才得以顺利唱响，孩子们才得以树立起健康的"三观"。

当然，这类主旋律儿童电影在思想性上还有很多呈现，比如文

---

① ［法］保罗·亚哲尔：《书·儿童·成人》，傅林统译，台北：富春文化事业股份有限公司1998年版，第191页。
② 王家勇：《青春·教化·苦难——近三届华表奖优秀少儿电影片获奖作品的主题解析》，《电影文学》2014年第19期。

化传承、环保意识等，但对于儿童受众来说，这样的思想规制未免会有些严肃、刻板，甚至不易理解和接受，但在儿童受众的成长过程中，其又是不可或缺的，那么，如何让这类电影更受儿童喜爱、如何更能激发中国儿童电影的发展动力？这些电影也在做另一种尝试。

（二）原创性：娱乐文艺类儿童电影的生存底线

在政府主导的主旋律儿童电影之外，还有另外两种类型的儿童电影，即由市场主导的娱乐类和文艺类儿童电影，可与中国儿童电影近年来的发展颓势相一致，这两类儿童电影同样不够"景气"，但如果细致观察近两届华表奖获奖的儿童电影，是可以发现一些业界试图摆脱目前困境的努力的，那就是试图将这三类儿童电影风格进行一种有机融合，即在政府主导的主旋律儿童电影中加入或游戏娱乐或时尚文艺性的因子，在最大限度上提高儿童电影吸引受众的能力并扩大自身的影响场域。

尽管无法否认儿童电影最为重要的功能是"影视育人"，但其另一个重要内涵"儿童性"也同样无法忽视，因为其终是"以儿童为本位"的。在近两届华表奖的儿童电影中，"儿童性"主要体现在游戏娱乐性上，这是儿童的本真天性之一。这四部儿童电影的共同主题为"成长"，而于成长中体现得最为明显的游戏精神就是"追寻"，这极为类似于人们小时候特别喜爱的一种游戏——"捉迷藏"，孩子们知道自己的目标是什么，而这个游戏最大的快乐就在于寻找的过程和找到目标后的满足感，只不过在这四部电影中，这种"捉迷藏"的游戏被创作者以另外的方式隐喻出来了，比如在《家在水草丰茂的地方》中主人公寻找的是家乡、其他三部电影的主人公寻找的是各自的理想，"捉迷藏"的形式有别，但本质未变。幼教之父福禄贝尔认为："游戏的发生是起于儿童内部发生的纯真的精神产物。"[1]这种"纯真的精神产物"就是童心，儿童在童心的支配下所进行的

---

[1] 李燕：《游戏与儿童发展》，浙江教育出版社2008年版，第13页。

游戏可以让儿童排解掉成长的烦忧、弥补现实的缺憾。当然，这种带有精神隐喻的"捉迷藏"游戏对于儿童受众来说，有时会偏难，但这几部电影还是会引入一些简单化的游戏片段，比如《旋风女队》中夸张跳脱的表演和动作桥段、《少年棋王》中廖恨棋与蓝玉儿仿佛武侠高手对决式的象棋对弈、《天籁梦想》中四盲童一路东行就像是对"西游"的一次类似再现，这些游戏片段是极容易在儿童受众中达成一种心理共鸣的。在当下的中国儿童电影创作中，纯游戏娱乐性的影片很难通过审查，但没有游戏娱乐性的儿童电影，同样难以得到市场和受众的认可。当然，除了儿童性外，儿童电影的"电影艺术性"这一内涵同样重要，电影是一门艺术，艺术审美性对儿童电影来说是不可或缺的。在近两届华表奖的儿童电影中，时尚文艺性的因子也是存在的，比如《家在水草丰茂的地方》中对裕固族文化传承的深切思考和对环保意识的张扬，让这部带有明显"公路片"气质的儿童电影有了非常浓郁的文化场域，能够给观众带去一种思考的契机。再如《旋风女队》和《天籁梦想》中对民族文化相互认可、融合的思考；《少年棋王》中对中国传统象棋文化传承的认识；等等，可以说，近两届华表奖的儿童电影摆脱了前几届动不动便青春、时不时就考试的创作模式与窠臼，变得有"文化"了，这也是中国儿童电影近来的一个可喜变化。

当然，这种在主旋律儿童电影中加入游戏娱乐或时尚文艺性因子的尝试是必须坚守一条底线才能真正拥有长久生命力的，那就是带有中国特色的原创性。很显然，这四部儿童电影还是做到这一点了，其中的民族特色、传统文化、地域背景等都带有明显的中国气派，只有保证儿童电影的中国特色原创性，这些电影才能真正走向世界。

(三) 产业化：中国儿童电影发展的必由之路

无论是三种类型儿童电影的分立，还是融入游戏娱乐、时尚文化因子的主旋律电影，中国儿童电影都面临一个抉择，那就是走产业化之路。当20世纪末的中国儿童电影由政府拨款的"计划"时代被强行拖入"市场"时代，这种产业转型的阵痛就在不断发生着，只是很多业内人士不愿接受，甚至仍以一份"事业心"来抵制产业化浪潮的到来，可面对市场的无情淘洗，中国儿童电影还是不得不走上这条产业化发展的轨道。

产业化包括电影从生产到消费的完整链条，既有电影创作、制作，也有电影发行、放映等，那么，在这条产业化的道路上，中国儿童电影需要做出哪些努力呢？首先，儿童电影的创作，尤其是剧本创作至关重要，这是关乎一部电影能否成功的基石。近两届华表奖的儿童电影之所以能够脱颖而出，一个很重要的原因就是故事的真实性，其中的《旋风女队》和《天籁梦想》都是根据真人真事改编，而《家在水草丰茂的地方》和《少年棋王》也是根据导演或编剧的多年走访、亲身经历等编成，这就让故事显得真实可靠、人物更加丰满生动。"创作者一定要面向现代与世界，深深扎根于现实，对本民族当下生存现实有广泛而深切的生命体验。"[①] 这四部儿童电影应该都做到了这一点。当然，中国儿童电影的剧本创作还有很多方面可以尝试，比如电影剧本与经典（儿童）文学、其他影视剧、网络游戏等的跨媒介合作等都是提升电影创作质量和原创力的有效方法。其次，儿童电影的发行放映，即传播方式同样是关乎一部电影能否完成产业化并获得一定的经济和社会效益的重要环节。中国儿童电影发行渠道不畅是制约产业化发展的高墙壁垒，就拿《旋风女队》来说，尽管此片的发行方是著名的华夏电影公司，该公司还为此片做了盛大的首映式和前期造势宣传，但结果依然是只有可怜的不到30万元的票房收入，中国儿童电影发行放映之难由此可窥一斑。好在《旋风女队》及时调整了思路，其与中国儿童少年电影学会及其下设的儿童电影宣传放映公司光影童年影视文化有限公司进

---

① 侯克明、饶曙光、陆红实：《二十一世纪儿童电影发展研究——第十一届中国国际儿童电影节论坛文集》，中国电影出版社2013年版，第132页。

行了合作，以半官方的形式将儿童电影送进全国的中小学校和少年宫，以公益电影的形式进行放映，不收取观影儿童费用，只从放映学校和少年宫的活动经费中收取一定费用，以保证机构略有盈余，这显然是观影儿童、校方和电影制作发行方的三方受益，未尝不是一种值得推广的方式。最后，对儿童电影受众的心理把握也是一部儿童电影能否获得市场认可的关键点。《家在水草丰茂的地方》做得是非常出色的，制作方将人们对裕固族文化的陌生感化为一股强烈的好奇感，在兄弟俩穿越西部沙漠的旅途中，这种好奇感越发强烈，观影的欲望也便一发不可收拾。"某一文化主体在强势与弱势文化之间进行的集体身份选择，由此产生了强烈的思想震荡和巨大的精神磨难，其显著特征，可以概括为一种焦虑与希冀、痛苦与欣悦并存的主体体验。"① 电影中对不同民族文化的强弱对应既是电影主人公的，也是观影儿童的，这造成了一种复杂的心理体验，正是这种体验让这部电影深入人心。所以，在儿童电影产业化过程中，儿童受众的心理同样不能忽视。

总而言之，中国儿童电影的产业化是大势所趋，业界必须谨慎对待并努力探寻出一条可为、有为之道。从近两届华表奖获奖的儿童电影来看，业界已经在创作和传播等方面做着各种尝试，希望这些努力营造的不再是空中楼阁，而是中国儿童电影重新出发的坚强基石。

三 儿童电影讲好中国故事的问题与解决之道

党的十八大以来，习近平总书记多次强调要在对外宣传中"讲好中国故事"，但同时他也指出："我们的阐释技巧、传播力度还不够"②，这就需要我们去努力探寻更多样的阐释载体、更丰富的阐释技巧和更有效的传播策略。儿童电影无疑是一种"讲好中国故事"

---

① 陶家俊：《身份认同导论》，《外国文学》2004年第2期。
② 习近平：《建设社会主义文化强国　着力提高国家文化软实力》，《人民日报》2014年1月1日第1版。

的重要载体,其创作和传播相互配合,才能在光影与童年的互动中讲好中国的儿童故事,才能更好地向世界展示中国的儿童风貌,进而在世界范围内建构更加真实客观的中国形象。

(一) 凸显以儿童电影讲好中国故事的意义内涵

用儿童电影作为载体"讲好中国故事"有两个关键:一是将好的故事发掘、阐释出来;二是将故事传播出去,阐释和传播是"讲好中国故事"不可或缺的两个核心,那么,以儿童电影参与中国故事的意义到底体现在哪些方面呢?

首先,是对外,儿童电影能够以更加直观的形式提高国家文化软实力和中华文化影响力。电影的篇幅较短,能够使观众在较少的时间消费下获得更多的文化体验和知识经验。同时,电影作为视觉艺术和图片连缀,在这样一个"快消"盛行的读图时代更加讨喜,也更加符合当下人们的生活方式和消费习惯,因此,电影对文化的传播既快速又有效。儿童电影同样具有这样的特点,其可以高效地向外呈现中国儿童的精神风貌、成长环境、优良品质、家国情怀和文化底蕴等,让世界各国人民通过儿童电影更好地观察中国、了解中国,并更加客观地建构中国形象,这其实正是以一种文化传播的方式提升国家文化软实力和中华文化影响力。所以,首先要让儿童电影有"文化",接下来才能实现"以文化人"的重要意义。

其次,是对内,儿童电影通过讲述中国故事实现立德树人的教育理念。中国儿童电影所讲述的中国故事一定是蕴含着深厚的中华文化底蕴的,也一定饱含着中华民族不断积累传承的智慧结晶,正如陈独秀所说:"做小说、开报馆,容易开人智慧,但是认不得字的人,还是得不着益处。我看惟有戏曲改良,多唱些暗对时事开通风气的新戏,无论高下三等人,看看都可以感动"[①],这正是戏剧影视

---

① 三爱:《论戏曲》,《安徽俗话报》1904 年 9 月 10 日第 11 版。

相比纸媒等载体所具有的先天优势，哪怕是识字不多的儿童，都可以通过演员的表演、画面的呈现、音乐的传达等从儿童电影中领会一些思想和情感，进而完成自己的某种提升，儿童得以提升，国力也便得以提升，这正是"影视育人"功能的价值体现。

最后，我们也期望通过对"用儿童电影讲好中国故事"的倡导来提升中国儿童电影的创作技巧和水平。不得不承认，中国儿童电影与世界高水平作品仍有一定的差距，"用儿童电影讲好中国故事"是一个契机，可以推动业界将视角内转，从自身入手去挖掘原创资源、提升阐释水平、丰富传播渠道。

（二）透析儿童电影讲好中国故事的现状及问题

中国儿童电影的当下困境，主因是1999年中国儿童电影制片厂全建制并入中国电影集团公司，儿童电影的"国家队"突然被"解散"，此后质量下滑、营销缺失、院线不畅等都让中国儿童电影的发展受阻。尽管近年来中国儿童电影有回温重振之势，但在对中国故事的讲述上问题仍在。

儿童电影对中国故事的阐释在主题和手段上都相对单一。主题是讲好中国故事的核心要素，如何凸显"中国"元素是中国儿童电影所欠缺的，因为近年来的作品大多观照的都是成长、亲情与童心童趣等共性主题和公平、正义与责任等普适价值，对"中国"特色的彰显是不足的。或者说，这样的主题放置在任何一个国家、种族和民族都是通用的。与此同时，中国儿童电影的阐释手段也较为模式化，大多依循着"挫折起步、战胜困难、思想升华"三步走的基本构架，即便有一部分作品使用了悬念、变形、魔幻等艺术手段，但似乎都只是为了炫技和标新立异而披上单薄的外衣，其基本叙事模式并没有变。当观众对儿童电影的基本阐释手段了如指掌的时候，其讲述出来的中国故事还有多少吸引力呢？

另外，儿童电影对中国故事的传播在理念和渠道上同样面临阻碍。作为世界电影业核心市场，中国儿童电影真正能到达院线的少之又少，正如 M. H. 艾布拉姆斯所提出的"文学活动四要素"① 论，如果一部儿童电影未能经受观众的欣赏和接受，其价值就无法实现，而为其生产所耗费的一切都是徒劳。这种传播上的受阻主要源自以下三方面。一是中国观众对本土儿童电影的认知偏差。当下中国观众对本土儿童电影的认知度和期望值普遍偏低，阐释乏力所导致的"观众不愿看"是儿童电影所面对的难题之一。二是中国儿童电影播放渠道单一不畅。儿童电影无论成本高低，其作为商品对商业利益的追求是无可厚非的，可除了排片稀少的院线外，中国儿童电影几乎没有其他"出口"。三是产业链的不完善。相比越来越成熟的中国电影业，中国儿童电影似乎一直是可有可无的"旁观者"和"小儿科"，整个产业几乎只有生产到消费的直通，而产业链上的其他环节都似有似无，中国故事传达的无力也就在所难免。

总的来说，中国儿童电影在讲述中国故事时的阐释乏力和传播受阻是亟待解决的难题，因为儿童电影是向世界展示中国形象的重要窗口，也是中国从电影大国走向强国不可或缺的组成部分。正视问题，才能走出困境。

（三）爬梳儿童电影、讲好中国故事的优势及条件

除上述问题，我们用儿童电影讲好中国故事也并非毫无准备。中华民族的悠久历史和璀璨文化为儿童电影讲好中国故事提供了最有价值的蓝本，中国儿童文学也为电影剧本准备好了创作与改编的基础，加之传播渠道的日益丰富，儿童电影讲好中国故事的条件已基本具备。

首先，中国儿童电影已逐步形成"以中华文化为根"和"以儿童为本位"的阐释理念。正确的理念是书写中国故事的前提保证，我们必须谨守中华优秀文化之根，如此丰富的文化资源足以让儿童

---

① ［美］M. H. 艾布拉姆斯：《镜与灯：浪漫主义文论及批评传统》，郦稚牛等译，北京大学出版社2004年版，第4页。

电影业界挖掘和呈现了，从作为中国儿童电影晴雨表和风向标的近几届华表奖优秀少儿影片来看，只有让中国儿童电影有"文化"，才能真正把故事讲好。此外，"以儿童为本位"的儿童观同样是儿童电影讲好中国儿童故事的思想基础。儿童电影不是成人世界的戏仿或类似再现，也不是成人意旨的强加和教训，如果儿童电影里的孩子们都在扮演成人的形貌，那么，中国儿童的中国特色又在哪里呢？尊重儿童的天性，中国味道也就自然天成了。

其次，优秀的中国儿童文学为电影剧本的创作与改编提供了宝贵的原创资源。中国儿童电影只有"文化"是不够的，如何将中国文化特色以引人入胜的讲述方式和镜头语言表现出来是关键，这是完全可以借鉴中国儿童文学的，就如"哈利·波特"系列电影是根植于文学原著的母体和一段时间以来的国漫热潮源于中国神话文学一样；中国儿童文学是可以为儿童电影提供丰富精彩的中国故事以及讲故事的手段的，《三毛流浪记》《小兵张嘎》《闪闪的红星》《草房子》等儿童电影不都是如此吗？中国儿童电影与儿童文学联手，文学为电影提供故事底本，电影为文学丰富传播载体，这样，既可以极大地提高中国儿童电影中的中国故事的原创力，也可以促进中国儿童电影产业链的完善。

再次，线上、线下融合式发行为儿童电影的故事传达提供了先进的技术支持。中国儿童电影此前几乎只有一条到达观众的通道，那就是线下院线，但因为购买拷贝的院线少、排片少、观众少，儿童电影往往未能公映便草草退市，久而久之就容易形成"儿童电影不赚钱"的恶性循环。可近期还是出现了一些可喜变化，受疫情影响，部分电影转战线上，所取得的观影效果是令人震撼的。同时，一部分儿童电影也以政府公益项目的形式免费提供给中小学生线上观看，这样既保障了电影制片方的收益，也为"影视育人"做出了贡献。

其实，除了拥有丰厚的中华文化底蕴、优秀的原创儿童文学和先进的线上发行技术，中国儿童电影业界还在很多方面做着努力，比如影片制作各环节协同合作机制的建立、儿童电影出版发行多元化通道的开辟、儿童观众的接受心理研究等，总之，儿童电影讲好中国故事"万事俱备，东风已来"。

（四）借鉴中外儿童电影讲好本土故事的经验

当然，面对儿童电影讲述中国故事时出现的问题，我们还可以借他山之石作为参照，"他山"既有中国儿童电影传统经验，也包括外国儿童电影成功案例，借鉴中外儿童电影讲故事的经验教训并与自身已有的优势相结合，对当下及未来儿童电影讲好中国故事有着重要意义。

就中国儿童电影传统经验而言，我们不缺乏讲好中国故事的经典案例。从中华人民共和国成立之初由漫画家张乐平的作品改编的同名电影《三毛流浪记》到21世纪元年由著名作家曹文轩的小说改编的同名电影《草房子》，儿童电影在讲述中国故事时，似乎总在与文学艺术做着巧妙的合谋，包括前文中曾提到的中国儿童电影中的大多翘楚之作都离不开儿童文学艺术的母体。越来越享有世界声誉的中国儿童文学，为中国儿童电影讲好中国故事提供了非常优秀的原创资源。而且，中国儿童电影对儿童文学的借势是多样的，既有对经典文本原汁原味的复刻，如《草房子》《霹雳贝贝》等，这些影像化转型都由作家亲自编剧，与原著在精神主旨和艺术风格上趋同，也有对原始故事进行改编、戏仿等艺术再造，如2007年版《宝葫芦的秘密》、2014年版《神笔马良》等，这些影像化转型与童话原著相比已有极大不同，这些也确实让人们看到了文学对电影的加持，早已传播到海外的文学文本在一定程度上助推了儿童电影的影响力，文学和电影都变得更"活"了。中国儿童文学大都基于"中国"讲故事，儿童电影对文学的影像化再现只是将中国故事换了一种呈现载体而已。

从外国儿童电影成功案例来看，无论是享誉世界的西方魔幻

"哈利·波特"系列、"纳尼亚"系列，还是频频斩获世界大奖的日本、伊朗等亚洲国家的儿童电影，除了文学原著的成功加持和海内外完整产业链的辅助，其所包含的东西方文化才是其具有强大吸引力的根本原因，尤其是西方魔幻题材儿童电影对欧洲神话文化、历史典故等的呈现，亚洲儿童电影对本国本土传统文化的展示，都使得这些儿童电影成为对外展示和传播东西方文化的重要工具和载体。而近年来的中国儿童电影也看到了这一点，比如近两届华表奖优秀少儿影片《家在水草丰茂的地方》《旋风女队》等就集中呈现了中国文化的丰富性、多元性、包容性等特点；再如在近年来火爆的国漫热潮中涌现的儿童动画电影《哪吒之魔童降世》《西游记之大圣归来》等，也同样植根于中国本土文化。既然我们有如此璀璨的文化根底，又有外来经验可以借鉴，那么，"文化"这张牌在未来还大有可为。

此外，在中外儿童电影发展过程中，那些产生了世界影响力的作品大多是通过国际儿童电影节走向更广阔的天地的，因此，我们也应鼓励一部分蕴含中华优秀文化的儿童电影走出国门，冲破以往相对闭塞的自给自足的生态圈，向世界展示中国儿童电影的魅力，讲述中国多姿多彩的故事，这对建构完整的、客观的中国形象至关重要。

第四节　科幻文学的高蹈与热闹

科幻文学的热度近年来持续上升，特别是在刘慈欣和郝景芳相继获得雨果奖后，中国的少儿科幻逐渐从20世纪的寂寞高蹈转向21世纪的热闹显学，我也不自觉地蹭了一把科幻的热度，在就职的高校开设了科幻文学方面的通识选修课并开始尝试做科幻研究，从教学到科研，对科幻文学的关注慢慢变得自然而然了。本节我将从刘慈欣、张之路、吴岩等几位作家入手，探究新时代中国科幻文学理论研究的新视角,为儿童文学的本体理论研究增加一抹"异样"的色彩。

一 《思想者》:人与自然的沟通者

《思想者》创作于2002年,并获得了2003年度(第十五届)中国科幻银河奖的读者提名奖。刘慈欣曾在《重返伊甸园——科幻创作十年回顾》中将自己的科幻作品创作划分为了三个阶段,而《思想者》应明确归属其第二个创作阶段,即"人与自然的阶段",这个阶段的"科幻创作由对纯科幻意象的描写转而描述人与大自然的关系"[①],可以说,刘慈欣最为成功的科幻小说在我看来也许都出自这个时期,因为这个时期的刘慈欣既不是初入科幻门道的新兵,也不是在科幻市场低迷时无奈走上"歧路"的社会实验者,他是真正从文学的本质出发创作科幻的。在不惑之年的刘慈欣的思维深处,文学的本质就是探讨人与自然的关系,对这从原始神话时代就呈现出的文学核心,他是坚信不疑的。

提到《思想者》所讲述的故事,其给人的阅读感受是非常复杂的,有一丝苦、一丝甜、一丝惆怅、一丝惊喜。小说的男女主人公在三十四年的漫长时间里只见过四次面,男主人公是医生,女主人公是天文学家,他们的第一次见面是因为意外事故,这次见面也因为太阳的闪烁而结下日后三十四年的美妙奇缘;第二次见面是在十年后,男主人公已经结婚,在单位的一次春游中他重返思云山,令人意外的是,他竟然与女主人公在十年前他们见面的那座天文台中重逢了,并且因为一幅雨花石画而使女主人公对恒星闪烁有了新的认识,随后他们相约七年后再见;第三次见面在七年后,他们如约而至,男主人公已经有了孩子,思云山天文台改建成了度假别墅,可是他们还是如前两次般重逢了,只为验证十七年前太阳的那次闪

---

① 刘慈欣:《重返伊甸园——科幻创作十年回顾》,《南方文坛》2010年第6期。

烁是否会到达天狼星，当结果如预料般发生时，他们相约十七年后再见；十七年后，男主人公已是大医院的院长，女主人公也成了国家科学院的院士，他们的联系虽已中断，但当三十四年前太阳的那次闪烁到达河鼓二星时，他们又在思云山重逢了。三十四年间只见了四次面，这种等待里有一丝苦，可每次漫长等待后的重逢又有一丝甜；主人公们慨叹"人生苦短"时总有一丝浓浓的惆怅，而当他们发现人的思维与自然宇宙的微妙关系时则有一丝难以言说的惊喜。

（一）人与自然的关系：《思想者》的主题意蕴

刘慈欣曾明确地描述其该阶段科幻创作的特征："就是同时描述两个截然不同的世界：一个是现实世界，灰色的，充满着尘世的喧嚣，为我们所熟悉；另一个是空灵的科幻世界，在最遥远的远方和最微小的尺度中，是我们永远无法到达的地方。这两个世界的接触和碰撞，它们强烈的反差，构成了故事的主体。"① 可令人疑惑的是，《思想者》虽然表面上也有两个世界，即宇宙和人脑，但这两个世界并非具有强烈反差并截然对立，故事的主体也不是因两个世界的"接触和碰撞"而产生的，反而是因为这两个世界的相似而引发了故事的核心主题。难道《思想者》是刘慈欣该阶段创作的另类和反叛吗？当然不是，因为作家在这个阶段的科幻创作中，真正关心的并不是现实真实与科学幻想的反差给人们所带来的强烈感官刺激，而是科幻因子在人与自然这一永恒文学主题下的火花闪现。

那么，《思想者》中人与自然的主题含义是什么呢？其中的人与自然的关系又是什么呢？在小说的开头处，刘慈欣这样写道："你的宇宙虽然有几百亿光年大，但好像已被证明是有限的；而我的宇宙（人脑，笔者注）无限，因为思想无限。"而在小说的结尾处，作家再次写道："外部宇宙虽然广阔，毕竟已被证明是有限的，而思想无限。"作家反复地提及"宇宙有限""思想无限"，其目的和含义是

---

① 刘慈欣：《重返伊甸园——科幻创作十年回顾》，《南方文坛》2010年第6期。

什么呢？其实，说到人与自然的关系，古往今来有很多思想家都在探究其答案，如中国古代复杂的"天人合一"思想，其虽然不能简单地等同于人与自然和谐相处的理论，但确实在一定程度上阐明了古人在对待人与自然关系时的态度，即"'天'的绝对性和权威性"①。"天人合一"思想无论如何发展和传承，其在处理人与自然关系时往往是自然高于人。反观刘慈欣在《思想者》中反复强调的观点，其则更偏向于欧洲中世纪的"人类中心主义"，整个宇宙都是为人类而存在的。在这篇小说中，宇宙恒星闪烁似乎只是人脑思维活动的一个角落或缩影，却无法代表人类思维的全部；宇宙中的一次恒星闪烁需要漫长的时间才能实现，而人脑的思维活动则有可能在一瞬间完成，作家的意图应是证明人的进化要比宇宙更高级。从这个角度来说，刘慈欣并非否定人与自然的关系，只是在处理这对关系时，他将人放在了中心位置上，这与其在这个阶段非常推崇文艺复兴前的文学传统是有直接关系的。当然，在刘慈欣近二十年的科幻创作经历中，关于人与自然关系的阐述是有变化的，这里只是就文论文。

（二）微观与宏观的交错：《思想者》的叙事结构

《思想者》的叙事结构安排与刘慈欣在这篇小说中所阐释的人与自然宇宙的关系是同步进行的。作品中有人脑和宇宙两个世界，作家便在人脑的微观世界与宇宙的宏观世界交错中将整个故事的叙事结构呈现了出来。

小说开头使用了较为典型的倒叙手法，以回忆的方式从三十四年前的那场意外事故展开描写。在第一节"太阳"中，男女主人公便就人脑和宇宙这两个截然不同的世界发表了各自的看法，男主人公眼中的人脑医学"不仅仅是琐碎的技术，有时它也很空灵"，而女

---

① 刘立夫：《"天人合一"不能归约为"人与自然和谐相处"》，《哲学研究》2007年第2期。

主人公眼中的宇宙天文学"大多也是枯燥乏味没有诗意的""一项很美的事业"。可以说，在两位主人公看来，他们所从事的职业似乎都存在一种悖论，可正是这种相似性才使得微观和宏观世界在小说的一开始便交错在了一起。而在随后的行文中，作家似乎有意忽略了这两个世界的交流，直至文末的倒数第二节"河鼓二星"，男主人公带来了人脑的神经元信号传递模型，这种微观世界的客观呈现让女主人公陷入了一种顿悟般的思想境界中，终于在最后一节"思想者"中，微观和宏观两个世界再次交错，甚至两位主人公间的那份潜藏的微妙的情愫也在这种交错中得到了升华。所以，正是微观与宏观的交错才使得这篇小说的叙事结构能够首尾呼应、完整呈现。

当然，在这一叙事结构中还是隐藏着刘慈欣的某些现代性叙事策略的。著名科幻作家、理论家吴岩曾说："摹写现在，重构现实，把现实所发生的一切，用一种折光镜重新展现出来，而这种现实中最重要的一个元素，就是科学技术及其发展过程"[1]，而刘慈欣也是非常重视乃至崇拜这种技术现代性的，他也在《思想者》中试图呈现出"科学技术及其发展过程"，只不过他使用了一种文学现代性的叙事手法，即蒙太奇。普多夫金认为："把各个分别拍好的镜头很好地连接起来，使观众终于感觉到这是完整的、不间断的、连续的运动——这种技巧我们惯于称之为蒙太奇。"[2] 的确是这样的，《思想者》的第二节和第三节是"时光之一"和"人马座α星"、第四节和第五节是"时光之二"和"天狼星"、第六节和第七节是"时光之三"和"河鼓二星"，其中的三节"时光"片段是一组镜头，描绘的是男主人公的现实生活：结婚、生子、事业，并一路感慨着时间的飞逝与生命的微不足道；其中的三节"恒星"片段又是另一组镜头，叙述着两位主人公在三十四年间的三次"约会"，三节"时

---

[1] 吴岩：《两百万买来科幻定义》，《科幻世界》2007年第4期。
[2] [俄] 普多夫金：《普多夫金论文选集》，多罗斯基编注，罗慧生、何力译，中国电影出版社1982年版，第135页。

光"与三节"恒星"分别对应并连接在一起,虽然都是片段,却让读者感受到了一种完整的时间流动轨迹并体悟到刘慈欣在这种叙事结构中的隐喻主题,那就是"人生苦短"。当然,刘慈欣在这种文学现代性的叙事手法中并没有忘记对技术现代性的推崇,这一方面体现在女主人公这三十多年中不断向前推进的技术发现,另一方面就是科幻小说的科幻道具的使用。在《思想者》中,三十四年前英国学者摔伤后是需要人力搬动并通过救护车才能送到省城医院的,而三十四年后两位主人公则是分别驾驶各自的飞行车到思云山"约会"的,从人力到飞行车的演进,虽然只是这篇小说的灵光一现,却足以证明刘慈欣硬派科幻的理念。

(三) 高雅与朴素的融合:《思想者》的语言魅力

在主题意蕴上,刘慈欣探究的是人与自然的关系;在叙事结构上,他又在勾连微观与宏观世界;在语言使用上,他似乎又在寻找两种不同风格的交融点,那就是高雅的文学性与朴素的科学性的兼顾。刘慈欣就好似科幻世界里的哲学家,既喜欢一分为二,又着迷于辩证统一。

首先,是《思想者》语言上高雅的文学性特征。刘慈欣是发电厂的高级工程师,按照常理来看,理工科出身的作家特别是科幻小说作家,在语言使用上可能会更为偏向科技语体,可刘慈欣在《思想者》中的语言却让人眼前一亮。比如他在描写女主人公时,在第一节"太阳"中这样写道:"一个穿着白色工作服的苗条身影走进门来,很轻盈,仿佛从月光中飘来的一片羽毛";在第三节"人马座 α 星"中描述女主人公是"一缕如水的月光中,飘进了一片轻盈的羽毛";在第五节"天狼星"中,当男主人公看到相隔七年后的女主人公时,他觉得"远远看到了那片飞过雪地的羽毛";在小说的结尾处男主人公再次想到了"一个月光中羽毛般轻盈的身影",虽然这片"羽毛"在文中出现了四次之多,却毫无啰嗦烦冗之感,不但每次对"羽毛"的描写都有细微差异,还将女主人公的那份清冷、纯净和轻盈表现得淋漓尽致,如此高端的语言描写的确让人对刘慈欣刮目相看。当然,刘慈欣的语言使用不仅仅体现在这些描写上,还有辞格的使用,例如比喻。在"太阳"一节中,作家这样写道:"只有细细的一缕月光从球顶的一道缝隙透下来,投在高大的天文望远镜上,用银色的线条不完整地勾画出它的轮廓,使它看上去像深夜的城市广场中央一件抽象的现代艺术品。"这是多么贴切的比喻,将相对比较专业、冷僻的天文台比作一件现代艺术品,足见作家高超的语言功力了。如果读者能够细细地去品味《思想者》的文学语言,那一定会感受到刘慈欣不以科学幻想去媚俗的传统文学理念。

其次,是《思想者》语言上朴素的科学性特征。刚刚说到,刘慈欣是一位电力工程师,加之写作的又是科幻小说,如果不大量使用科技语体,似乎又有些对不住他的专业出身。可作家在乎的并不是这些,而是如何使作品的语言更加朴素和日常化,降低科幻小说的科技门槛,扩大读者群。正如科幻作家韩松所说:"作为一个普通的科幻读者来说,我很喜欢看刘慈欣的作品,因为很过瘾。讲的都是些明明白白的故事,说的都是些人话,节奏很紧张,情节很吸引人。"[①] 刘慈欣的《思想者》之所以能达到这样的艺术效果,与他节制科技术语和使用大量对白是有直接关系的。在《思想者》中,出现频率最高的科技术语无非恒星、天文台、人类大脑与思想等,这些术语在人们的日常生活中并不罕见,而在其他文体的文学作品中也会出现,只是频率低一些罢了。这种对科技术语的有意节制和日常化,使小说中科学幻想与现实真实保有了紧密的联系。另外,刘慈欣科幻语言的朴素性还体现在大量对白的使用上。纵观《思想者》,可以发现其2/3多的篇幅都是由男女主人公的对话构成的,对话就必然具有口语化的特征,这会极大拉近普通读者与科幻世界的距离,"说的都是些人话","人"才能看懂、才能被吸引。在这一

[①] 韩松:《我为什么欣赏刘慈欣》,《异度空间》2004年第2期。

点上,刘慈欣的语言平实、不做作。

最后,正如前文所述,刘慈欣既喜欢一分为二,又着迷于辩证统一。因此,在《思想者》的语言使用中,他将高雅的文学性与朴素的科学性进行了完美融合,既内敛含蓄,又有智慧闪烁,是值得后辈科幻文学创作者借鉴和学习的。

关于《思想者》的赏析,到这里是远没有结束的,其虽然只有万余字的篇幅,且也少有研究者关注它,但在刘慈欣自己特别看重的第二个创作阶段中,《思想者》的重要性是不言而喻的。其中既隐含着刘慈欣对人与自然关系的哲学思考,也有其对科幻创作的大胆创新和尝试,《思想者》是一座宝库,还有待人们继续挖掘。总而言之,刘慈欣才是他所营造的科幻世界里最具思辨力的"思想者"和最为睿智的人与自然的"沟通者"。

二 张之路科幻中人性的扭曲与复归

张之路的科幻小说创作数量不多却几乎部部经典,至今共有4部作品问世,分别是《霹雳贝贝》(1987年)、《魔表》(1991年)、《非法智慧》(2001年)和《极限幻觉》(2004年),因其编剧的身份,故这几部作品均被改编成了科幻电影,亦引起巨大反响。细读张之路的科幻小说,一条观照人性的脉络贯通其中,作品中的主人公无一例外地都遭遇到了人性的扭曲甚至沦丧,而在作家"上帝之手"的指引下,他们均顺利完成了自我的精神成长、疗治和救赎,并达到人性的完美复归,这是张之路科幻小说的一个始终不变的文学主题。那么,作家是如何在作品中实现这种人性被扭曲后的复归呢?

(一)启蒙教育:锤炼人性的必经之路

文学的启蒙教育功能就似一位枕戈待旦的忠诚勇士,每当家国、种族等出现危机,文学、艺术等精神思想领域出现动荡时,其便会严阵以待进而上阵冲杀。当然,在张之路的科幻小说中真正出现问题的却是最为根本的人的本质，即人性问题。如果这个问题处理不好，家国消亡、精神颓丧是同样不可避免的。《霹雳贝贝》中的贝贝因出生后身体带电而与众不同，并致使其丧失了很多"人"的正常生活；《魔表》中的康博思因身体由儿童瞬间异变为成人而错失了童年生活的纯净与梦幻；《非法智慧》中的陆羽因被植入大脑芯片而人性沦丧，变成了"冷血动物"；《极限幻觉》中失去良知和秩序的地球人类等无不表现出了人性的扭曲以及人性扭曲后的严重后果。那么，当危机出现了，文学的启蒙教育功能便自觉地发挥作用了。

　　张之路科幻小说对人性的再次启蒙、开化和教育主要体现在教育环境的设置和教育手段的使用两个方面。首先是其设置的教育环境，张之路科幻小说的教育环境有两类：校园和社会，校园本是实施启蒙教育的大本营，可在作家的笔下，校园只是作为推动故事情节矛盾冲突开展的助推剂，而真正覆灭人性扭曲后的凶邪之火的却是校园之外的社会环境。这正是作家先进教育理念的表现，因为社会环境要远比校园环境复杂得多，让主人公进入这样的环境中进行历练，是锤炼其人性并最终复归人性的上上之选。正如陶行知所说："社会即学校则不然，他是要把笼中的小鸟放到天空中去，使他能任意翱翔，是要把学校的一切伸张到大自然界里去。"[1] 陶行知更看重社会在儿童教育过程中所起到的作用，其认为社会才是真正的活的教育环境，才是能给儿童带来真正启蒙的处所，只有让儿童在广阔的社会生活中接受教育，儿童才能更好地改造自身、适应社会，因为儿童在接受了一定的教育教化之后最终还是要不可避免地走进社会的，真正检验儿童受教育成果的不是校园而是社会。张之路科幻小说中的那些人性异变的人物最终都在社会环境的锤炼下走上了人性复归之路，其效果是显而易见的。其次是其使用的教育手段，张

---

[1] 陶行知：《生活即教育》，《陶行知全集》第二卷，湖南教育出版社1984年版，第181—182页。

之路的科幻小说中既没有温情脉脉的柔缓教育手段，也没有棍棒铁血的强势教育手段，而是放任儿童在各种社会环境中独立地自主地"正常发展"，作家的人为干预极少，这也许是防止复归的人性再次扭曲的最好方式了。正如蒙台梭利所说："人类获得救赎的希望全赖于人类的正常发展。所幸正常的发展并非系于我们意图教给孩子的，而是依照孩子本身的发展。"① 的确是这样的，蒙台梭利的这段论述用一句中国谚语来表达，那就是"树大自然直"，成人对儿童的干预如果是有偏见或错误的，那会直接导致儿童本性的异化和童年的败坏，由儿童自主地"正常发展"是儿童精神成长的本性。比如贝贝、康博思、然然等都是在较少成人干预下完成了人性复归，这种教育手段的使用对人性的锤炼更具深远意义。

很显然，张之路的科幻小说应属于英国作家玛丽·雪莱所开创的"软式科幻"之列，他写作此类小说，其目的不仅仅是要在作品中对儿童主人公进行启蒙教育，还有一个重要目的就是借此对成人的精神世界进行反哺，"在儿童文学作品中（当然也在生活中），成人作家与儿童在做双方面的相互赠予"②。确实如此，张之路在作品中教化儿童复归正常人性的同时，其实也在用儿童主人公的这种人性复归来提醒和引导现实生活中成人的精神成长，儿童也是成人之师。

（二）游戏精神：陶冶人性的终极密码

就像启蒙教育是文学的基本功能和人文关怀一样，游戏精神则是幻想文学的本质特征之一，而科幻小说作为幻想文学的重要分支类型，其游戏精神不可或缺，特别是在张之路的科幻小说中，游戏精神已经不再是一种客体存在或是精神意识，而是成为一个主体游走于主人公的经历中，通过游戏精神的牵引与指导，达到陶冶人性、

---

① [意]蒙台梭利：《教育与和平》，庄建宜译，台北：台湾及幼文化出版股份有限公司2000年版，第85页。

② 朱自强：《中国儿童文学与现代化进程》，浙江少年儿童出版社2000年版，第422页。

呼唤童心的目的。游戏精神在张之路科幻小说中的表现是极为丰富的，比如贝贝在游乐场中用自身的电流操纵飞碟旋转、突然长成大人的康博思被父母当成小偷捉住、然然与警察们的探案经历以及梦九中学的同学们查明真相解救陆羽的充满悬疑的故事等都呈现出极强的游戏性特征。在这些故事情节中，人们似乎看到了童年时的诸多游戏场景，也让人们从中找到了一组可以陶冶人性、疗治精神疾苦的终极密码。

张之路科幻小说中的游戏精神对人性的陶冶主要体现在两个群体上：表现对象和接受对象。首先是表现对象，即作品中所描写的众多人物形象，这是作品利用游戏精神完成人性复归的第一次尝试。席勒在其《审美教育书简》中说道："在人的一切状态中，正是游戏而且只有游戏才使人成为完全的人，使人的双重天性一下子发挥出来……"[1] 这个观点强调游戏是人的本能天性，换言之，人若失去这一本能天性，那人将不成为人。比如《霹雳贝贝》，小说主人公贝贝在出生时就因为天降不明飞行物而获得了"超能力"，这种能力压制了贝贝的童心和天性，直到6岁他还整天戴着绝缘手套被父母关在家里，可以说，6岁之前的贝贝并不是一个"完全的人"，而是一个人性有缺失的不完整的人。6岁之后贝贝走出了家门，并先后经历了诸多场景：用手控制交通灯、控制飞碟旋转、操控电子表音乐等，其实这些都是非常典型的儿童游戏场景，可正是这些游戏场景逐渐唤回了贝贝被压制多年的儿童天性，并最终在小伙伴们的帮助下变回正常人，游戏性特征所达到的效果是不言而喻的。除了这部作品，张之路的其他科幻小说作品也有类似的以游戏精神陶冶人性、唤醒人性复归的内容，只是或隐或显罢了。其次是接受对象，即作品的儿童读者，张之路科幻小说中的游戏精神在完成对表现对象的第一

---

[1] ［德］席勒：《审美教育书简》，冯至、范大灿译，上海人民出版社2003年版，第120—121页。

次人性复归的尝试后，紧接着就要完成其对儿童读者的第二次人性复归的尝试。"文学作品……只有阅读，才能使本文从死的语言物质材料中挣脱出来，而拥有现实的生命。"[①] 也就是说，一部作品必须经过读者的阅读并对读者产生一定影响，这部作品才算真正实现其价值，"儿童的阅读，遗留并延伸了游戏的精神，可说是一种从身体的扮演（角色）走向精神的扮演"。[②] 的确如此，张之路科幻小说中的诸多游戏场景的设置和对游戏精神的张扬让儿童读者可以身临其境般地与作品人物达成共鸣，要么在现实生活中通过类似游戏的角色扮演完成自我的人性修炼，要么在阅读作品的过程中将自身融于文本并在文本中完成精神成长。总之，游戏精神是文学创作唤醒和重塑人性的一种重要手段。

其实，张之路的科幻小说对游戏精神的张扬是来之不易的，中国现代儿童文学自五四时期诞生以来，"成人本位"儿童观、儿童文学教育工具论等都在不断伤害着儿童和儿童文学的健康成长，致使儿童文学的游戏精神直到20世纪80年代依然不显，缺少了游戏精神的儿童文学就像是没有了游戏童年的"贝贝"一样，是没有灵魂的、不完整的。可以说，张之路的科幻小说是知识与游戏的交融，是用游戏精神填补缺损人性的一次点石成金般的尝试。如果说鲁迅在《狂人日记》中发出了"救救孩子"的热切呼喊，而张之路则用自己的科幻小说创作找到了一条"救救孩子"的有效路径。

三 吴岩科幻创作的双逻辑支点及中国科幻模式的嬗变

自2003年至今，我与吴岩老师相识近二十年了，对吴岩老师的科幻文学创作、研究和教学的关注也有二十年了，特别是2021年吴岩老师凭借《中国轨道号》获得了第十一届中国作家协会全国优秀

---

① 王岳川、胡经之：《文艺学美学方法论》，北京大学出版社1994年版，第339页。
② 班马：《中国儿童文学理论批评与构想》，湖北少年儿童出版社1990年版，第45页。

儿童文学奖，再次带动了国内少儿科幻的一次热潮，所以，我也想在此为吴岩老师的科幻之路再做一次呈现，或许会给当下的儿童文学理论研究带来某些新的启示。

著名媒体文化研究者尼尔·波兹曼在《童年的消逝》中指出：当儿童与成人在"服装、饮食、比赛和娱乐""语言"等方面"都朝着一种风格迈进之时"，童年便开始急速消逝。他举例说："迪斯尼帝国日益低落的票房所显示，淘汰的正是迪斯尼的儿童形象，儿童需求的构想正在日益消失。我们正在驱逐200年来以年轻人作为孩子的形象，而代之以年轻人作为成人的意象。"[1] 而与儿童最为亲密的精神伙伴——儿童文学的现状也证明了"童年的消逝"，他指出："'青少年文学'的主题和语言模仿成人文学，尤其当其中的人物以微型成人出现时最受欢迎。"[2] 波兹曼向世人证明了童年已逝，儿童文学的支点已逝。

提到儿童文学的逻辑支点问题，中国儿童文学理论界有过自己的演变轨迹。20世纪90年代初，"逻辑支点（起点）"这个名词正式被提出并引起很多儿童文学理论家的关注。1990年，方卫平在《童年：儿童文学理论的逻辑起点》一文中首先提出了儿童文学的"逻辑起点"问题，并认为"儿童文学的逻辑起点是童年"。[3] 王俊英在《儿童文学理论建设的构想》一文中透露出了对"'儿童、成人'双支点的儿童文学理论体系"[4] 的认可，而汤锐在《现代儿童文学本体论》中则企图"以'成人——儿童'（创作主体——接受主体）双逻辑支点为基础，来构建一种新的开放式的儿童文学理论体系"[5]。

---

[1] ［美］尼尔·波兹曼：《童年的消逝》，吴燕莛译，广西师范大学出版社2004年版，第177页。

[2] ［美］尼尔·波兹曼：《童年的消逝》，吴燕莛译，广西师范大学出版社2004年版，第176页。

[3] 蒋风、韩进：《中国儿童文学史》，安徽教育出版社1998年版，第505页。

[4] 蒋风、韩进：《中国儿童文学史》，安徽教育出版社1998年版，第506页。

[5] 蒋风、韩进：《中国儿童文学史》，安徽教育出版社1998年版，第525—526页。

进入21世纪，儿童文学理论界已基本达成共识，即儿童文学创作应具有双逻辑支点，但在现今的儿童文学实际创作中，有的作品无法摆脱成人思维的束缚，写得过于深奥，儿童根本无法理解；有的作品则拘囿于儿童思维的框子，故作幼稚，连儿童都不屑一顾，可以说，这两种情况都是对儿童思维能力的过高或过低估计，都是对儿童文学创作中的儿童性（"童年"）的丢失。吴岩的儿童科幻小说却弥补了这一点，它以成人思维与儿童思维的隐性双支点及科学因素与奇幻色彩的外在显性双支点真正实现了儿童文学的双逻辑支点，真正找回了儿童文学"消逝"的"童年"。另外，在吴岩的作品中，我们可以发现中国科幻存在的一些模式化倾向及其微妙的嬗变，从玛丽·雪莱的《弗兰肯斯坦》中怒吼而出的愤恨与绝望在中国科幻小说中变得无迹可寻了。

（一）成人思维与儿童思维——隐性的双支点

苏联学者法尔别尔的研究表明："个体到13岁时脑结构在机能上的成熟基本上结束。"但他又指出"脑结构机能活动的确定类型的形成要到16—17岁时"。[①] 也就是说，13岁以后个体的大脑已发育成熟，但直到16—17岁大脑的结构机能类型才确定、稳固下来。可见，13—16岁这一时间段是儿童阶段和成人阶段之间的一个过渡期，也是儿童思维与成人思维融合得最紧密的一个阶段，他们是在两种思维支撑下完成思维任务的。因此，儿童文学作家在为这一年龄段儿童创作时，绝不能忽视儿童的思维接受能力而将这一时期的儿童看成"微型成人"，否则，会导致作品儿童性的丧失。吴岩的儿童科幻小说的受众正是13—16岁的少年期儿童，他严格遵循儿童的思维规律，使成人思维与儿童思维成为潜隐在其作品内部的双逻辑支点。

作家作为成人，进入了抽象逻辑思维阶段，所以其进行创作是在成人思维指导下完成的，但儿童科幻小说的接受主体是儿童，所

---

① 刘晓东：《儿童精神哲学》，南京师范大学出版社1999年版，第13—14页。

以作家在进行创作时不能脱离儿童的思维能力和审美接受能力，又必须以儿童视角进行叙事，与儿童达成心灵上的默契，故成人思维与儿童思维在吴岩儿童科幻小说中是缺一不可的。当作家在构思整部作品时，在决定运用怎样的叙事视点、模式、时间和话语时，他要动用成人的逻辑思维，而在具体的细节运用上必须兼顾儿童视角。所谓儿童视角，指的是"小说借助儿童的眼光或口吻来讲述故事，故事的呈现过程具有鲜明的儿童思维的特征"[①]。比如《窗外》，整部作品的主题构思、结构安排以及多处悬念的设置等都是在作家的成人思维操作下完成的，但作品中"大楼"的世界和"窗外"的一切却是通过一个十二岁女孩欧静静的眼睛展现和想象出来的，这样的细节表现更为接近儿童的思维特征，使少年读者更易与作家、作品产生共鸣。可以说，《窗外》既是儿童心灵的映照，也有深刻的内涵意蕴。《换岗》中12岁的窦清雨、《宇宙快车12963》中15岁的小侦探等儿童形象的塑造，都是作家对儿童视角的借用。在吴岩的儿童科幻小说中，成人思维的整体操作与儿童视角的细节观照是相辅相成的，其成人思维与儿童思维的融合恰到好处。

其实，作家在创作儿童科幻小说时，并非着意模仿儿童的口吻来讲述故事，而是在利用儿童视点来获得儿童"观看世界的方式"。作家实际上是以成人思维预设、加工了一个儿童思维模型，再以这个模型为基础来完成向儿童视角的转变。吴岩对儿童思维与审美心理的模拟既能在话语中传达自身的意图（作品的思想内涵），又唤起了儿童对自我身份的认同（儿童的思维能力和审美接受能力），因此，在吴岩的儿童科幻小说中，成人思维与儿童思维的共同支撑，才真正实现了成人与儿童的平等对话。

（二）科学因素与奇幻色彩——显性的双支点

成人思维与儿童思维是吴岩儿童科幻小说的内在双逻辑支点，

[①] 吴晓东等：《现代小说研究的诗学视域》，《中国现代文学研究丛刊》1999年第1期。

但它们也外化为另一对显性的双逻辑支点——科学因素与奇幻色彩。科学因素是儿童科幻小说"科学"这一支撑点的必然要求,这与成人抽象逻辑思维的科学性、严谨性是相对应的;奇幻色彩是儿童小说的文体要求,因为幻想是儿童科幻小说的灵魂,而奇妙的幻想又与儿童的形象直觉思维紧密相连,所以,科学因素与奇幻色彩是成人思维与儿童思维在吴岩儿童科幻小说中的外在显现。

首先,吴岩的儿童科幻小说含有一定的科学因素,"倘若没有任何科学根据,则只能归为奇幻、魔幻或超现实作品"[①]。但"在科幻小说中,科学应作为故事发生的背景环境而存在,而不是作为具体的介绍对象"[②]。因此,儿童科幻小说的科学因素主要体现在作为背景环境的科学知识是否能贯穿整个故事,并与小说的艺术形式达到完美统一。在《陨石袭击"马王堆"》中,人类对太空的探索以及对太空移民的宏伟规划等航天知识只是整部小说的背景环境,而非被具体描述的对象,重要的在于表现这种环境下的人与人、人与社会、人与自然的关系,《日出》《沧桑》等无不体现这一点。也就是说,"小说中涉及的环境可能会过时,但其中表现的人物之情感,作者之哲思以及探索真理的精神都将会继续显示其独特的价值"[③]。这也正是儿童科幻小说的魅力所在。

另外,儿童科幻小说的科学因素除了体现在要有作为背景环境的科学知识,还体现在艺术虚构的科学性、真实性上。俄裔著名小说家纳布可夫有句名言:"科学离不开幻想,艺术离不开真实。"儿童科幻小说同样不能是漫无根据的瞎想和假想,否则会对儿童认知世界带来不利影响。当然,科学因素只是吴岩儿童科幻小说的外在支点之一,作为儿童小说,奇幻色彩是其不可或缺的另一个外在

[①] 吕应钟、吴岩:《科幻文学概论》,台北:五南图书出版股份有限公司2002年版,第39页。
[②] 王泉根:《新时期儿童文学研究》,河北少年儿童出版社2004年版,第285页。
[③] 王泉根:《新时期儿童文学研究》,河北少年儿童出版社2004年版,第286页。

支点。

吴岩儿童科幻小说中的奇幻因素一方面来自科幻小说中常用的"机关布景",如《底楼17层》中的宇宙交通网和巨蟹座外星人、《星际警察的最后案件》中的宇宙飞船、《超时空魔幻丛林》中的时间陷阱等,这些"机关布景"对儿童来说是极具吸引力的,也会激起儿童强烈地想要参与其中的愿望;奇幻因素的另一方面来自人们对世界不同的认识。"举个例子,一个人平常都是开车上班,偶然一次车子坏了,只好搭乘地铁,反而发现了一个截然不同的城市。……科幻作者所希望的正是这样,他期望借奇幻因素,让读者从平淡无奇的现实世界里看到另一个多彩多姿的世界。"① 在《抽屉里的青春》中,作家通过一种"气味记忆金属",让主人公也让读者看到了一个不同于现实世界的30年前的故乡世界;《第二张面孔》中被先进生化技术改造了脸的技师随着原有身份的丧失,必然会对世界开始新的认识。这种"不同的认识"丰富了儿童的认知范式,让儿童不再拘泥于以一种方式看世界,奇幻因素因而会丰富儿童思维并使其从低级向高级发展。

可见,吴岩儿童科幻小说中的科学因素与奇幻色彩同成人思维与儿童思维一样并非矛盾对立的,两者的结合不仅有助于少年期儿童思维过渡期的顺利进行、有助于其脑结构机能活动类型的健康发展,而且这种奇幻色彩使作家作品与儿童读者之间产生了一种默契,是作家对儿童文学儿童性的全面观照。所以,科学因素与奇幻色彩是吴岩儿童科幻小说缺一不可的外在支点。

(三) 弗兰肯斯坦不再绝望

上述两个部分让我们欣喜地看到,双重双逻辑支点确实能够支撑起一个稳固的童年世界,但由于中国科幻在很大程度上是承袭英

---

① 吕应钟、吴岩:《科幻文学概论》,台北:五南图书出版股份有限公司2002年版,第5页。

国的科幻传统而来，因此这种稳固的科幻体系也把英国的传统科幻模式牢牢地禁锢在自己的身上，所以，从吴岩的科幻作品中，我们看到了某些模式化的倾向。

溯源而上，我们来到1818年，英国诗人雪莱的妻子，20岁的玛丽·雪莱发表了一部题为《弗兰肯斯坦》的小说，它标志着科幻小说的诞生。《弗兰肯斯坦》的故事情节并不复杂，但开篇却给读者营造了悬疑恐怖的氛围，随着主人公的弟弟、朋友、妻子相继被杀，事件的真相渐渐被剥离出来，最后，当弗兰肯斯坦在茫茫北极冰原上发出绝望的悲鸣时，一切真相大白于天下。《弗兰肯斯坦》的这种"设疑—解难—揭底"的科幻模式深深影响着八十年后的赫伯特·乔治·威尔斯，而深受威尔斯社会派科幻小说影响的中国科幻无疑也继承了这一被视为"经典"的科幻小说创作模式。

叶永烈可以说是中国科幻承上启下的人物，他在《论科学文艺》一文中曾将自己的科幻创作总结为"提出悬念、层层剥笋、篇末揭底"。[①] 这无疑是对玛丽·雪莱、威尔斯以来的科幻小说创作模式做了最精练的总结。与此同时，这一理论概括也指导并持续影响着当代的中国科幻创作，甚至导致了模式化倾向的出现，吴岩的创作亦不例外。他的《窗外》《换岗》《陨石袭击"马王堆"》等作品无不落入了这一模式的窠臼，换句话说，对于某些作品，窥一斑即可知全豹。尽管中国科幻创作的模式略显老套，但也有令人惊奇的微妙的嬗变，那就是科幻观的转变。

无论是科幻草创时期的英国科幻作品，还是黄金时代的美国科幻作品，威尔斯"软式科幻"中的悲观绝望一直是科幻创作的主要基调，虽然中国80年代初的科幻由于特殊的历史环境而充溢着太多"不真不实"的乐观，但之后的中国科幻很快又恢复了对"科学将为我们带来什么？"这一问题的严肃拷问。但是，当我们通读吴岩的作

---

① 蒋风、韩进：《中国儿童文学史》，安徽教育出版社1998年版，第699页。

品后，会发现他的科幻虽然依旧带给我们一种压抑的感觉，但结局往往不是悲观消极的，比如《窗外》，所有读者都会相信欧静静必将会担负起使宇宙飞船重返地球的重任的；《日出》中的因飞船失事而距离死不远的"他"凭借意志力奇迹般重生；等等。吴岩的作品让人们在深沉的精神压抑下总能看到一丝希望的光芒，也就是说，吴岩科幻小说的基调不再是悲观的，而更似一出出悲喜交加的科幻正剧，也许这正是童年未失给这些作品所营造的乐观氛围吧。

我看似是对吴岩这一位作家有内有外的全面分析，其实并非如此，个体往往是普遍性的一个反映，吴岩的科幻创作无疑会有这个时期中国科幻整体的印记，中国的儿童科幻小说虽然有双重双逻辑支点作支撑，虽然在科幻观上多少走出了一条有个性的新路，毕竟，中国的"弗兰肯斯坦"们不再绝望了，这是社会的进步，也是科幻的发展，但科幻创作的模式化现象仍是不可忽视的大问题，这里虽只寥寥数笔带过，但对于中国科幻的现状足够了。

明代的李贽认为："夫童心者，真心也。……绝假纯真，最初一念之本心也。若失却童心，便失却真心，失却真心，便失却真人。人而非真，全不复有初矣！"（《焚书》卷三《杂述》）也就是说，一个真正完善了的人是怀有一颗真纯童心的，失却童心的人不可能使生命臻于完善。相信以吴岩为代表的中国科幻作家们必将努力完善这一文体，努力观照儿童文学的儿童性（童心），可以说，尼尔·波兹曼心中已"消逝"的"童年"在儿童科幻小说这个具有一内一外两对双逻辑支点的稳固世界里并未消逝。尤其是当看过吴岩的新作《中国轨道号》之后，我似乎看到了一种不懈的逐梦精神在中国儿童文学的世界里蓬勃而出、蒸腾而上。

总而言之，这一章对中国儿童文学中的儿童小说、童话、儿童电影和科幻文学四大文体的关注，其实并没有脱离儿童文学的本体理论范畴，正所谓万变不离其宗，对中国儿童文学的研究是始终无法绕过儿童性、思想性、原创性、审美性、传承性等内涵的。

第四章　地域论

地域论是这部书稿在成型前第一个被我纳入视野的部分，因为我是东北人，对东北的归属感和自豪感是与生俱来的，即便走过了祖国大部分的省份，但只有进了山海关，才觉得身上卸下了游子的漂泊感和漂浮感，所以我对东北儿童文学特别是儿童小说的发展也给予了更多的关注，在东北地域儿童文学发展中，我们看到这一时期的很多新的变化和新的特征。儿童文学理论研究中的地域论看似偏于一隅，但同样可以以小见大地窥视当下中国儿童文学的发展全貌。

第一节　母题孕育的悲情体验

道家学说中常用原始神话中的变形动物作为生命循环的象征物，如《庄子·寓言》中的"蛇蜕"；西汉刘安的《淮南子·精神训》中有"抱素守精，蝉蜕蛇解，游于太清，轻举独往，忽然入冥"；东汉边韶《老子铭》说："老子，离合于混沌之气，与三光为始终。……存想丹田，太一紫房，道成身化，蝉蜕度世"；东汉仲长统的《见志诗》中也有"蝉蜕"的说法："飞鸟遗迹，蝉蜕亡壳。腾蛇弃鳞，神龙丧角，至人能变，达士拔俗。乘云无辔，骋风无足……"其实，少年的成长与"蝉蜕""蛇解"等极为相似。"蝉蜕"和"蛇解"是蝉和蛇成长所必须经历的环节，经历了这一过程，蝉和蛇不仅在肉体上成长了，而且会变得更加美丽。但是，"蝉蜕"和"蛇解"往往又是蝉和蛇一生中最虚弱和最危险的时刻。换言之，成长的结果是美丽的，但成长的过程却是充满艰辛的。

"成长"作为少年自身的一种能力是受两方面影响的，一方面是少年的心理和精神层面的，这应属于内因；另一方面就是外在的物质世界和生存环境，是外部原因。这两方面在少年的成长中，起着或推动或阻碍的作用。"成长如蜕"正说明了少年的成长不可能是一帆风顺的，"不经历风雨怎么能见彩虹"呢！

东北少年成长小说创作从一开始就注意到了这一点，作家们更为关注的是成长过程中的艰辛，他们以苦难、死亡和残缺等因素对少年成长的影响做了十分到位的阐释，如常星儿对沙原恶劣环境的描写、薛涛对死亡的刻画、车培晶对残缺美的颂扬等，他们的作品比同时期中国其他地区的少年成长小说创作更深入地探讨了成长的意味。因此，马力教授将东北儿童文学的风格定义为"悲情"是十分贴切的。

那么，在分析东北少年成长小说创作的独特个性之前，尚需对历史新时期东北少年成长小说的整体时代新变做一论述。因为只有当我们弄清了这些新变化，才能在此基础上更好地把握东北少年成长小说的本质特征。

一 东北作家笔下"成长"的新变

（一）对儿童"内宇宙"的发现

儿童的成长，包括生理成长和心理成长两方面，而"内宇宙"就是指心理状态和精神世界。对儿童"内宇宙"的发现，是历史新时期最初阶段，即20世纪80年代中后期至今东北少年成长小说创作的新的基本特征。

在此之前，由于西方已经发展到相当程度的心理学等学科尚未传入我国，因此中国的少年小说多是关注少年成长的外部表现，至于少年的心理成长则极少有人问津。再加之我国当时刚刚经历了一个特殊的历史阶段,故作家们在创作少年小说时常常是浅尝辄止,并不深入,因此对少年来说至关重要的心理成长就被人们有意无意地忽视了。而到了80年代中期以后,作家们的创作开始"由传统的重视外部世界的描写而逐渐向重视内部世界描写的表现手法内向化转化,即由以情节见长的儿童小说向注重精神的、心理的儿童小说转化"[①]。也就是说,这一时期的少年小说尤其是成长小说,开始关注儿童的"内宇宙",发掘少年内心深处的秘密。东北少年成长小说中属于这一类的主要有常新港的《独船》、左泓的《魔鬼河》和车培晶的《落马河的冬天》等。

接下来我们可以通过作品来看一看这一时期的东北少年成长小说是如何发现少年的"内宇宙"的。比如常新港的《独船》,小说讲述的是少年张石牙短暂的一生的成长故事。石牙子失去母亲、被父亲约束、被同学误解和戏弄、为救人而丧生,由这几个主要情节构成的这部短篇小说几乎使所有看过的人潸然泪下,我也落泪了,因为我被石牙子的人格力量深深打动了,作家对石牙子内心的不满、痛苦、挣扎虽只做了寥寥几笔的描写,却道出了这个孩子短暂一生的心路成长历程。再如左泓的《魔鬼河》,主人公尤卡内心对母亲的思念、对上学的渴望等都被作家淋漓尽致地展现在了读者面前,他们这种对少年"内宇宙"的发现和对其心理成长的关注力度是前无古人的。

当儿童文学作家们发现了儿童的"内宇宙"后,东北少年成长小说创作经历了一个相对平稳的发展时期,出现了很多优秀作品,这些作品大都对少年的成长持乐观态度。进入20世纪90年代以后,这种对少年"内宇宙"的发现开始深化,人们注意到少年的内心成长并非都是积极健康的,其中还有一些并不和谐的声音,作家对少年成长的关注开始进入更深层次的思考。

---

① 周晓波:《当代儿童文学面面观》,湖南少年儿童出版社1999年版,第40页。

(二) 对少年心理世界的揭误

进入20世纪90年代，尤其是1992年邓小平同志"南方谈话"以后，中国改革开放的步伐突飞猛进，中国的历史在这个点上开始了史无前例的巨变。那么，文学作为意识形态领域内的一个重要分支，自然要反映社会生活中的每一个巨大和细小的变化，少年成长小说的创作也不例外。

这个时期的中国，市场经济全面展开并获得体制上的合法性。洪子诚在《中国当代文学史》中指出："1992年提出中国社会以市场经济取代计划经济，文学体制的改革也作为一项文化政策直接提了出来。作家和文学刊物、出版社等原则上不再依靠国家资助，而进入市场。作家在作家协会、文联等国家机构中的工资，以及从'纯文学'（或'严肃文学'）刊物和出版社所能得到的稿费，与社会另外一些阶层相比，已不像过去那样丰厚优越。因此，出现了一些作家'下海'的现象；更多的作家则参与一些有更丰厚报酬的'亚文学'写作，如影视剧作、纪实文学、通俗小说、广告文学等。市场化不仅改变了作家的生存方式，而且也出现了作品自身与出版运作、广告宣传相配合而构成'畅销'热点的现象。"[①] 此类作品如《王朔文集》《北京人在纽约》《废都》《白鹿原》等。另外，洪子诚还指出："随着市场调节机制的形成和消费文化的成熟，知识分子在整个社会中的作用和位置趋向'边缘化'。他们开始对自身的价值、曾经持有的文化观念产生怀疑。因而，在90年代文化意识和文学内容中，80年代那种进化论式的乐观情绪受到很大的削弱，而犹豫困惑、批判和反省的基调得到凸现。"[②]

东北少年成长小说的创作也是如此，作家们不再盲目乐观地去单纯地发现少年的"内宇宙"，而是开始关注和揭示人性的弱点和心

[①] 洪子诚：《中国当代文学史》，北京大学出版社1999年版，第384页。
[②] 洪子诚：《中国当代文学史》，北京大学出版社1999年版，第385页。

理的误区，我将其称为"揭误"，这自然就会带有某种批判的意味。此类作品较有代表性的有薛涛的《白鸟》、老臣的《盲琴》、肖显志的《北方有热雪》、常星儿的《走向棕榈树》以及董恒波的《天机不可泄露》等小说和小说集。

我们先来看一下薛涛的《我看见了飞碟》，作品中的男孩为了出名，无中生有地制造了一条特大新闻："他看见了飞碟。"当他的假话就要被人们拆穿的时候，为了满足虚荣心，他仍继续着这个谎言。这个时候，他不但不忏悔，反而为不能继续行骗而感到遗憾，"这是一个病态的灵魂的缺失"[1]。肖显志的《"神曲"唢呐》中的主人公明子是个有着痛苦的少年时代的人，父亲很早就"瘫巴在炕上"，14岁那年母亲又因为意外去世，生活的重担便压在明子稚弱的肩膀上。明子爹希望儿子能继承父业吹唢呐，但倔强的明子宁死不从。其实，明子内心深藏着一股自卑感，这自卑感源于小时候同学们对吹唢呐的人的嘲笑。幸而明子性格坚强的一面战胜了自卑，但这自卑确是成长少年中十分常见的心理误视之一。另外，像自负、早恋等在少年中常见的心理误区也不再被作家们有意回避，而是大胆地进入了少年成长小说的创作视野中。王泉根教授在进行儿童文学分层研究时，认为"少年文学"不但要强调正面性，也要使少年能够全面了解社会生活和自我的方方面面，这里自然就包含了一些反面的现象和事物。可见，对少年心理世界的揭误是少年文学尤其是少年小说的重要功用之一。

当20世纪90年代渐渐离我们远去的时候，当21世纪裹挟着不可阻挡的力量向我们袭来之际，东北作家少年成长小说的创作也在不知不觉间发生着变化。这种变化并非本质上有什么变异，而是作家们对少年成长的关注更为深化了。我说90年代的东北少年成长小说是对少年成长误视的揭示，那么21世纪的东北少年成长小说创作

---

[1] 王泉根：《中国新时期儿童文学研究》，河北少年儿童出版社2004年版，第589页。

则是从文学的角度寻找和提出疗治这种误视的方法。

（三）对少年破碎心灵的疗治

21世纪的东北少年成长小说创作一改90年代的灰暗笔调，作家们逐渐认识到文学在少年的成长之路上是扮演着十分重要的角色的。在这一时期的少年成长小说中，作家们开始寻找和提出疗治少年成长误视的方法，在作品中加入了更多的人文关怀，以图实现文学的治疗功用，使得少年破碎的心灵（即心理误视）得以重建，并借此来优化少年的内在文化环境（即心理）。

美学家鲁·阿恩海姆曾说："用艺术来进行治疗，远不应将它作为艺术的一个继子来对待，而可以认为它是一个典范，它有助于使艺术又回到更富有成效的态度上。"① 确然是这样的，如果我们能够正确认识文学的治疗功能，那么文学的意义才能更好地得以实现。加拿大文学理论家弗莱在《文学与治疗》一文中说："我并不认为，人们必须在医生指导下阅读文学作品。我只想提醒大家，在当今这样一个疯狂的世界里，不应当忽视文学和艺术所具有的助人康复的巨大力量。可惜的是诗人往往意识不到他们自己在这方面的潜力。"可以肯定地说，很多儿童文学作家尤其是东北少年成长小说作家已经意识到这种"潜力"了，他们已经开始在作品中实践这种文学的疗治功用。此类代表作如于立极的《自杀电话》《生命之痛》《死结》《三年的命案》；刘东的《沉默》《颤抖》《孤旅》《死结》《祸事》；等等。

下面我们就通过刘东的作品来看一看作家是如何对成长中的误视进行疗治的。刘东的小说涉及了很多少年成长过程中的误视，如前文我曾提到的《沉默》中总爱嘲笑别人又口无遮拦的林梛因为自己间接造成了朋友宋长威的死而变得沉默寡言，《颤抖》中的姬晓晨因为在机场洗手间里看到了一幕她认为是最肮脏、最恶心、最见不

---

① 转引自叶舒宪主编《文学与治疗》，社会科学文献出版社1999年版，第1页。

得人的事情而患上左手不停颤抖的心理疾病，等等，可以说，刘东创作的真正意义是为了给成长中的少年一些警醒，这正是刘东作品的治疗功用所在，用成长的经验反过来观照正在成长的人，是一种好方法。这些作品确实起到了治疗的功用，真正地重建了少年破碎的心灵并优化了少年的内在文化环境。

以上是我对新时期以来东北少年成长小说创作的总体特征——新变所做的一个分段总结，对儿童"内宇宙"的发现、对少年心理世界的揭误、对少年破碎心灵的疗治是不同时段的创作特征，但它们并不是全然界限分明的，甚至有些作品具有了并不属于它的那个时代的特征，文学本就是复杂的，任何对文学特征的概括或是总结都无法涵盖所有的作品，在这一点上，人们不应强求。另外，我们需要明确的是，东北少年成长小说的这些新变在很大程度上能体现整个中国少年成长小说的发展状况，只是在东北，这些新变显得更为突出一些。在分析中，我举例解读了部分东北少年成长小说，这首先是为后文的论述做准备，同时可以让此文的读者提前领略一下东北少年成长小说的独特个性和魅力。在了解了新时期东北少年成长小说的整体创作轨迹之后，我们就来看一看这些作品中"成长"这一母题都是通过哪些方面表现出来的。

二 东北少年成长小说的母题表现

东北地区在地理上处于北寒温带，拥有着漫长的冬季，春、秋两季对于东北人来说只是一种奢侈的享受，它们就像一场风一样，风过了，冬天就来了。恶劣的生存环境使得东北人的生活体验中最多的就是苦寒。这样的人文环境塑造了东北人刚强、坚韧和素朴的性格，而东北人所特有的带有地域色彩的性格决定了东北艺术的总体风格：悲情，东北少年成长小说同样具有这样的风格。尽管这种"悲情"在20世纪90年代中后期以后开始淡化，但最能代表东北特色的少年成长小说仍旧是这些经过恶劣环境打磨的作品。

毫无疑问，苦难、死亡和残缺是东北人在恶劣的生存环境中最常遇到的三个敌人，可以说，它们促成了东北人的成长，也锻造出了东北人的性格。在东北少年成长小说中，苦难、死亡和残缺毫不客气地争相登场。当然，这三者并非全然分开的，而是牵缠融合在一起的，苦难包含着死亡和残缺，而死亡和残缺也造成了苦难，为了论述的方便，我才将其分而述之，这里须做一简要的说明。

前文我提到，苦难、死亡和残缺促成了成长，也就是说，它们是东北少年成长小说中"成长"这个母题生成的必要条件，也是成长母题的具体表现。

（一）苦难

"由于绝大多数东北人缺少一份物质优越感和由此带来的闲情逸致，……苦难美，则成为东北艺术的原点。从古老的民间传说人参娃娃，到当代儿童的苦难，都是最能触动作家心灵，激发创作灵感与艺术表现欲的东西。呈现儿童外面世界与内面世界的苦难，成为东北作家自觉的历史使命。"① 这是儿童文学评论家马力教授对东北儿童文学创作中的苦难成因与表现的一段十分精辟的论述。我不想把这个"苦难"变成广义上的包含了所有或苦或难的事情，这里的"苦难"是狭义的，它就是指艰难困苦的生活条件、落后愚昧的闭塞环境和不被理解的精神孤立等。下面我们就来看一看其在东北少年成长小说中是如何表现的，以及东北少年又是如何战胜苦难而完成成长的。

在东北儿童文学作家中，因为描写苦难而给我留下深刻印象的就是阜新作家常星儿。他的《秋境》《苦艾甸》《拓荒》《多雪的冬天》以及长篇小说《走向棕榈树》等作品，使得常星儿成为一位地地道道的苦难的歌者。翻开他的作品，就感觉有一股黄沙扑面而来，辽西八百里沙原瀚海中的儿童的苦难生活便跃然纸上。《秋境》中的

---

① 王泉根：《中国新时期儿童文学研究》，河北少年儿童出版社2004年版，第587页。

麦果到甸子上割草挣钱帮爸爸还债，两年后他死了；《拓荒》中的永迁为了生计辍学去帮爸爸垦荒；在《走向棕榈树》中，常星儿更是向我们描述了人称"八百里瀚海"的辽西沙漠，他这样写道："放眼看去，坨子一个连着一个，成峰似浪，白茫茫的一片，怎么也望不到边际。你想找到边际？往前走吧。一条小路纤细而有韧性，它在坨子间缠来绕去，像条永远也踩不烂的绸带。走在上面，有时一天也看不到一个人，一天也看不到一个村子。"大家可以试想一下，如此荒无人烟的地方，成人生存下去都很艰难，更何况是儿童呢？再如肖显志的《"神曲"唢呐》，主人公明子的父亲很早就瘫痪了，母亲又因为意外去世，为挑起生活的重担，他不得不过早地离开学校而踏上艰难的生活之路。《大苇荡》中的芦根的父母为了躲避迫害逃进了方圆百里的芦苇荡沼泽地，芦根生于斯长于斯，过着十几年与世隔绝的日子，虽然他们一家人很幸福，但相比芦苇荡外的世界，他们就像生活在蛮荒时代的原始人一样。另外，老臣的作品中也有很多涉及少年成长中的苦难，如《蓝山》中的小侉子，他"穿一条也许是他妈、他姐的裤子，肥，大，还是偏开门儿的；旧军衣差点垂到膝盖上，仅袄襟就缀了大小七块补丁"。这就是小侉子，一个来自连吃水都困难的地方的十四岁少年，我们不难想象他生活的拮据。《跑冰》中的嘎儿、《篝火》中的检儿、《火船》中的大贵等都是成长过程中苦难的亲历者。除了这三位作家，常新港、左泓、薛涛等人的作品中都不乏这样的少年。

　　虽然生活是苦难的，但苦难并不能击垮这些少年，鸣山和春玲最终还是走出了沙原，来到深圳，见识到了在梦中久违了的棕榈树；明子因为一支唢呐"神曲"救活了人，还为自己赢得了到音乐学院上学的机会；小侉子在打工的间隙还在不懈地自学着，他在挣钱供自己读书的道路上努力向前走着……总之，苦难使得身处其中的少年更为勇敢地面对生活的艰难，努力在沙漠中汲取阳光和水分，苦难中成长着的是一个个真正的汉子。当然，这里的"汉子"只是一个泛称，也包括那些生活在苦难中的勇敢坚强的女孩们，比如大秀、春玲等。

"虽说20世纪90年代中后期东北儿童文学的总体文风有解构'悲情'的倾向，但这并不意味着苦难美从此在东北儿童文学中不再具有原点意义，这时仍然有人写'悲情'，而且写得动人心魄。"① 比如于立极和刘东等作家的创作，就仍然具有这样的特征。

（二）死亡

弗雷泽认为"死亡"是人类最大的秘密之一，他在其12卷巨著《金枝》中所描述的"金枝国王"的习俗就来自土地上（或称为自然界）的生死循环之理，但"《金枝》并不真的是关于人们在原始野蛮时代的所作所为，而是关于人类的想象在试图表现它对于最大的秘密，即生、死和来世的秘密时的活动"。集原型批评之大成的弗莱则根据自然界的周而复始的循环变化规律，将原型理论引入文学领域，直接归纳出了四种基本的文学原型，"死亡"便是其中之一，它代表着悲歌和挽歌，而在充满悲情色彩的东北少年成长小说中，"死亡"就成了一个不可或缺的重要角色。

在东北少年成长小说中，有很多作品涉及了"死亡"。其中较为典型的就是黑龙江作家常新港的《独船》，作品结尾处石牙子的死让我有种透不过气来的压抑感，但也让我深切地感受到了"死亡"的力量。石牙子的死给来不及向他说一声"对不起"的王猛留下了一辈子的遗憾，也给张木头干涸的内心重新注进了一股人情人性。石牙子为救人而死，死得重于泰山。再如常星儿的《走向棕榈树》，根旺想让二十根檩子扎成的木排顺利通过北牧河上最险的一段水路——查明查干（蒙语，人间地狱的意思），因为过了查明查干，木头就能卖上个好价钱。他用计将鸣山和春玲骗下了排子独闯查明查干，最后，木排顺利通过了，而根旺却永远地留在了北牧河畔那座

---

① 王泉根：《中国新时期儿童文学研究》，河北少年儿童出版社2004年版，第591页。

孤独的坟冢里。根旺用"死亡"换来了鸣山和春玲南下的费用和成长的机会,他的死和石牙子一样是一种伟大,让人们感受到了一种"死亡"特有的魅力。另如老臣的《盲琴》,小说中的定子身患绝症,结尾处作家轻描淡写地写道:"春天,定子死了,死在青草发芽的时候。"定子和小伙伴们因为琴师的激将法而有生以来第一次走出了大山,看见了外面的世界,"走出"就是对孩子们精神成长过程的一个形象的描述,可以说定子没有任何遗憾地完成了自己的成长。定子的死没有给我们带来太多的伤感,更多的是一种希望。

除此之外,东北少年成长小说涉及"死亡"的还有很多,如左泓的《鬼峡》《魔鬼河》;肖显志的《"神曲"唢呐》《北方狼》;薛涛的《白鸟》《盐滩响铃铛》《河澡》《死亡游戏》;于立极的《死结》;等等。这些"死亡",有的是对邪恶的惩罚和对错误的纠正,有的是因情节需要而设置的意外,有的是通过死亡来反思生命的意义,有的甚至是作家故意渲染气氛……,但无论是何种"死亡",都会给人带来震撼,"死亡"也是一种美。当我就要结束这一段的写作时,我眼前再一次浮现出了小黑河上石牙子那悲壮的身影。

(三) 残缺

世界上的万事万物都是有缺陷的,完美的东西是不存在的,"人类的世界由两部分构成:内部世界和外部世界。前者是指人类自身,主要是主观世界。后者是与之对应的客观世界,即总体的社会环境。……这内与外的交叉同步构成了世界整体性的残缺"[1]。由此可以看出,世界的"残缺"包含两部分:人类自身和人类生存的社会环境,而人类自身又包含精神和肉体两个部分。精神残缺,在分析少年人的心理误视时已经提及;社会环境残缺,在苦难分析中也已涉及,唯一没有论述的就是肉体残缺,因此,我将通过分析东北少年成长小说中的肉体残缺,来看一看"残缺"是如何推动成

---

[1] 訾媛媛:《残缺与逃亡——论苏童小说特色》,《宿州学院学报》2005年第3期。

长的。

　　于立极在《自杀电话》中借欣兰之口说出了这样一段话："世界上许多雕塑家都想为美神加上胳膊，但结果哪一种方案都不是人们心目中最完美的。所以至今我们看到的仍是断臂维纳斯……"这是一个永远被禁锢在轮椅上的少女在劝说一个因脸上生痣而自卑的女孩时说的一段话，这正是我要论说的观点：身体上的残缺也是一种美丽，它更易促成人的成长。欣兰就是一个很好的例子，一场车祸虽然让她失去了双腿，让她有了自杀的念头，但当她成功解救了一个正在自杀的少年后，她真正懂得了生命的可贵，她成长了，并且成了校园内外少男少女的知心朋友，轮椅上的天鹅依旧美丽。常星儿的《走向棕榈树》中的大秀同样让我们见识到了"残缺"的美丽，大秀的右臂因为小时候得病落下残疾，不能动，但正是身体上的残缺赋予了大秀勤劳、善良和质朴的性格，因为大秀执着地认为自己由于身体残缺而得不到的东西，一定要让自己的朋友们得到。为了让鸣山能顺利到县重点高中上学，大秀私自决定和一个大她四岁的男人订了婚，用订婚的彩礼钱给鸣山交了学费。虽然后来大秀退了婚，鸣山也没有去上学，但她这种为了朋友而牺牲自己的行为却是令人感动的。最后，大秀通过自己不懈的努力当上了村小学的代课教师，大秀找到了自己热爱的职业，也为整个沙原播种着希望。老臣是另一位较多地关注"残缺"的作家，他笔下的少年有很多都是生活在黑暗和模糊的世界里的，比如《盲琴》中的琴师和《篝火》中的检儿。一双盲眼虽然让这位少年琴师显得很丑陋，但他出神入化的琴技却让所有人折服。他的琴声可以唤来飞鸟、击退猛犬、给迷路的孩子们指引方向……虽然作家没有交代琴师的成长过程，但我想，他的成长一定是艰难的，而他超人的琴技更证明了"残缺"并未阻挡他的成长，反而会激励他超越自己、超越他人。而《篝火》中的检儿虽没有失明，却是一千度的近视，摘下眼镜的检儿也会像身处黑暗中那样无助。检儿是个苦命的孩子，爹去世得早，妈见检儿是个睁眼瞎,狠心抛弃了他,检儿从此便与瞎眼的爷爷相依为命,但检儿很懂事,他在伴爷爷算命的路上还在预习着新课,小说结尾处检儿眼中那团模糊的篝火更是一种希望在升腾。当然,除此之外还有很多东北少年成长小说中提到了"残缺",如车培晶的《墨槐》中的哑巴石和《野鸽河谷》中的哑娃子等,这里限于篇幅不再赘述了。当然,残缺并非都能促成成长,而只有那些能在残缺中获得新生的成长故事才是我们需要的。

值得一提的是,在这些小说中还有一些身体残缺的动物在少年的成长中扮演着重要的角色。如黑龙江作家左泓的《魔鬼河》中的瞎狗"花豹"、铁岭作家肖显志的《北方狼》中的瘸狼王以及大连作家车培晶笔下的"哑"狗红脖儿等。"花豹"伴随着尤卡的成长,是尤卡人生中最亲密的伙伴之一。当"花豹"被人猎杀时,尤卡对人世的残忍和黑暗有了痛彻心扉的认识。而由瘸狼王带领的狼群本是与人为敌的,但因为有了共同的敌人——日本侵略者,狼王和大海走到了一起,成了并肩作战的朋友,他们互相鼓励、互相帮助。可以说,这些动物是小说中不可或缺的重要角色,也是少年主人公成长道路上的一种推动力。

"日常生活和艺术创作中,人们在尽善尽美的传统观念指导下总是极力追求完美,除非万不得已很难将残缺美纳入自己的审美视野。但残缺美总会以这样那样的原因既令人无奈,又令人无限惋惜地撞进我们的生活之中,逼着我们去严肃地正视她,热情地关注她。……因此残缺美作为完美的有机补充形式,有其自身独特的美学价值……"[1]的确是这样的,"残缺"对于成长中的少年来说是不幸的,但是如果他们能够战胜自我,勇敢地面对生活,那么,"残缺"也是一种美丽。试想一下,如果欣兰、大秀、琴师和检儿他们没有残缺的身体,那么,他们成长的故事还会在我们内心留下些什么呢? 也许那将是

---

[1] 马千里:《残缺作为一种美》,《安康师专学报》1998年第2期。

再普通不过的故事罢了。

三 悲情而不悲观的"成长"母题

通过前面的论述，我们可以看出，苦难、死亡和残缺在东北少年成长小说中扮演着十分重要的角色，几乎每一篇作品中都有它们的影子。少年在成长中与它们相遇、斗争直至取得最终的胜利，完成"成长"并"从对成人世界的无知状态进入知之状态"。也就是说，苦难、死亡和残缺是东北少年成长小说中"成长"母题生成的三个重要元素和具体表现。当然，并不能说苦难、死亡和残缺是东北少年成长小说中所独有的，它们也在其他少年小说作家的笔下出现过。与东北儿童文学作家群的精神气质最为接近的作家就是曹文轩，但我们却无法忽略东北与苏北的地域差异，反映在作品中自然就是内容和风格的迥异；与东北儿童文学作家精神气质最为接近的女作家则是彭学军，我们虽然不能以性别来判断男性与女性作家的创作差异，但其明显的不同却真真切切地摆在我们面前。同为湘西水土养育而成的彭学军，她的创作风格有着沈从文的金字招牌的遗传，那就是对生命纯度进行了最本色的书写。很显然，曹文轩表现出的是一种"大家"观照少年成长的高度，彭学军则更关注少年生命意义的纯度，而东北少年成长小说对少年人性的挖掘则更有深度和力度。这些都属于主题层面上要讨论的问题，根据主题学理论，主题由母题生成，主题的差异自然也是由母题的不同特点所造成的。接下来，我们就进入主题学，来看一看这十位作家笔下的"成长"母题有什么特点。

"母题"（motive）是由俄国形式主义者和德国的形式分析家们首先提出的，用来指主题学（thematics）研究中的最基本的情节因素。关于对"母题"一词的解释，通常为"在一部艺术作品中重复出现的显著（主要）的主题成分"；"显著的重复出现的主题的成分或者特点，中心主题的决定性意义"；"与主题相关的某种特别的情境或特别的观点"。① 而德国学者弗兰采尔则给出了一个比较完整的"母题"定义，他认为："母题这个字所指明的意思是较小的主题性的（题材性的）单元，它还未能形成一个完整的情节或故事线索，但它本身却构成了属于内容和形式的成分，在内容比较简单的文学作品中，其内容可以通过中心母题概括为一种浓缩的形式。"② 我国主题学研究的著名学者王立教授根据弗兰采尔的论述将"母题"定义简化为一句话：母题"即指文学作品中反复出现的人类的精神现象和基本行为"③。由此可以看出，母题是指叙事类作品中情节展开最小的也是最基本的单元，它可以扩展成为情节。"母题"既可以是人类的行为单元，也可以是人类的精神现象。

"成长"母题同样具有这样的特性，从肉体来看，"成长"是人类最基本的行为单元之一，在成年之前，肉体成长就是一个永恒不变的话题；从精神来看，"成长"将延续更长的时间，"因为精神世界的变化主要不取决于生理因素，而取决于社会条件，取决于人的环境和生活遭遇。这种变化、成长往往会贯穿人的一生"④。在东北少年成长小说中，肉体成长往往不是我们关注的重点，精神和道德成长才是作家们竭尽全力所要观照的。那么，在精神成长中，苦难、死亡和残缺究竟起着什么样的作用呢？

陈鹏翔在《主题学研究与中国文学》一文中指出："母题我认为是由两者或两个以上不断出现的意象所构成，因为反复出现，故常能当作象征来看待。"⑤ 根据这段论述，我认为苦难、死亡和残缺就是"成长"母题中不断出现的意象，有它们的存在，成长才变得更加厚重、更有意义。换言之，苦难、死亡和残缺已经成为东北少年

---

① 转引自陈惇等《比较文学》，高等教育出版社1997年版，第116页。
② [美] 乌尔利息·韦斯坦因：《比较文学与文学理论》，刘象愚译，辽宁人民出版社1987年版，第136页。
③ 王立：《文人审美心态与中国文学十大主题》，辽海出版社2003年版，第14页。
④ 吴其南：《德国儿童文学纵横》，湖南少年儿童出版社1996年版，第125页。
⑤ 转引自王立《文人审美心态与中国文学十大主题》，辽海出版社2003年版，第15页。

成长小说的一种象征。有了它们，成长就不会远了。东北少年成长小说的"成长"母题虽然充溢着悲情氛围，但我们必须要看到每一篇作品的结尾都会给人们一个希望。比如车培晶的《墨槐》，哑巴石虽然失去了唯一的伙伴红脖儿狗，却在最后得到了北山子的友谊而不再孤独。另如薛涛的《死亡游戏》，锥儿和碰子在一个小岛上相遇、相交，虽然碰子在最后一次下海打捞鱼叉时永远沉入了大海，但故事结尾处却又在小岛上点燃了一堆希望的篝火，似乎预示着碰子并没有死。再如肖显志的《火鹞》，当几次救下主人性命的火鹞（红色的鹰）像一个火球一样撞向残杀中国人的鬼子战斗机时，所有人都因为火鹞的死而伤心不已，但在故事结局时却又说，鬼子飞行员在之后的飞行中时常能看到迎面撞来的火球，让人们感觉到火鹞还活着……当然，除此之外的其他东北少年成长小说都有这样的母题特征。它们几乎都笼罩在一股浓浓的悲情氛围之中，但在结尾处却都给人一个希望。所以说，东北少年成长小说的"成长"母题具有悲情而不悲观的特点，这是一种必然，而不是偶然的。在后文中，我还会分析其成因，这里就不再赘述了。那么，这些作家在作品中用悲情体验来进行写作，其作用和特色又是什么呢？我认为，悲情体验往往是与悲剧性情节相联系的，这些情节更能凸显矛盾冲突和吸引读者的注意力。另外，悲情并不是人人都能在现实生活中体验到的，所以，在阅读他们的作品时，读者的体验心理会得到充分的满足。最后，他们作品中的悲情体验常常是与东北独特的自然风土人情融合在一起的，这既可以让读者领略东北的独特魅力，也是作家创作中的悲情体验的最大特色。

另外，需要注意的是，在文学文本中，母题常常是一个动词或包含动词的词组，人们面对它的时候，往往会提出一系列的疑问。比如"成长"，人们会提出"谁？""怎么啦？"等问题。也就是说，"母题"包含能促发人们去寻找行为主体和结果的动因，它有着"自我生成、扩充的能力和趋势"，"是活泼的、充满生命的力之'源'"①。当"母题"生成以后，它会继续扩充成为情节，继而是故事，并最终完成主题的建构。

东北少年成长小说的真正产生并得到长足发展是在历史新时期，由于所处的时代环境不同，东北少年成长小说也表现出"对儿童'内宇宙'的发现""对少年心理世界的揭误""对少年破碎心灵的疗治"等几个不同的时代新变。而东北所处的独特的地理地域条件以及历史、文化等原因的影响，东北少年成长小说的"成长"母题包含了"苦难""死亡""残缺"三个生成元素和具体表现，这也就决定了东北少年成长小说的母题充溢着浓浓的悲情氛围，但东北黑土地的丰腴和东北人坚韧、勤劳、豪爽、善良的性格品质，使得东北少年成长小说虽悲情浓烈，却不失积极乐观的精神，即东北少年成长小说的母题具有悲情而不悲观的特点。

第二节 主题生成的"崇高感"

上节我们提到，"成长"母题可以生成不同的主题，东北作家与曹文轩、彭学军等都创作过少年成长小说，但他们所要表现的主题却是不同的，这一点毋庸置疑。那么，东北少年成长小说的主题是什么呢？

东北少年成长小说的"成长"母题具有悲情而不悲观的特点，在细细品味这种悲情的过程中，我们会有一种感觉，那就是这些作品中透射出了一种崇高感，对这种崇高感的挖掘和颂扬就成为东北少年成长小说的共同主题。当然，这一主题下究竟蕴含着什么深刻的叙事意义，则是第三节的内容了。

东北作家的少年成长小说之所以会具有这样的母题和主题，并不是在历史新时期突然生成的，而是有其渊源的。东北儿童文学自

---

① 祖国颂：《叙事的诗学》，安徽大学出版社2003年版，第237、238页。

五四开始至改革开放时期，经历了"觉醒—曲折—复兴—奋进—繁荣"这样几个时期，每一个时期都会涌现几位优秀的少年小说作家和一大批经典作品。其中，很多作品直接奠定了东北儿童文学的整体风格和走向。

当然，我们看待文学，应将其作为一个整体，东北少年成长小说的风格形成，是否还有更深层次的原因呢？神话—原型批评为我们提供了寻找这个问题答案的方法，那就是从文学这个整体的最初形式——神话入手，来找寻"成长"和"崇高"的原型。因此，我还将从欧亚神话和东北神话中探寻"成长"的文学原点。另外，谈到"崇高感"，我们自然就会想到古希腊的悲剧，所以，我们在古代神话中寻找"成长"的原型时，还要看一看这些文学之源是如何表现"成长"中的崇高的。

简言之，东北少年成长小说的主题就是"成长的崇高"，这是对崇高的一种回归。那么，主题与母题究竟有什么样的关系？母题又是怎样生成主题的呢？

一 东北少年成长小说的"成长的崇高"主题

刚才我们谈到新时期东北作家少年成长小说的主题是"成长的崇高"，那么，这种主题是如何由母题生发出来的呢？母题与主题究竟有什么关系呢？我们就先由主题的概念谈起。

我们知道，文学所表现的母题现象主要是从人类的外在行为和内在精神两个层面进行的，而主题与母题密切相关又不尽相同。门罗·C. 比尔兹利认为，主题是指"被一个抽象的名词或短语命名的东西：战争的无益、欢乐的无常、英雄主义、丧失人性的野蛮"等。尤金·H. 福尔克则从比尔兹利的定义出发指出了母题和主题的区别与联系，他说："主题可以指从诸如表现人物心态、感情、姿态的行为和言辞或寓意深刻的背景等作品成分的特别结构中出现的观点，作品的这种成分，我称之为母题；而以抽象的途径从母题中产生的观点我称之为主题。""这里所说的'战争'、'欢乐'、'野蛮'以及人物心态（如'嫉妒'、'骄傲'），人物感情（如'爱'、'恨'），人物行为（如'生'、'死'、'叛逆'、'谋杀'）等，都是一种客观存在，也是许多文学作品中的小到不可再分的组成部分，作品中的这些不能再分解的组成部分，称作母题。母题不具有任何主观色彩，它没有倾向性，不提出任何问题，只有在经过了作者的处理以后，它才具有一定的褒贬意义，显示出一定的态度立场。……一旦母题有了倾向性，有了褒贬意义，它就上升为主题了。"①而王立则对母题与主题的联系与区别做了最简明易懂的概括，他认为："母题的数量虽有限（有人统计总数不过一百多个），但涵盖范围很广……母题呈现较多的客观性，是中性的。由于这（也许不是一个）母题的出现，使得作品主题在未经作者点明的情况下奇妙地展露出来，主题就这样熔铸和显现了不同作家的主观性。母题在具体作品中往往有一定的出现频率，而蕴含某种思想意旨的主题却并非如此。特定的情境常常包含一个特定的母题，而同样的情境可能表现为若干个不同的主题，主题的数目是无法统计的。"②

当我们明确了主题的含义及其与母题的关系后，东北少年成长小说的主题是如何生成的就很清晰了。在这些作品中，"成长"是一个核心母题，而不带主观倾向性的"苦难""死亡""残缺"作为"成长"母题生成的元素和表现，其实也都是一种母题，它们都是客观存在。当作家主观性参与其中后，"具有一定的褒贬意义""显示出一定的态度立场"的主题就产生了。比如"成长的崇高"，其中"成长"是再普通不过的客观存在了，而当东北少年成长小说作家们把悲情等主观情绪融入其中后，"崇高感"就出现了，这是对"成长"的虔敬和颂扬。简言之，主题是由某些客观存在和作家的主观

---

① [瑞士]弗朗西斯·约斯特：《比较文学导论》，廖鸿钧译，湖南文艺出版社1998年版，第235页。

② 王立：《文人审美心态与中国文学十大主题》，辽海出版社2003年版，第14页。

倾向性共同作用而生成的。

东北儿童文学作家创作的少年成长小说有几百篇（部），不同的生活阅历和知识储备让这些作家对"成长"的理解不尽相同，当他们把自己的思想熔铸进"成长"的母题时，千差万别的主题就诞生了。在这些作家创作的少年成长小说中，"成长"无疑是作品中的一个特定的母题，围绕这个母题，可能引出作家们对少男的成长（如左泓《魔鬼河》中尤卡、肖显志《北方狼》中的大海等）、少女的成长（如于立极《自杀电话》中的欣兰、常星儿《走向棕榈树》中的春玲等）；少年的肉体成长（如于立极《落叶之秋》中的成刚等）、少年的精神成长（如常新港《独船》中的石牙子、老臣《盲琴》中的定子等）；城市少年的成长（如于立极《生命之痛》中的李莉、刘东《游戏》中的小然等）、农村少年的成长（如常星儿《走向棕榈树》中的鸣山、老臣《篝火》中的检儿等）；海滨少年的成长（如于立极《淬鱼王》中的龙根、老臣《窗外是海》中的波儿等）、内陆少年的成长（如老臣《夜道》中的刘边、肖显志《北方有热雪》中的大牛等）；等等，不同的主题建构。虽然这些少年成长小说的主题繁多，却有一个中心主题，即成长既有暴风骤雨的痛苦锤炼也有风雨过后的美丽彩虹，"成长"的力量是巨大的、崇高的。如《走向棕榈树》中的四个少年主人公鸣山、春玲、大秀和根旺，在他们的成长之路上，苦难、死亡和残缺都经历了，痛是不可回避的现实。根旺虽然死了，但他的死却给鸣山和春玲的成长留下了一笔丰厚的物质和精神遗产，激励他们走向成长的彼岸。大秀也同样见到了彩虹，她退了婚，当上了教师，为自己的理想奋斗着。另如常新港笔下的石牙子，他舍命救下处处为难自己的王猛，这种以德报怨的崇高精神让每一个人都为之感动。再如于立极的《自杀电话》系列，欣兰能用残缺的身体来帮助那些处于心理困境中的少男少女，这种行为难道不崇高、不伟大吗？还有于立极《蹈海龙蛇》中的小龙、肖显志《北方狼》中的大海、老臣《火船》中的大贵等，这些少年虽然经历了恶劣的生存环境的痛苦洗礼，但他们却迎来了人生的一段最为精彩的成长历程，可以说，他们的成长跟蝉蜕和蛇解的过程极为相似。"成长"就是一笔丰厚的宝藏，它所透射出来的那种崇高力量让成长的当事人、过来人和后来人都受益匪浅。

当然，并非所有的少年都能完成成长的过程，如石牙子、根旺、定子、尤卡、二海、宋长威等。他们的生命虽然终止了，但其成长的故事无不给他们身边的朋友或是读者带来了极大的心灵震撼，石牙子的死解冻了无数冰封的心、根旺的死让多少人为之肃然起敬、二海的死让人和狼结成了盟友、宋长威的死让林榔变得成熟稳重而又沉默少言……也许这些少年的成长会更有力量吧。他们让读者在他们的成长故事里体验了一次成长的"痛快"，这对少年读者们的成长是一种不可低估的推动力，因为在这些少年的成长过程中，"崇高"的力量是加倍的。综上所述，东北作家所创作的少年成长小说的主题就是"成长的崇高"。

二 东北少年小说"成长的崇高"的生成轨迹

根据前文的论述，我们知道东北作家的少年成长小说的"成长"母题具有悲情而不悲观的特点，其主题是"成长的崇高"，那么，这样的母题和主题是否是在历史新时期突然生成的呢？答案当然是否定的，在东北现当代儿童文学发展的几十年中所出现的少年成长小说早已为历史新时期的少年成长小说创作奠定了基本风格和走向。下面我就对五四以来的东北少年成长小说的发展轨迹进行简要的梳理，以图为当下东北作家的创作找寻历史的依据。

1919年五四新文化运动至1931年九一八事变间的12年，是东北儿童文学的觉醒期。这一时期的儿童小说相对于其他儿童文学文体来说是较为发达的，比较优秀的作品有无名氏的《十枚铜元》、金光耀的《误会死的一个学生》、玉声的《苦学生》、血殷的《青天白日》等。这一时期的儿童小说还没有直接关注到儿童的成长问题，只是描写儿童成长生活中的某些情节，但这些小说所表现的内容大体一致，主要反映了学生的求学生活、孤儿与乞丐的生活、下层劳动儿童的生活等，以苦难描写为主。东北儿童小说从一开始就因为时代等原因打上了"悲"的烙印，但"崇高"还没有在此时出现。

九一八事变后至"八一五"光复间的14年，是东北儿童文学的曲折期。此时的东北儿童文学发展的重要标志就是各种文体的儿童文学作品都比前一时期更为成熟了，而儿童小说也因为有萧红、舒群等人的加盟而越发兴盛。代表作家作品有萧红的《夜风》《呼兰河传》；舒群的《没有祖国的孩子》；骆宾基的《幼年》；等等。这一时期的儿童小说作家大多是"东北作家群"中的成员，因此他们的作品大都表现了日伪统治下东北社会的黑暗和中国儿童的苦难生活，除此之外还涉及了儿童的觉醒与斗争。可见，这一时期的儿童小说继续延续"悲"的特色，但已经开始出现象征希望的"星星之火"。而关于"崇高"，此时的作家们依然未达到这样的深度。

"八一五"光复后至中华人民共和国成立前的4年，是东北儿童文学的复兴期。虽然1945年国民党接管东北而使得东北文学遭到摧残，但1948年辽沈战役后，东北文学尤其是儿童文学的各个文体都得到了复兴和繁荣发展。萧军的《我的童年》、范政的《夏红秋》、无名氏的《哈牧线上——孩子的控诉》等都是这一时期儿童成长小说的代表作。《我的童年》中的"我"具有倔强、豪爽、坦荡、粗野、正直、善良的性格，萧军借一个孩子之身抽象出了整个东北人的性格特征，这些特征至今还存在于常新港、于立极等作家的创作与生命中。另外，这一时期的儿童小说多是表现国统区儿童的苦难生活以及在抗日战争和解放战争期间涌现的少儿英雄形象。东北儿童小说的总体风格依然得到了传承和延续，而"崇高感"在少儿英雄形象的塑造中也只是忽隐忽现、似有实无。

中华人民共和国成立后至"十七年"时期，是东北儿童文学的奋进期，这一时期的东北儿童文学随着东北经济的发展而茁壮成长。

与儿童成长相关的儿童小说代表作家作品有郭墟的《杨司令的少先队》、崔坪的《红色游击队》、严振国的《送财神》等。"这一时期儿童小说的创作主要有两大题材：革命历史题材与现实儿童生活题材。前者表现东北儿童在过去黑暗的年代，由受剥削、受压迫到逐渐觉醒、走向反抗道路的过程。后者则主要表现少年儿童对集体的热爱，这正是新中国的少年儿童在新的历史条件下心灵美的具体体现。"① 由此可见，这一时期的东北儿童成长小说仍然具有"悲"的特征，但随着历史时代的变迁和社会生活质量的提高，"悲"越来越淡了，"希望"则越来越浓烈了。至于"成长的崇高"，在这一时期的儿童小说中依然未能"登堂入室"。

改革开放时期，即历史新时期是东北儿童文学的全面繁荣期。在少年小说（这一名称是在历史新时期才出现的）创作方面成就突出的就是本文中涉及的这些作家。从上面的分析中，我们不难看出，他们的少年成长小说创作是继承和延续了东北儿童小说的一贯风格的，那就是"悲情"。但是，这种风格在他们手中也有了新的发展，他们对成长中的悲情氛围、悲情体验的表现有了更深层次的含义，即对"成长的崇高"的挖掘和颂扬，这是历史新时期东北作家少年成长小说创作的独特之处。那么，在东北儿童小说发展的近百年中，"成长"在文学作品中如此频繁地出现，究竟是什么原因呢？"成长"何以具有如此强劲的生命力和延续力呢？"崇高感"又来自哪里呢？欧美文学批评的重要方法之一——神话—原型批评将帮我们找到答案。

三 古代东北文学中"成长的崇高"的原型

诺思罗普·弗莱曾对神话和原型的关系做过阐释，他说："神话是主要的传递力量，它赋予仪式以原型的意义，赋予神谕以原型的叙述。因此，神话就是原型，虽然为了方便起见，我们只有谈到叙

---

① 马力等：《东北儿童文学史》，辽宁少年儿童出版社1995年版，第154页。

述时才说神话，谈到意义时则说原型。"① 荣格则更为明确地指出：原型，"神话学研究称之为'母题'……"② 因此，"成长"作为一个母题，它又是一个文学原型。按照原型批评和神话学理论，寻找文学的原型要从神话入手，我亦将从神话中搜索"成长"的文学原型，一方面是为了探寻"成长"的文学之源，另一方面就是要看一看在这些"成长"的原型故事里，崇高是如何表现的。

"荷马史诗"、古希腊戏剧和《圣经》作为欧洲文学的三大源头，历来都是原型批评理论家们寻找原型的必经之路。荷马史诗中有大量描写英雄成长过程的故事，他们或是神的后代或有神的帮助，但其成长之路并不平坦，而是充满着各种险恶和诱惑。如赫拉克勒斯虽是宙斯的后代，但其一生充满了曲折和忧患。他尚在襁褓中便被赫拉派去的两条毒蛇加害；长大后，误杀老师和朋友；接下来要完成12件苦差事；后又被误中奸计的妻子杀死；最后他升天封神，与青春女神结为夫妻。赫拉克勒斯短暂一生的成长过程中充满着各种苦难，可以说，是苦难磨炼了他，促成了他的成长，最终修得正果。他的成长既是身体上的，更是精神上的。《俄狄浦斯王》是古希腊悲剧的经典之作，它用一个命运悲剧展示了成长的艰难。俄狄浦斯弑父娶母的命运是早被注定的，但是他为了完成自己的道德成长，刺瞎双眼、放弃王位，成为浪迹天涯的盲人，他要用实际行动向不公的命运抗争、为自己赎罪。"俄狄浦斯的确成功了，他在追求成长的道路上表现了人的自由意志和反抗命运的刚毅精神。他不仅为后世文学提供了一个永恒的原型，也为后人塑造了一座永恒的道德丰碑。"③ 从俄狄浦斯的故事中我们依然可以看到苦难的影子，另外，他刺瞎

---

① ［英］戴维·约翰·洛奇：《二十世纪文学评论》，葛林译，译文出版社1993年版，第112页。
② 叶舒宪选编：《神话——原型批评》，陕西师范大学出版社1987年版，第104页。
③ 樊国宾：《主体的生成——50年成长小说研究》，中国戏剧出版社2003年版，第28页。

双眼将自己放逐的时刻，即让人们为之恻然，又使人震慑于他的勇气，可以说，生理上的残缺反而增添了他的英雄美，所以说，残缺也是成长过程中不可忽视的重要元素。另外，我们注意到死亡是伴随赫拉克勒斯和俄狄浦斯成长的另一个重要元素，这个不需赘述便可一目了然。再如《圣经》中亚当和夏娃的故事，他们虽然在伊甸园内过着无忧无虑的生活，却无法抗拒成长道路上两个挑战：诱惑和知识，他们屈从于诱惑，被上帝降罪，男性要受劳作之苦，女性要受生育之痛。但是，他们因此而获得了知识，因而有能力走出伊甸园去开拓属于自己的世界。在亚当和夏娃的故事里，苦难和死亡都是隐喻的，当他们走出伊甸园，苦难和死亡就会随之而来。

在东北古代神话中，也有类似的成长原型。到目前为止关于东北各民族神话传说最早的记载，是汉朝王充《论衡·吉验篇》中的一段话，它记载了关于夫余王东明的传说："北夷橐离国王侍婢有娠。王欲杀之。婢对曰：'有气大如鸡子，从天而下，我故有娠。'后产子，捐于猪溷中，猪以气嘘之，不死。复徙置马栏中，欲使马借杀之，马复以口气嘘之，不死。王疑以为天子，令其母收取奴畜之，名东明，令牧牛马。东明善射，王恐夺其国也，欲杀之；东明走，南至掩淲水，以弓击水，鱼鳖浮为桥。东明得渡，鱼鳖解散，追兵不得渡。因都夫余，故北夷有夫余国焉。"这一神话传说记载的是大约在两汉之际，北夷橐离国王子建立夫余国的故事，东明在成长的过程中同样经历了各种苦难的磨炼，襁褓之中便被弃于猪溷与马栏中，后又被国王派兵追杀，他的成长与赫拉克勒斯等人是极为相似的。

从前面几个神话中的"成长"文学原型来看，这些英雄或是人类始祖在成长过程中都会面临某些困惑和迷茫，但苦难、死亡、残缺才是造成困惑和迷茫的直接原因，正因为他们要解决这些问题，成长才由此开始，那么，成长的结果自然就是困惑和迷茫的消除。我们在阅读东北少年成长小说时，会有一个很深刻的感受，那就是他们的作品中有一种浓浓的悲情氛围。这种氛围往往是建立在老东北恶劣的生存环境的基础上的，苦难、死亡、残缺无疑是这恶劣的生存环境中最常见的，这种独特的地域环境是作为政治文化中心的北京或是经济发达的东南沿海地区所不可能有的，因而也就塑造了东北少年成长小说的独特个性。可以说，东北少年成长小说更为接近"成长"的文学原型。

当我们再次回顾这些"成长"原型时，会发现他们的命运几乎都是悲剧性的。而在美学中，悲剧与崇高感密切相关。车尔尼雪夫斯基曾指出："人们通常都承认悲剧是崇高的最高、最深刻的一种"，"人们把它算作最高的伟大，也许不无理由"[①]。而在东北少年成长小说中，并不是每一个人物命运都是悲剧性的，但每一个故事都充溢着一种悲情氛围，这种悲情会给人带来"忧愁、悲痛、沉郁、哀伤、苦闷、压抑、恐惧……种种悲剧性情绪"[②]。那么，崇高感就在这些"悲剧性情绪"中产生了。

历史新时期东北少年成长小说发展至今，有近半个世纪了，综观这些作品，我们不难发现它们与东北现代文学中的成长小说以及当代文学中其他地域少年成长小说的主题话语都是不同的。东北儿童文学作家对"成长"始终抱有一种虔敬的心理，"成长"所展现出的巨大力量不仅鼓舞着作家自身的成长，也使他们能把这种力量融入创作，激励更多人成长。很显然，这种力量就是"成长的崇高"，这既是历史新时期以来东北少年成长小说至今未变的主题，也是对崇高的一种文学回归。"成长"能够如此频繁地在文学作品中重现并具有持久的魅力，原因就在于此吧。

刚才我们提到，东北少年成长小说母题的悲情特点是产生崇高感的重要原因，但并不是根本原因，因为在"成长的崇高"的主题

---

① 刘叔成等：《美学基本原理》，上海人民出版社1987年版，第199页。
② 曹文轩：《二十世纪末中国文学现象研究》，作家出版社2003年版，第21页。

背后还蕴含着更为深刻的叙事内涵，在下一节中我将对此进行阐述。

东北少年成长小说具有"成长的崇高"这样的主题，无论是完成成长还是未完成成长的少年，在他们的身上，人们可以感受到一种"崇高"的力量。"崇高，其实是美的一种表现形态，……作为人类争取真与善达到统一的实践过程则是动态的，其形式是严峻的、冲突的，人们在观照这种严峻的、冲突的动荡过程中，获得一种矛盾的、激动不已的愉悦，崇高对象就是在这种关系中呈现的。"① 无疑，东北少年成长小说的少年主人公们就是在争取"真与善"的过程中成为"崇高对象"的。这种"成长的崇高"在五四以来至新时期之前的东北儿童小说中是从未被如此深刻地表现过的，却是在东北儿童小说近百年的发展过程中逐渐积淀而迸发出来的。在古代欧洲与东北神话中，我们既找到了"成长"的文学原型，也找到了"成长的崇高"的文学源头，可以说，历史新时期以来的东北少年成长小说的"成长的崇高"的主题是对古代神话"崇高"的一次文学回归。

第三节 "成长的崇高"叙事

在前面我们论述了东北少年成长小说的母题生成和主题建构，接下来，我们就来看一看"成长的崇高"这一主题背后蕴含着什么深刻的叙事内涵，它是如何通过一定的叙事结构表现出来的，又是如何在读者中实现它的现实叙事意义的。

我们通过"成长"母题即可看出，母题不包含主客观判断，"成长"究竟是好是坏，我们无从了解，所以母题是中性的，是无主体性参与的行动元，加入了主体后它就可以生成为情节了。"情节是故事发展的必要环节，它是故事趋向完成的各种途径和因果关系。一

---

① 刘叔成等：《美学基本原理》，上海人民出版社1987年版，第191页。

般来说，我们对情节都可以进行三种问答：为什么？怎么样？什么结果？它表现着一个事件发展的原因、过程和结果。"① 如果说"对母题的第一级解答构成了情节，那么对情节的再度解答就发展成了故事。就像母题生成情节一样，情节生成了故事，而故事包含着主题意义"②。也就是说，情节是一部小说的中心骨架，是作品至关重要的组成部分。在叙事学中，情节又被称为"结构"，所以，本节将会首先分析东北作家的少年成长小说的叙事结构模式及其特点，即与同类作品相比较，他们作品的情节结构多了一个底座，那就是苦难、死亡和残缺。

当东北少年成长小说作家们面对由"成长"母题生成的情节结构时，他们会动用各自的生活阅历、知识储备等来为这一情节结构添上血肉，一个个不同的完整的故事便呈现在了读者面前。由于读者存在差异，因此，即使同一部少年成长小说，也可能会被解读出不同的主题意义。根据前文的论述，我们知道东北作家的少年成长小说有着一个共同的主题，那就是"成长的崇高"，这种"崇高感"虽然是由小说的"悲剧性情绪"（即悲情）引发的，但其中还隐含着一个深刻的叙事内涵，这个内涵就潜藏在东北少年成长小说独特的叙事结构中。

另外，我们还会发现，由于"成长"是现实生活中的每一个人都将要或者正在或者已经经历的人生过程，谁都无法逃避，因此，"成长"对于任何人来说都是至关重要的。根据接受美学的"召唤结构"理论，可知文学作品中的成长故事更易引起读者的共鸣，对读者产生作用。因此，少年成长小说对现实生活中的人，包括儿童更包括成人都有着不可低估的影响，"儿童是成人之父"也许是少年的成长对成人产生影响的最好表达吧。尽管我们不能对东北少年成长

---

① 祖国颂：《叙事的诗学》，安徽大学出版社2003年版，第238页。
② 祖国颂：《叙事的诗学》，安徽大学出版社2003年版，第241页。

小说做实地读者问卷调查，但可以通过作品中少年主人公对其周围成人的影响，来体味一下"儿童是成人之父"这一"成长的崇高"的现实叙事意义。

一 东北少年成长小说独特的叙事结构

刚才我们提到，情节结构是一部小说的核心骨架。当作家在确定了要书写的原型之后，为整部作品建立一副结实的结构骨架就显得十分重要了。阅读新时期东北少年成长小说，我们不难发现这类故事的情节发展具有一定的相似性。尽管每个故事都不完全按照相同的方式发展，但几乎所有的成长小说都包含主人公成长的背景、成长的困惑、离家出走或寻求出路、遭遇考验、陷入困境、获得醒悟和拯救等相似的经历。也就是说，在以"成长"为原型创作少年小说时，东北少年成长小说作家们都会有意无意地采用一种相似的结构模式。那么，这种叙事结构模式究竟是什么样的呢？

后面我们就通过一些作品来进行具体的分析。比如左泓的《魔鬼河》，小主人公尤卡的生活虽然艰难，但他却无忧无虑地快活地成长着。当他的好友乌日娜要到桦林镇上学的时候，读书成了对尤卡来说最大的诱惑。当后妈走进尤卡的生活后，一切都改变了，后妈打他、骂他还和别人通奸，这导致了尤卡的那次差点儿丧命的离家出走。经过磨难考验的尤卡更加坚定了要上学读书的信念，因为读书是完成成长的有效途径，所以小小的尤卡仿佛突然间成熟起来了。尤卡自己扎了个木筏，带着淘金叔叔们给他凑的学费踏入了前往桦林镇的急流，尤卡没有通过黑龙江上险峻的湍流，被大水冲走了。浓浓的悲剧氛围让读者久久难以释怀，甚至还在埋怨左泓怎么能这样安排结局呢？我们无法左右作家的思想，但从这部成长小说中，我们依然清晰地看到了一条结构脉络：受到诱惑—离家出走—遭遇磨难—逐渐成熟—坚定信念。再如常星儿的《走向棕榈树》，在这部小说中，诱惑几个少年的是远在南国的棕榈树和那个未知的繁华世界，春玲写过一篇散文来表达自己对这种诱惑的向往："我只在书刊中读过你，只在电视里看到过你，只在朋友寄来的照片上抚摸过你——哦，你这南国的普通一木！你绿得轻漫，绿得浓郁，绿得叫人惊叹。……是因为你生在南国，还是因为你常绿？我想走近你。我真想走近你，棕榈树！一睹你的风采，领略你的神韵！"不难看出，诱惑对于生长在茫茫沙原里的孩子来说是不可阻挡的。鸣山、春玲和根旺离家上路了，可根旺却为此付出了生命的代价。当鸣山和春玲抹去伤痛继续上路的时候，他们成长了，他们知道了自己身上的担子有多重。最后，春玲放弃了在深圳的发展回到了生她养她的八百里沙海，在她的心里有一个信念支撑着她，那就是深圳既然能从一个小渔村变成现在的繁华都市，那么，她的沙原小村也可以。鸣山留在了深圳，他要在那里完成自己的成长。在这部小说中，诱惑—出走—磨难—醒悟—成长的情节结构脉络依然十分清晰。另如车培晶的《野鸽河谷》，诱惑小主人公哑娃子的是对上学的渴望，他为讨铜灰叔的欢心，出走野鸽河谷，"卧底"在柳尖爷的身边，俟机偷走能够召唤野鸽群的紫铜唢呐，但在与柳尖爷朝夕相处的日子里，哑娃子被柳尖爷的善良感化了，他终于醒悟了，决心不再做铜灰叔的帮凶，最后，铜灰叔被野鸽群啄瞎了双眼而变得疯疯癫癫，哑娃子则获得了精神上的健康成长。最后，我们再来看薛涛的《空空的红木匣》，主人公"我"所面临的诱惑就是姥姥的那神秘的红木匣，当姥姥讲述了自己的童年记忆并将红木匣借给"我"时，"我"如获至宝。后来，为了偿还阿毛30元的游戏费用，"我"把红木匣里所有的漂亮贝壳都卖给了小伙伴，债虽然偿完了，但"我"每天放学回家都不得不像做贼似的绕开姥姥的阁楼。其实，这就是"我"对姥姥感情的一种背叛和"出走"。最后，姥姥的病逝唤醒了"我"的良知，"我"经历了一次精神上的洗礼，获得了成长。综观以上的例子，我们发现它们都有一条相似的叙事结构脉络，即诱惑—出走—考验或磨难—醒悟—成长。

芮渝萍在研究美国成长小说时，也注意到了这类作品具有相似的结构模式。她通过对大量美国成长小说原文的阅读，将这一结构模式用图的形式表现了出来，如下。

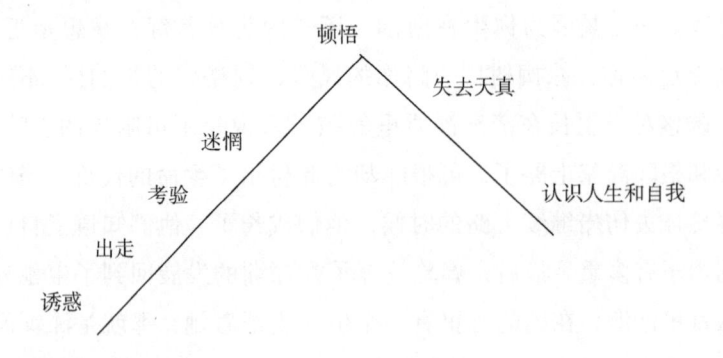

```
                顿悟
                 /\
                /  \ 失去天真
           迷惘 /    \
              /      \
          考验/        \认识人生和自我
            /          \
        出走/            
          /
      诱惑
```

芮渝萍指出："这个基本情节模式是以人类成长的基本模式为原型的。由于艺术的使然，这个结构原型必然努力寻找具有个性的表现形式，从而形成了各种结构变体。"① 这就可以用来解释为什么都是"成长"原型，也具有相似的情节结构模式，而会出现如此千差万别的少年成长小说文本的这个问题了。说到这里，可能有人会提出这样的疑问：既然成长小说都有着几乎相似的情节结构模式，那么东北少年成长小说又有什么特别之处呢？其实，这个问题前文就涉及了，由于东北独特的地理地域特点，恶劣的生存环境成了这些成长小说所无法回避的现实，苦难、死亡、残缺伴随着少年的成长历程。也就是说，东北少年成长小说的结构模式还有着一个让任何人都感到沉重的底座，那就是包含苦难、死亡和残缺等在内的恶劣的现实环境。这种环境是生活在北京或东南沿海地区的作家和孩子们所不可能经历的，我想这正是东北少年成长小说的一大特色吧。也许有人会问，儿童文学十分繁荣的北欧地区也有着跟中国东北极为相似的地理环境，却为什么没有出现类似的少年成长小说呢？我

---

① 芮渝萍：《美国成长小说研究》，中国社会科学出版社2004年版，第84—85页。

想原因是多方面的,但最重要的就是北欧人已经放弃了恶劣的陆上生存环境,转而向包围着北欧大陆的大海索取养料,发达的渔业和航海业让很多北欧小国富得流油。环境相似,而生活方式不同,结果自然就会不同。

综上所述,东北作家少年成长小说的独特叙事结构就是:苦难、死亡、残缺—诱惑—出走—考验或磨难—醒悟—成长。当然,这个叙事结构仍然是对古代神话中"成长"的叙事结构的回归,但恰恰是这种回归才使得东北少年成长小说的叙事结构具有了自己的独特性。这种独特性是相对于同时期中国其他地域的同类作品而言的,因为它们没有"苦难、死亡、残缺"这个叙事底座。像彭学军的少年成长小说,其中的一些主人公甚至只是因为一件事就突然醒悟而成长的,她省略了少年成长中的很多过程,这与东北少年成长小说是有着极大不同的。当然,并不是所有的东北成长小说都有这样的情节结构模式,有的作品缺少其中的某环或几环,有的作品甚至与基本的原型结构相比区别很大,这种变异性是由很多原因导致的,因其不占多数和限于篇幅,本文就不再论及了。

另外,近年来,随着社会的发展,东北的现状已不容关内任何一个省份小觑,尤其是东北的两座中心城市沈阳和大连在走向国际大都市的进程中,作家们的创作风格开始多样化,时尚与古典的碰撞、融合成为文学的主旋律,因此东北少年成长小说渐渐与全国其他地区的同类作品走向趋同。这是进步还是倒退,我不敢断言,但可以肯定的是,东北特色不能丢,这是我们在文学史上留下一笔的重要保证。

二 颂扬人性善:"崇高"的叙事内涵

在前文中我们提到,东北作家的少年成长小说有着一个共同的主题,那就是"成长的崇高",这种"崇高感"虽然是由小说的"悲剧性情绪"(即悲情)所引发的,但悲情却并不一定都能引发崇高感。根据"崇高"的美学定义,"崇高"是在主人公争取"真和善"的过程中才出现的,因此,在东北少年成长小说的"崇高"背后,还隐含着一个深刻的叙事内涵,那就是对人性善的颂扬。少年在与苦难、死亡、残缺做斗争的成长之路上所表现出的强大的人性魅力,才是东北少年成长小说给人一种崇高感的根本原因。颂扬人性善是儿童文学的本质任务,每一位儿童文学作家都是以这样的目标来进行创作的,但东北少年成长小说作家们做得更为深刻。由于东北独特的地理、文化和历史等原因,东北作家有着最接近生活本真状态的心理积淀,他们对叙事结构中的"苦难、死亡、残缺"的底座的理解更为透彻,因而对少年人性善的颂扬也就更有深度和力度了。在对人性善的揭示中,东北少年成长小说的叙事结构与主题达到了完美的统一。

关于"什么是人性?"这一问题,我只想拿出一个被公认的结论,那就是马克思关于人性的理解,他说:"首先要研究一般本性,然后要研究每个时代历史地发生了变化的人的本性。"也就是说,"人是一切社会关系的总和",这样才是一个完整的发展的人性概念。进入当代社会后,人性探掘成为世界潮流,各国文艺家都自觉以人性为核心进行艺术活动,中外文学史表明经典作品无一不以揭示人性为矢,因为"文学的存在方式最终取决于人的存在方式,文学艺术领域任何根本性问题都可归结为对人的理解,任何文化都必然表现出创造者对自我的认识。人们按照何种方式生存与审美,必然与如何认识自己相一致"[①]。可以说,"人性是文学之核心"[②]。在成人文学中,对人性的理解和挖掘是十分复杂的,但儿童文学却单纯得多。著名儿童文学评论家朱自强教授在《儿童文学的本质》一书中,将揭示与颂扬人性善作为儿童文学的一个本质规定,这一观点也已得到儿童文学业内人士的一致赞同。东北少年成长小说在颂扬人性

---

① 裴毅然:《二十世纪中国文学人性史论》,上海书店出版社2000年版,第14页。
② 裴毅然:《二十世纪中国文学人性史论》,上海书店出版社2000年版,第14页。

善上便做得十分到位，我们可以通过车培晶的两部作品来进行印证。首先是《墨槐》，主人公哑巴石是一个哑巴孩子，父亲放石炮被崩死了，母亲疯了，他的魂也丢了，变得很孤独很凶，并且失去了与他相依为命的红脖儿狗。善良的北山子装成哑巴来安慰他，他仇恨北山子，但终因北山子也是哑巴，最终还是接受了他，向他透露了自己心中最大的秘密。在这个故事里，北山子用善良的心滋润了哑巴石干涸的心灵，哑巴石也用善良来回报北山子。再看《野鸽河谷》，这个故事的基本结构与《墨槐》很相似，只不过主人公换成了柳尖爷和哑娃子，他们也是用善良感化和回报着对方。除车培晶外，其他东北作家同样都对人性善做了尽情的书写。他们从生存于苦难、死亡、残缺这样艰难环境中的少年身上挖掘出人性的闪光点，这比描写那些生活安逸富足、学习条件优越的少年的某些善良行径更具震撼力，作家对人性善的颂扬自然就更有深度和力度了。

　　有人可能会存在这样的疑问，那就是在国内知名儿童文学作家的创作中，与东北少年成长小说类似的作品并非没有，比如曹文轩的《草房子》《青铜葵花》等，那么，东北特色又在哪里呢？东北特色不在于对少年人性善的颂扬上，因为这是每一位儿童文学作家进行创作的终极目标，东北儿童文学作家与曹文轩等做到了这一点，说明他们对文学规律、人性尺度等把握得高明，而真正的东北特色在于他们以群体优势从苦难、死亡、残缺这一叙事结构的底座出发，去观照人性这一个问题，自然就会把它看得更为透彻了。在这里，东北作家将叙事意义与叙事结构完美地融合在了对人性善的颂扬中。曹文轩说过："儿童文学界正在形成一个共识：只有站在塑造未来民族性格这个高度，儿童文学才有可能出现蕴涵着历史内容、富有全新精神和具有深度力度的作品；也只有站在这个高度，它才会更好地表现善良、富有同情心、质朴、敦厚等民族性格的丰富性。"[1] 可以说，东

---

[1] 曹文轩：《中国八十年代文学现象研究》，作家出版社2003年版，第359—360页。

北作家站在了这个高度上并做到了这一点,因为他们已经发现了"成长的崇高"的真正内涵。

三 儿童是成人之父:"崇高"的现实叙事

东北少年成长小说中那种成长的"痛快"可以让少年读者们受到极大的震撼,也会警示他们慎重应对自己成长路上的顺境或逆境。当然,成长路上的痛苦也许并不是东北少年成长小说中所独有的,曹文轩、梅子涵、班马、董宏猷、张之路等男性少年成长小说作家的笔下都不曾让成长中的痛苦和迷惘缺席,但是以一个群体来凸显恶劣生存环境所造就的浓浓的悲情氛围中的少年成长却是东北所独有的,也只有东北才能孕育出这样的群体来。

少年,是一个模糊的年龄地段,王泉根教授的儿童文学三层次说将为十一二岁至十六七岁的儿童服务的文学称为少年文学;张美妮教授在《幼儿文学概论》中将少年界定在13—15岁;蒋风教授对"少年"也有大致相当的分界,可见,13—16岁这一时间段是儿童阶段和成人阶段之间的一个过渡期,即少年期。也就是说,少年与童年和成年都不同,却兼具两者的特点。当我们谈过东北少年成长小说对少年读者的影响之后,有人会提出这样的疑问:这些作品在现实中是否只对与作品中的少年主人公同龄的读者产生心理共鸣呢?答案是否定的。这群粗犷的东北汉子用他们细腻的心思创造出来的这些少年的成长故事同样影响着成人,因为"儿童是成人之父"。

最早发表"儿童是成人之父"见解的是英国湖畔派诗人华兹华斯,在一首名为《彩虹》[①]的诗中,他这样写道:

  The Child is father of the Man;儿童是成人之父,
  And I could wish my days to be 我希望在我的一生里

---

① 刘晓东:《儿童精神哲学》,南京师范大学出版社1999年版,第381页。

Bound each to each by natural piety. 每天都怀着（对儿童）天然的虔敬。

继华兹华斯之后，文化人类学的创始人和文化进化论的首创者泰勒、著名心理学家和心理复演说的倡导者霍尔以及著名的意大利儿童教育家蒙台梭利都曾说"儿童是成人之父"。如泰勒在《原始文化》一书中指出："我们越是把各种不同民族的神话虚构加以比较，并努力探求作为他们的相似的基础的共同思想，我们就越确信，我们自己在童年时代就处在神话王国的门旁。儿童是未来的人的父亲，这种说法在神话学中说，比我们平时说具有更深刻的意义。……蒙昧人是全人类的童年时代的代表。"[①] 而蒙台梭利在《童年的秘密》中则表述得相对通俗一些，她指出："事实上，母亲和父亲对他们子女的生命有何贡献呢？父亲提供了一个看不见的细胞。母亲除了提供另一个细胞外，还为这个受精的卵细胞提供了一个生活环境，以便使它能最终成长为一个充分发展的小孩。说母亲和父亲创造了他们的孩子，那是不对的。相反的，我们应该说：'儿童是成人之父。'"[②] 那么，为什么"儿童是成人之父"？蒙台梭利是这样回答的，她说："人一旦获得生命，在人最初创造时所发生的事情在所有人的身上都会再现出来。因此，我们可以不断地重复说：'儿童是成人之父。'……就儿童的活动领域而言，我们是他的儿子和扈从，正如在我们的特殊工作领域他是我们的儿子和扈从一样。在一个领域成人是主人，但在另一个领域儿童是主人。"[③] 根据这些论断，我们可以做如是理解：儿童时代是人类童年的缩影或是复演，原始的人类童年时代的

---

① [英] 爱德华·泰勒：《原始文化》，连树生译，上海文艺出版社1992年版，第285页。

② [意] 蒙台梭利：《童年的秘密》，马荣根等译，人民教育出版社1990年版，第59页。

③ [意] 蒙台梭利：《童年的秘密》，马荣根等译，人民教育出版社1990年版，第191页。

一切都可以通过遗传等方式进入现代人的思维中,影响着现代人。那么,儿童也会如此影响着成人。中国新文化运动的旗手鲁迅早在百年前就提出了这一思想,他指出:"以幼者弱者为本位,便是最合于这生物学的真理的办法……后起的生命,总比以前的更有意义,更近完全,因此也更有价值,更为宝贵……"① 可见,鲁迅是在建立一种"以儿童为本位"的新的儿童观,后世中国儿童文学近百年的发展也证明了鲁迅的观点是正确的。

那么,我们在此以如此大的篇幅来说明儿童对成人世界的重要影响与本文有何关系呢?在本节开头我提到过东北少年成长小说对儿童读者的影响是不言而喻的,但通过我们上述的理论分析,可以断言,这些作品对成人亦有着不可低估的作用,"儿童是成人之父"给了这个问题最好的解答。尽管我们要把少年成长小说推向成人读者是有难度的,但当成人一旦面对这些小说时,就很难对此无动于衷。他们会震惊于少年人艰难的生存环境、钦佩于少年人为成长所付出的努力和代价、反思自己成长路上的点滴、净化自己的心灵以规划一个更美好的未来。由于时间、能力等条件的限制,还无法对东北少年成长小说做读者接受调查,虽然这只是理论上的推测,但也是有依据的。另外,我们还可以通过一个方法来印证这一观点,那就是通过作品中的少年主人公的成长对周围成人的影响,来体味一下"崇高"的现实叙事意义。比如常星儿的《棕榈树》,村长喜泉叔本来是要到沙原边拦住离家出走的鸣山、根旺和春玲的,但当他看到三个孩子那坚毅的面庞时,他咽下了要挽留他们的话,还给了他们一些盘缠。喜泉叔之所以会这样做,是因为他被三个孩子这种改变家乡落后状况所做的努力感动了。另如于立极的《龙金》,两位少年主人公金娃和金锁人虽小,但在龙神爷的调教下成了姬、姜两家耍龙灯的逗宝(即耍龙灯时,在龙头前耍宝的人,是龙灯好坏

---

① 鲁迅:《我们现在怎样做父亲》,《新青年》1919 年第 6 卷第 6 号。

的关键)。当两家为争夺龙金的保护权而进行龙灯比赛时,两个孩子的勇猛表现感染着各自族里的每一个成年人,他们使劲全力去争取胜利。再如肖显志的《神曲"唢呐"》,明子不图金钱,举报封建迷信活动;他不计前嫌,吹了一天一夜的唢呐"神曲",终于唤醒了韩大肚子;等等,明子这种高尚的品格给身边的成人做了一个很好的榜样。还有张石牙、盲琴师、欣兰等,无不用自己的成长经历和崇高品格影响着周围的成人,以此类推,在现实的读者接受中,少年的"成长的崇高"必然会对成人产生影响。

邓少滨在评价刘东的《轰然作响的记忆》时说道:"刘东笔下的'轰然作响的记忆'中讲的都是大家非常熟悉的、却常常被成年人忽略或者不屑一顾的故事,读过之后你会认为故事的主人公就生活在自己的周围……"[①] 的确是这样的,我曾把一些东北少年成长小说,如《独船》《魔鬼河》《走向棕榈树》《自杀电话》《轰然作响的记忆》等推荐给我身边的师长、同学和朋友,他们读过之后留在脸颊上的泪痕就说明了一切。恰恰是这些被他们"成年人"忽略或者不屑一顾的故事深深地感动了他们、影响了他们。著名儿童文学评论家刘厚明把儿童文学的功能概括为"染情、益智、导思、添趣",这对儿童自不必多言,而对心智成熟的成人来说,这四大功能的表现也许会更为突出,因为成人会想得更深、做得更多。"儿童是成人之父",这一东北少年成长小说对成人世界的现实的叙事意义不容忽视,这种群体的力量是单个少年成长小说作家所无法抗衡的,其在读者世界中的反响会更大。

本节主要论述的是东北少年成长小说的主题叙事意义,首先我们通过作品分析概括出了东北少年成长小说的叙事结构,即苦难、死亡、残缺—诱惑—出走—考验或磨难—醒悟—成长,这是对古代神话中的"成长"叙事结构的回归,也体现出了东北少年成长小说

---

① 刘东:《轰然作响的记忆》,中国少年儿童出版社2003年版,第263页。

不同于同时期中国其他地域同类作品的独特性。少年主人公在与构成叙事结构底座的"苦难、死亡、残缺"做斗争的过程中，在争取"真与善"的过程中，表现出了"崇高"背后那个深刻的叙事内涵，即人性善。另外，作品中少年的"成长的崇高"不仅可以影响其周围的成人，而且对于现实生活中的成人也会起到一定的作用，因为"儿童是成人之父"。

第四节　东北儿童文学的独特个性

黑土地虽然是膏腴的，但恶劣的气候条件又让东北人活得实在艰辛。"成长"是希望的象征，所以，恶劣生存条件下的"成长"故事便成了东北作家们关注的重点，他们用"成长"故事鼓励自己、鼓舞他人。当这些作家成为一个群体的时候，其力量是无比巨大的。前文提到，自20世纪80年代开始，东北儿童文学全面发展，这次东北儿童文学作家群的全面崛起被有的论者称为对"东北作家群"的"类似再现"。

东北所处的地理环境决定了其苦寒的气候，而黑土地又是最为膏腴丰饶的乐土，因为丰饶就意味着还有希望，所以苦寒和丰饶共存造就了东北人坚忍不拔的性格和积极乐观的生活态度，这一点很好地体现在了东北少年成长小说的创作上。同时，这种环境也形成了东北少年成长小说作家们与生俱来的忧患意识和平民意识。

东北是一个多民族相互交融、共同发展的地区，其文化与文学有几千年的发展历史了，古老的民风民俗早已深刻地融入了当代作家们的创作中。尤其是东北地域文化的主要来源——萨满教，至今还影响着很多东北少年成长小说。

"男性的北方"与"女性的南方"是一组成对出现的概念，当我们谈论"男性的北方"的时候，包括秦文君、程玮等在内的"女性的南方"也不会甘于寂寞，她们依然要走进我们的视野。周晓波惊奇地感叹:"江南的这一组是清一色的女性,而北方的这一组,则是清一色的男性。"我们虽不能将性别作为文学种类的划分标准,但男性作家与女性作家在创作上必然是有差异的。

正是以上这些原因,造成了东北少年成长小说的独特个性:作品中充溢着浓郁的悲情氛围,却还隐含着一股积极乐观的精神;对苦难、死亡和残缺等艰难生存环境中的成长进行了抒写,却还透射出一种崇高的力量;有着"东北作家群"一样的群体优势;有着强烈的忧患意识和平民意识;有着东北所独有的民俗、民风、民情;有着一群在儿童文学世界里跋涉的男子汉……下面,我们就来具体看一看东北少年成长小说独特个性的成因。

一 时代原因:"东北作家群"的"类似再现"

20世纪30年代,东北这块土地上曾崛起了一支文坛劲旅——东北作家群。他们用手中的笔抒发情怀,展现东北人民的苦难和斗争,在中国现代文学史上留下了浓重的一笔。而在"东北作家群"崛起50年后的80年代,东北文学再次焕发青春,这次崛起的不是成人文学创作,而是儿童文学。最初是黑龙江的常新港和左泓等作家开始在全国儿童文学评奖中屡摘桂冠,但是当左泓等作家在90年代相继淡出文坛以后,东北儿童文学的中心开始逐渐转向辽宁,涌现了"辽宁小虎队"这一儿童文学作家群体。到了21世纪,辽宁儿童文学依然高歌猛进,成绩斐然。另外,随着左泓等作家的回归,黑龙江、吉林两省的儿童文学也在大踏步前进。可以说,东北儿童文学作家群就是"东北作家群"的一次"类似再现"。

"类似再现"是一种群体优势,在中国现代文学史上,像"东北作家群"这样优秀的作家群体并不多见。这些作家如萧军、萧红、端木蕻良、骆宾基、舒群、罗烽、白朗等都怀有共同的美学追求和文学理想,他们虽流亡关内,却用手中的笔不懈地战斗着。如果有人把京派和海派作家也当作一个群体的话,可以说,他们绝没有

"东北作家群"这样的目标明确、步调一致。如今，到了新时期、新世纪，当"东北作家群"的创作走向世界的时候，又一个作家群正在东北土地上悄然崛起，那就是东北儿童文学作家群。由于黑龙江和吉林两省的儿童文学作家为数较少，所以，这个群体主要是以"辽宁小虎队"为主力。在中国儿童文学史上，能在一个地域以一个群体出现的作家群，恐怕也只有东北才有了。这个群体的成因与他们的前辈"东北作家群"有相似之处，故有学者认为，其"形成了30年代东北作家群之崛起的'类似再现'"①。

这种"类似再现"文学现象的发生，主要是因为两个作家群体处于相似的历史时代变迁中。李春林教授很明确地对其进行了阐释："30年代，民族危机空前严重，关东大地的人们最先陷于异族的压迫，处于危机的核心，处于民族命运的底层——他们已沦为地地道道的被从母体剥离的殖民地上的奴隶。东北作家群正是在这种情况下诞生。……而今，整个中国处于改革开放的春风中，东北、辽宁也都有历史性的巨变。然而，曾是全国重工业基地和米粮仓的东北，现在又显得相对滞后。……曾是先进的东北地区又承受着曾经落后、现在则已走在前面的广东、江苏、山东等省的竞争压力。"② 通俗地讲，这两个群体都是在东北遭难或是发展滞后于其他地区时出现的。这样，就让这两个作家群体有了同样的忧患意识，这是时代所给予的，也是其他地区作家所不可能拥有的先天"优势"（劣势有时也是一种优势）。

进入21世纪以后，东北又发生了巨大的变化，随着振兴东北老工业基地的呼声逐年高涨和国家的积极扶持，东北的振兴已初显成效。现在，东北的两座中心城市——沈阳和大连快步走在了全国经

---

① 李春林：《30年代东北作家群的"类似再现"——论90年代辽宁儿童文学作家群》，《社会科学辑刊》1998年第4期。
② 李春林：《30年代东北作家群的"类似再现"——论90年代辽宁儿童文学作家群》，《社会科学辑刊》1998年第4期。

济发展的前列。那么，这一新的时代变迁对东北作家尤其是儿童文学作家又会产生什么样的影响呢？最主要的影响就是21世纪的东北儿童文学创作的风格已渐渐与全国其他地区开始趋同，尽管常新港、左泓、于立极和刘东等作家依然在全国各种评奖中屡获佳绩，但他们作品中的东北味已不像从前那么浓烈了。比如常新港的《一位少年对默片的补充说明》《一个普通少年的冬日》；于立极的《女生娜佳》《校园二题》等与国内其他地域的家庭题材、校园题材少年成长小说没有什么不同，在作品中很难找到东北特色了。再如董恒波，他已经开始转向儿童纪实文学的创作，当他的《飞得最高的中国人——杨利伟》获得冰心奖的时候，东北就完全退出了作家的创作视野，唯一的东北味就是杨利伟是东北人。在这里，我想说的就是，新时期的东北儿童文学作家群是因为东北特色才被称为"东北作家群"的"类似再现"的，如果这种特色丢了，那么东北这座中国儿童文学的重镇也就不存在了。

二 地域原因：黑土地苦寒与丰饶的共同滋养

一提到东北，人们就会想到那厚厚的黑色冻土、肆虐的寒风和铺天盖地的大雪。在人们的印象中，东北地区广袤富饶，然而那里严寒的气候也足以让人想见其自然条件的苛刻。迟子建曾这样描述自己对东北气候的感受："夏天还没过完，秋天一下子就来了，你刚骂完天气冬天就来了，铺天盖地的大雪，半年多，一直被雪覆盖着……"[①] 的确，东北的自然条件是恶劣的，但这块土地上的人却是热情、厚道、勤劳、善良、坚韧和勇敢的。这一点体现在少年成长小说创作上也是十分明显的，艰难的气候和生存条件使小说创作中充溢着浓浓的悲情氛围，但膏腴的土地和豪爽的性格又让东北人满怀希望，所以，在这些作品中是看不到任何悲观情绪的，而都是对成长的渴望和对

---

① 蜀光：《访问迟子建》，《黑龙江日报》1995年10月18日。

未来美好生活的乐观向往。

同时，独特的地域条件和由此而形成的人文性格，也使得东北少年成长小说作家们具有浓厚的忧患意识和平民意识。之所以会产生忧患意识，我们刚才已经提及，具体表现在作品中的就是那深刻的文化反思。如老臣的《盲琴》，这篇作品"通过盲琴师与一群孩子'以心看世界'和'以眼看世界'的不同人生行为方式的碰撞，写出了泥旧守成与走出桎梏的冲突，封闭与开放的冲突"[1]。老臣通过深刻的文化反思，探寻原因，寄予变革的希望。再如常星儿的《走向棕榈树》中的那几个出走的少年，他们的离开是对旧有文化氛围的反叛，他们的回归则是一种新的文化的滋生，同样表达出了作家对东北深深积淀着的旧有文化的深刻反思。平民意识则主要是因为这些作家几乎全部来自生活的基层，"众生们或悲或喜、且又往往是悲多于喜的人生，不独引起他们的关注，而且使他们内心无比焦灼，这必然使得他们将塑造这样的人物作为自己的历史使命。"[2] 对普通平民的关注使得他们都尽其所能地去挖掘普通人身上的真、善、美。如《走向棕榈树》中的喜泉叔，他虽然想拦住出走的鸣山、春玲和根旺，但是他为了能让孩子们出去见识一下外面的世界，还是忍痛放走了他们。喜泉叔以前做的让鸣山和春玲不满的事情，就显得微不足道了。在喜泉叔的身上，我们看到了一种悲壮和崇高。《跑冰》中的嘎儿爹、《"初四"纪事》中的李眼镜等都是这样的人物。我们可以在普通人身上读到某种崇高的意味，那是因为作家们太爱生活在东北这片土地上的人们了。

忧患意识和平民意识都是东北儿童文学作家与生俱来的，或可说是对前辈的某种精神遗传，这是其他地区的少年成长小说作家所

---

[1] 李春林：《30年代东北作家群的"类似再现"——论90年代辽宁儿童文学作家群》，《社会科学辑刊》1998年第4期。

[2] 李春林：《30年代东北作家群的"类似再现"——论90年代辽宁儿童文学作家群》，《社会科学辑刊》1998年第4期。

无法比拟的。前文中我曾对五四时期以来的东北儿童成长小说进行了分时段梳理,通过梳理我们发现儿童的苦难生活等始终是作家们创作的主要题材,忧患意识和平民意识从那时开始就已经进入东北儿童文学作家的集体无意识中了。

谈到这里,可能有人会问:中国的西北和北欧地区也有跟东北类似的自然环境,那么它们的文学会有所不同吗?答案是肯定的,中国西北、北欧与东北的纬度接近,因此环境也就大同小异了,但西北土地贫瘠、北欧人又常与大海为伍,再加之历史、文化等原因的共同影响,所形成的文学风格自然就会存在较大差异,这是不言而喻的。

三 文化原因:东北俗文化的深远影响

东北少年成长小说独特个性的另一个重要成因就是东北独有的民风民俗和民情。东北是一个多民族聚居且相互交融、共同发展的地区,汉族、满族、蒙古族等十几个民族在这片土地上繁衍生息,他们在创造物质文明的同时创造着灿烂多彩的精神食粮,其文化与文学已经有几千年的发展历史了。东北的民间文艺、说唱戏曲、民情风俗等对当代东北文学的影响也是十分明显的。

了解东北的人都知道,东北的地域文化主要来自萨满教,"在东北历史上,萨满教是一种最古老最有影响力的原始的、土著的民间宗教形态,是东北诸民族民间文化和民俗形态的母源"[①]。萨满教有独立的神话系统,这些神话逐渐形成了东北内在的民风、民俗和民情。如《篝火》中的"跳大神"、《魔鬼河》中的"吴迈日传说"和淘金工们说唱的"依玛堪"("依玛堪"是赫哲族的一种说唱艺术形式,其主人公大多都是萨满)等都与萨满文化密切相关。如《魔鬼河》中淘金工人乌白心说唱的"依玛堪":

---

① 阎秋红:《萨满教与东北民间文化》,《满族研究》2004年第2期。

赫妮娜——
黑龙江水卧巨龙，
赫哲人出了个莫日根。
那年水妖来作怪，
淹掉九九八十一座峰。
赫哲人眼看要遭难，
莫日根挺身救众生。
他一夜伐倒九十九棵白桦树，
把九十九条能抗风迎浪的桦皮舟来造成。
莫日根，好威风，
驾着桦皮舟滔天浪里率先行。①

另外，萨满教是个崇尚英雄的宗教，这也是"东北地区一直具有豪侠尚武、多情重义的古朴民风"②的重要原因。体现在作品中的如《走向棕榈树》中的根旺、《北方狼》中的大海、《龙金》中的金娃和金锁、《蹈海龙蛇》中的小龙等都是这样的人物，在他们身上，我们既可以看到英雄的气质，也可以体味出勇敢坚韧的古朴民风。可以说，东北儿童文学作家创作的少年成长小说中几乎篇篇都有这样的人物。至于汉、满、朝鲜等具体民族文化对东北儿童文学的影响，则不是三言两语可以说明的，以后若有机会，我将会对这一问题进行深入的研究。

最后，我们从东北古代神话中也可以找到某些东北儿童文学作家的少年成长小说中的文化遗留。在前文中，我们提到了东北有记载以来最早的神话传说：东明建国。在这个神话中，东明出生后被弃于猪溷和马栏中，这说明东北文化是以游猎为主的游牧文化。在

---

① 左泓：《魔鬼河》，少年儿童出版社1990年版，第83页。
② 阎秋红：《萨满教与东北民间文化》，《满族研究》2004年第2期。

我研究的这些少年成长小说中，游牧文化的特色依然存在，如常新港的《荒火的辉煌》中的烧荒、车培晶的《落马河的冬天》中的打马掌、老臣的《跑冰》中的猎鱼，还有左泓和常星儿笔下的放排等都是游牧文化的重要特征。东北的城市化进程相比东南沿海地区，还是相去甚远，所以，只要还有广阔的农村，这种游牧文化对文学创作的影响就依然会持续。

一部文化史比一部单纯的历史要更为生动、更为全面地反映一个国家、一个地区或是一个民族的发展历程，东北的文化史同样说明了这个问题。几千年的文化早融进了每一位东北作家的骨血中，而由几千年文化形成的独特的民风、民俗和民情也早已成为东北作家的先天遗传，不知不觉中就会表现在他们的文学创作上了。东北古文化的影响还会继续，并且会一直成为东北人值得骄傲和夸赞的先天优势。

四 性别原因："男性的北方"与"女性的南方"

在本章的开头，我曾经提到黄云生和周晓波的关于"男性的北方"和"女性的南方"的论述，性别也应该是造成东北少年成长小说独特个性的一个重要原因吧。

黄云生和周晓波是最早提出这一问题的评论家，尤其是周晓波还对这个现象的出现进行了初步探究。在《'97中国儿童文学巡礼》一文中周晓波首先提出了儿童文学作家南北阴阳不平衡的现象，她指出："江南的这一组是清一色的女性，而北方的这一组，则是清一色的男性。也许这只是一种巧合，但我觉得它却在某种程度上反映了当前儿童文学青年作家群的整体流向：南方是阴盛阳衰，优秀的年轻女作家还可以列出不少，诸如彭学军、王蔚、汤素兰等，而30岁以下的拔尖男作家却凤毛麟角；相反北方则是阳盛阴衰，出挑的大都是男子汉，像葛竞、保冬妮这样有才气的年轻女作家实在是太少了。"[①] 之

[①] 周晓波：《当代儿童文学面面观》，湖南少年儿童出版社1999年版，第2页。

后，周晓波又对出现这一现象的原因作了初步分析，她认为这与当前经济发展中的"实用"观念相关。文学尤其是儿童文学很难为作家们创收，因此，实用性自然就差，这在商业较为发达的中原、江南和华南地区表现得尤为突出，男孩们都愿意进入商业和科技等领域而不愿触碰文学。相反，在经济发展稍逊一些的北方，这种现象就不是很突出了。

其实，周晓波对南方儿童文学作家阴盛阳衰现象的分析还是很准确的，但她并没有说出东北儿童文学作家阳盛阴衰的根本原因。经济发展相对滞后是客观现实，但东北传统的经济和生活方式才是造成儿童文学作家阳盛阴衰的根本原因。这一方面是受东北特定区域的地理位置、经济环境等因素的影响，另一方面也与本地区的历史沿袭、文化心理有着密切的关系。自古东北即以渔猎经济为主，这决定了人们必须以集体协作为主要劳动方式，个体是无法承担这样落后的生产技术和生活方式的。为了生存，就必须养成团结一致的合作精神。既然生活在这样的经济环境中，那么，商业意识自然就成了无源之水、无本之木了。也就是说，东北人的商业意识很淡薄，又何谈实不实用呢？在这种经济和生活方式下，男性无疑成为社会的主导，这与人文思想较为开放的长江以南地区是完全不同的，东北的女性往往只是一个家庭的幕后英雄。那么，东北儿童文学作家的阳盛阴衰现象就不难理解了。虽然，历史新时期的东北也出现了像迟子建（兼有成人文学与儿童文学）、孙惠芬（以成人文学成名，后有儿童文学创作）和王立春（儿童文学）等具有全国影响的著名女作家，但与数量庞大的男性作家相比，她们为数太少了。谈到这里，也许有人会问："东北经济发展的现状与过去有很大的不同，那么这些传统因素的影响还会存在吗？"我认为这种影响依然存在，虽然东北四座城市——沈阳、大连、长春、哈尔滨有了相当发达的商业网络，但是除此之外的其他中小城市和广大农村地区呢？传统因素的影响在这些地区依然是巨大的，所以说东北文学包括儿童文学作家出现阳盛阴衰就不足为怪了。

　　至于"男性的北方"与"女性的南方"在创作风格、艺术特色等方面的比较，则不是本书的任务了。性别虽不能作为划分文学种类的依据，但男性作家与女性作家在创作上的差异还是十分明显的。到此为止，我对中国儿童文学的东北地域论研究就只能暂告一段落了，其实，随着时间的推移，中国儿童文学的地域集聚性是在不断增强的，东北儿童文学只是先行了一步，随后而来的还有西南地域的大自然儿童文学群落、西北地域的甘肃儿童文学八骏、江浙沪地域的江南儿童文学作家群等，目前限于篇幅和能力，这些儿童文学的地域论研究只能留待以后再慢慢补充完善了。不管怎样，儿童文学地域论都是中国儿童文学理论研究中不能忽视的重要组成部分。

第五章　出版传播论

中国儿童文学是一个复杂的系统工程，除了儿童文学的本体，其还关涉着儿童教育、儿童心理、儿童阅读、儿童游戏、儿童出版传播等各个领域，本章将从儿童文学的出版传播入手探究21世纪中国儿童文学的系统理论建设，因为出版传播就像是一条条经纬线，可以将中国儿童文学系统工程中的每一个节点关联、交织在一起，其既是中国儿童文学产业链条上各环节的黏合剂，又是整个儿童文学系统工程得以顺利运行的润滑剂。

第一节　纸媒童书的新生路径

所谓大众传媒，即大众传播媒介的简称，是新闻传播的工具和载体；是报纸期刊、广播电视、新闻纪录片等的总称。当然，时下比较火热的微博、微信等自媒体也应属于大众传媒的范畴。大众传媒的核心内涵还是传播方式在不同时代的演变，很显然，当下大众传媒的主要传播方式是电子传播方式，尤其是网络以及电子书等媒体的出现，使传统印刷传播方式极速消亡。中国童书本就是一个极度依赖传统传播方式（即纸媒）的文学形态，即便是目前最为流行的绘本童书，其主要的传播载体依然还是纸媒，尽管部分绘本已经开始将纸质版本与电子版本同步营销，但儿童更易和更广泛接受的仍是前者。这与人类固有的阅读传统习惯有关，同时也与家长在儿童和现代传媒之间人为设置的某些障壁有关，比如很多家长因担心孩子迷恋网络和电子产品或出于健康因素的考虑而禁止其过多接触电子书等。可是，面对大众传媒的新发展，纸媒童书的创作资源逐渐被瓜分，早已风光不再，甚至出现了枯竭，原创性欲求无门，生命力迅速流失，这是摆在纸媒童书面前的一道生存难题。其实，纸媒童书的原创性不显，不应去质问作家，我们要关注的是其背后所隐藏的深层原因。

一 从文化立场入手重新建立童书的原创性

这是我在本书中第二次提及文化立场问题了，因为我觉得文化立场是中国儿童文学从创作到出版传播的一个核心原点。文化立场其实是一种文化态度和价值取向，也就是人们在对待某种文化时褒贬、取舍的心理状态，而童书创作的中国文化立场就是指，在童书创作过程中，以中国文化为根基和出发点并对中国文化持认可态度的文学场域。中国传统童书，如《三字经》《百家姓》《千字文》《幼学琼林》《龙文鞭影》等都是持中国文化立场的经典儿童启蒙之作，可是，中国童书的文化立场自近现代以来便发生了变化，即由中国文化立场转向西方文化立场，这是一个让我们难以接受却又无可奈何的转变。

如果熟悉20世纪中国文学创作与出版的发展史，我们可以得出一个毋庸避讳的话题，那就是从晚清中国文学现代性生发起始，中国文学就一直在模仿、追随西方，童书亦如此，这是中国新文学的三大来源之一。即使是热切呼唤和热衷追求文学原创性的历史新时期，这种模仿和追随其实一直都存在。就拿文学史公认的原创性极强的先锋探索性儿童文学思潮而言，无论梅子涵、曹文轩、班马等多么努力，无论《在路上》《云雾中的古堡》《鱼幻》等作品多么标新立异，他们的童书原创不也始终是成人先锋文学的附庸吗？而成人先锋文学又是西方现代派的忠诚拥护者，所以，归根结底，20世纪80年代中后期那一场声势浩大的先锋儿童文学浪潮虽然以"高蹈"（吴其南语）的姿态开辟了童书的新疆域，却不可避免地在孩童们"不懂"的困惑中"寂寞"地落幕，这种以模仿和追随西方文化模式为主的原创性是不具强劲生命力的。美国学者艾布拉姆斯在《镜与灯——浪漫主义文论及批评传统》中认为：文学作为一种活动，是由世界、作家、作品和读者四要素构成的，并且是这四个要素构成的整体活动及其流动过程和反馈过程[1]，也就是说，一个完整或者成功的文学创作必须由这四要素构成，且四要素间要发生相互关系。那么，由此可以推断，在先锋儿童文学浪潮中出现的那些作品是难以被贴上成功的标签的，因为其在读者与作品间中断了联系，缺少了阅读接受这一重要的环节，最终导致其原创尝试的失败。换言之，我们的童书原创性在现当代文学近百年的发展历程中，似乎始终停留在西方的原点上。

上面的论述只是说明了一种文学现象，其根源还是中国童书原创性的文化立场问题。19世纪中后期的"西学东渐"让全体中国人有了一种始终无法改观的文化立场，即东方不如西方。在我看来，这就是一个笑话，几千年的东方文化文明史岂能不如西方？贾平凹曾说："现在，当我们要面对全部人类，我们要有我们建立在中国文化立场上的独特的制造，这个制造不再只符合中国的需要，而要符合全部人类的需要，也就是说为全部人类的未来发展提供我们的一些经验和想法。"[2] 对中国童书而言，要想获取丰厚的原创性资源，就需要彻底改变中国童书创作持续了近百年的西方文化立场，毕竟中国文化资源才是当代童书原创性的支点，不再模仿和追随西方，而是为他人提供我们的"经验和想法"，以供他人模仿和追随，做到这一点，中国童书的原创性也便水到渠成了。遗憾的是，当下中国童书创作的西方文化立场仍然没有改变，而要想改变，则尚需一段

---

[1] [美] M. H. 艾布拉姆斯：《镜与灯：浪漫主义文论及批评传统》，郦稚牛等译，北京大学出版社1989年版，第5—6页。

[2] 贾平凹：《我们需要有中国文化立场的文学原创性》，《中华读书报》2009年11月4日第3版。

时日，因为当代童书创作对西方文化的依赖仍然在潜移默化地发生着，比如著名作家于立极的新作《美丽心灵》，虽然这部作品以"心理咨询小说"之名引领了一种全新的儿童文学潮流，但其核心内涵却仍来自西方，即弗洛伊德的精神分析学说及相关方法论。当然，我们也在一些中国当代童书的少数创作者身上看到了可喜的变化，比如薛涛的《山海经新传说》、周锐的《琴棋书画》等，这些作品都是从中国文化或者思想中寻求原创的立足点，以中国文化立场为根基，书写优秀的中国文化传统和思想内核，其好似20世纪80年代出现的寻根文学的一种"类似再现"。另外，这里需要说明的是，对童书创作的中国文化立场的倡导绝不是对中国传统文化思想的简单复活，而是一种精神回归，是对中国文化资源和经验的一种有效利用。就这一点而言，中国当代童书的出版要比创作更早开始这种文化立场的转变，这从目前童书出版中的国学经典大热这一现象中便可窥见一斑了。

二　从现代性体验之中寻找童书的原创性

既然向传统文化系统寻求原创资源的难度受文化立场的选择、读者文化素养的差异、作家文化掌控能力等各种因素的影响依然较大且难以在短时期内实现，那么中国当下童书的原创性该向哪个方向努力呢？与传统文化相对的就是现实资源或被称为现代性体验，这里的"现代"应有两个含义：一是时空概念，即指1917年至今的现代中国；二是心理体验，正如美国学者马歇尔·伯曼所说："所谓现代性，就是发现我们自己身处一种环境之中，这种环境允许我们去历险，去获得权力、快乐和成长，去改变我们自己和世界，但与此同时它又威胁要摧毁我们拥有的一切，摧毁我们所知的一切，摧毁我们表现出来的一切。"[①] 我们便于某种环境中通过这种获得和失

---

①　[美]马歇尔·伯曼：《一切坚固的东西都烟消云散了：现代性体验》，徐大建等译，商务印书馆2003年版，第15页。

去的过程而拥有了现代性体验。通俗地说，中国所经历的现代性体验是指在中国现当代近百年的发展史中，我们获得了什么又失去了什么，如何获得又怎样失去，在这种获得和失去当中我们积累了哪些心理体验，等等，这是我们用一个世纪的时间换来的宝贵现实资源。于是，挖掘这些现实资源和提升童书向现实发问的能力便成为保证童书原创性的重要手段。

童书挖掘现实资源的尝试早已有之，五四时期鲁迅在《故乡》《社戏》等作品中对美好童年经历的怀想凸显和批判了现代社会转型时期中国人的奴相和精神麻木；冰心在《三儿》《庄鸿的姊姊》等作品中对现实社会问题的暴露以及对儿童死亡现象的深切思考；抗战时期丁玲在《一颗未出膛的枪弹》中配合革命战争年代的环境和背景叙写了一个革命儿童的成长历程；"二十七年"时期的《小兵张嘎》《闪闪的红星》等经典无一不在展示中国儿童在现实环境中所获得的心理体验和生命感悟，可以说，这些童书作品都极好地挖掘了现实资源并结合作家自身的现代性体验使作品有了很强的原创性和独特个性，它们既不拘泥于中国传统文化，也不受困于西方文化思想的窠臼，因此而成为童书经典。到了大众传媒日渐盛行的历史新时期，中国童书创作并非没有关注过现实，甚至我们挖掘现实资源并向现实发问的力度还一度达到一个极难超越的高度，比如程玮、秦文君、刘东、于立极等作家，尤其是刘东，他是利用文学来展示与疗治现代儿童心理困厄的行家里手，同时这也是其向现实发问的一种特有的方式。这种对现实的观照是极具深度和力度的，但这种力度的现实发问精彩却少见。同时，也有作家对现实中的某些问题提出了让人震撼的美学思考，比如曹文轩对"苦难"的深度探析以及一些作家对"死亡""残缺"等童书主题的书写，都是他们观察现实并向现实发问的一种角度和方式。需要指出的是，有关"死亡""苦难"等主题的表现，中国童书创作和出版界仍有争论，有学者、作家和出版机构并不赞同将这些内容呈现给儿童读者，他们认为其有悖于童书积极、健康的思想主旨,可我认为不论是阳光、顺境还是风雨、逆境都是儿童成长过程中可能经历到的,这才是一个完整的人的现代性体验,我们又何必虚假地粉饰太平呢?在这些全面而深度观照现实的童书中,我们感受到了令人惊心动魄的美学力量。可是,这样的向现实深度发问的优秀童书虽不能说凤毛麟角,却也屈指可数。可以说,这些优秀童书从现实这个纬度出发去寻求原创资源的尝试确实取得了成功,也为中国童书的原创提供了有价值的参照物,但问题也随之出现了,那就是关注现实体验的原创童书出现了越来越严重的同质化倾向。

　　同质化写作突出、异质化写作缺失是当下童书向现实发问并向现实寻求原创资源的一种必然的副产品,因为我们从第一次接受文化教育的时候就开始了整齐划一、缺乏个性的现实培养,现当代中国自身所经历的几十年的现代性体验赋予了这种同质化教育以最堂皇的理由和最有效的手段。所以,当下童书的同质化批量生产也就不足为怪了。可是,越是同质,就越是欠缺原创性,这使我们可以不再去模仿和追随西方,却不可避免地成为希腊神话中纳西索斯所化身的那株自恋的水仙花,既然模仿别人不好,那就模仿自己吧。那么,在校园、家庭、爱情等现实题材资源愈加枯竭的当下,如何提高我们向现实发问的能力和加大向现实寻求原创资源的力度呢?我认为辽宁儿童文学的地域性创作就是一个非常好的示范和榜样,辽宁童书作家在关注现实、发问现实的基础上,加入了东北地域文化的因子,让本是同质化的写作有了完全异质化的审美体验,比如常星儿的《回望沙原》、老臣的《盲琴》、肖显志的《北方狼》、董恒波的《天机不可泄漏》等,这些作品让读者感受到了浓浓的东北味道和辽宁地方文化色彩,让人耳目一新,如这般带给读者新鲜审美经验的原创童书才是当下最紧缺的。其实,除了东北童书,江浙地区的吴越文化、西南地区的大自然生态文化、西北地区的游牧文化等地域特征都逐渐地被童书作家们融入自己的现实思考中,他们的成绩同样斐然。

三 文学过滤体系与文学生产习惯对童书原创性的影响

当我们找准了童书创作的文化立场和现实资源后，就需要进一步关注原创性童书的生产机制了。在大众传媒的时代背景和中国文学的现代性体验下，童书原创性的强弱一直受到政治权力话语和经济力量下的文学过滤体系与文学生产习惯的深刻制约。中国文学在左翼革命文学正式成为文坛主流后，又经过了《在延安文艺座谈会上的讲话》、"二十七年"时期的各种文艺政策规制，便让政治话语成为不可替代、不可动摇和不可挑战的权威。2022年的5月23日是纪念《在延安文艺座谈会上的讲话》八十周年的日子，"政治标准第一、艺术标准第二"的文学创作原则仍让人记忆犹新，政治权力话语对文学创作的控制和把持是历史的必然选择和时代的迫切要求，是无可厚非的，但这种文学生产模式却成为一种思维惯式深深地影响着早已身处不同时代的当下童书创作与出版。万事不逾"矩"，是最基本的政治要求和文学原则，也是童书创作与出版的第一道过滤器。正如福柯在其"权力话语理论"中所表达的思想："主体行为对权力的反抗是一面，在反抗的同时，又以受体的身份出现，即对强势话语主体表现出认同或屈从的立场。"[①] 就像前文我所提到的一部分人反对将"死亡"等内容写入童书就是对政治权力话语的"认同或屈从"，很显然，这种"认同或屈从"是有碍童书原创性的，而与其背道而驰于作品中书写"死亡"等内容的作品则是对权力的一种反抗，在无伤正统"三观"的前提下，这种反抗倒成了一种原创的契机。所以说，这种政治权力话语既有"压制性"，又有"激发性"。同时，市场经济体制下传媒与出版社在强大经济力量

---

① 王泽龙：《论20世纪40、50年代中国现代文学转型原因》，《文艺研究》2003年第5期。

的支配下，成为童书创作的第二道过滤器。尽管这些传媒也知道求新、求异、求真的童书创作是保有童书原创性的重要内容，但在更为强大的政治权力话语面前，它们不得不忍痛割爱地屏蔽掉了某些原创内容，否则，一方面会因为出版的图书不合社会主流话语而销量可怜并进而严重影响出版社的经济效益，另一方面会因为某些内容未被屏蔽而导致图书无法通过审查并造成出版社前期人力、物力和财力投入的巨大浪费，因为我们知道"越是原创性强的作品，越是对文学体制既定成规的冒犯，会表现出对原有文化体制的疏离、背叛，甚至冲击"①。所以，就目前的文化体制而言，传媒机构还没有这样的勇气。总之，过滤是必需的，但也在一定程度上破坏了当下童书创作与出版的原创性，形成了同质化严重的倾向。

除了政治权力话语和经济力量对童书原创性的影响，当下大众传媒的权力新宠——文学网站对原创性的影响也是显而易见的，因为它们对异质文学的态度同样含混暧昧，再加之其独特的文学发表和传播方式，对网络童书的过滤则更为直接和通透。只需敲入一个简单的关键词，该屏蔽掉的内容就绝不可能出现，这也许正是大众传媒对童书原创的一种最为直接的伤害。另外，大众传媒也在迫使当下的童书创作与电子传播这一主流传播方式进行合作，比如童书的网络游戏化写作或改编就是当下极为火热的文学现象，周锐、苏梅、李志伟、伍美珍等童书作家都投入其中，甚至几位老牌童书作家如白冰、高洪波、金波和葛冰等还将大热的网游《植物大战僵尸》改编成了故事书并由中国少年儿童新闻出版总社出版，可谓创意新鲜十足，这种童书与网游的结合确实是当下童书创作的一种全新尝试，且在一定程度上提升了童书的原创性，但模式化、金钱化、技术化等弊端也随之出现，这是大众传媒带给我们的关于童书原创的

---

① 房伟：《"原创性焦虑"与异端的缺失》，《艺术广角》2011年第4期。

一个亟待深入研究的课题。

以上便是我对大众传媒背景下纸媒童书原创性的几点认识，要想完全解决中国纸媒童书原创性难的问题，要想使中国童书在原创资源日渐枯竭中寻求新生，将是一个长期而艰难的任务。

第二节　传播方式及效果呈现

自媒体应是在大众传媒背景下兴起的一种新媒体形式，大众传播媒介（Mass media）的核心内涵是传播方式的演变，很显然，当下大众传媒的主要传播方式是电子传播，而极速发展的各类电子传播平台就使得对大众更具普适性的自媒体兴盛了起来。两位美国学者谢因·波曼与克里斯·威理斯定义"自媒体"："是普通大众经由数字科技强化、与全球知识体系相连之后，一种开始理解普通大众如何提供与分享他们自身的事实、新闻的途径。"[1] 诚然，自媒体确实具有个人化、平民化和自主化等特征，但其毕竟仍处于既有的社会传播权力关系之下，万事不逾矩，自媒体亦如此。那么，在自媒体时代一种被社会广泛关注的传播物——童书的传播方式会有哪些变化？其新的传播方式会有哪些社会规约以及其传播效果又会如何呢？

一　童书传播方式的嬗变

在自媒体时代到来之前，"童书是一个极度依赖传统传播方式（即纸质媒体）的文学形态……这与人类固有的阅读传统习惯有关，同时也与家长在儿童和现代传媒之间人为设置的某些障壁有关"[2]，的确是这样的，人类真正意义上的阅读就是从纸媒开始的，纸媒这

---

[1] 邓新民：《自媒体：新媒体发展的最新阶段及其特点》，《探索》2002年第2期。
[2] 王家勇：《关于童书的原创性思考》，《出版发行研究》2014年第10期。

种传统传播方式会给人非常直接的阅读感官刺激，翻动书页的触觉、纸张中隐含的自然气息和清淡的墨香、字里行间随时添写的读书心得……这些都是人类着迷于纸媒传播方式的原因。这种传统传播方式在童书的阅读传播中更显其重要意义，因为童书的阅读接受者——儿童的思维、认识机制尚不成熟，他们对世界的观察是直观的、具象的，而纸媒这种实物存在恰恰能够很好地适应儿童的这种直觉思维类型，成为儿童的一种实实在在的伙伴式的存在，这是虚拟的电子传播媒介所做不到的。人类的童年和人的童年都是首先从接触纸媒传播方式开始的，这似乎已经成为一种集体无意识隐于我们的潜意识中，进而成为人类的一种思维惯式和本能天性，即阅读要依赖于纸媒传播方式。

　　但是，大众传媒背景下自媒体兴盛后，童书的传统传播方式受到了严峻的挑战。首先，自媒体平台的种类繁多，比如博客、微博、微信、论坛、贴吧等，因其私人化、全民化、自由化等特性而使得人人都有可能成为电子童书的制造者和传播者，在自媒体平台上，原有的纸媒童书作家、童书评论家、家长、教师甚至儿童自身都成了童书自媒体传播方式的参与者，这是传统纸媒童书传播方式所做不到的，因为纸媒童书的制造者和传播者相对比较局限，只能是作家和出版发行机构等，加之纸媒传播又受到相对比较严格的政府、市场审查和过滤，传播的速度、广度和自由度都远远不及自媒体。其次，自媒体童书传播方式的交互性也是传统传播方式难以企及的，比如某位作家在博客上发表了一篇作品，而儿童读者首先会以信息接受者的身份对作品进行阅读并利用自媒体的技术优势与作家进行直接互动，随后，儿童读者又在自己的博客等自媒体上分享了对这篇作品的感受后便又成为信息的发布者，这种信息发布者和接受者的身份交互使得自媒体平台对这篇作品形成了庞大的信息网，其影响力也会迅速扩大。当然，按照接受美学的观点，纸媒童书传播方式中也有这种作家和读者间的交互关系，只不过相比于自媒体传播方式，其是隐蔽的、间接的、被动的，甚至很多时候是难以完成的。总之，自媒体童书传播方式与传统纸媒童书传播方式相比有很多的优势，这也是纸媒童书发展越来越萎靡和原创性日益枯竭的重要原因之一。

当然，自媒体童书传播方式并非全无问题。一方面，这种全新的童书传播方式的自由度是极高的，且缺乏正规的监管，这会导致自媒体童书资源的良莠不齐。纸媒童书传播方式中，儿童阅读童书的选择权通常在成人手中，而在自媒体童书传播方式中，自媒体平台的开放性，使得儿童可以自由阅读这些电子资源，成人是控制不住的，那些"有毒的""有色的"不健康的阅读资源也会随之进入儿童的视野，这对儿童启蒙教育所带来的不良影响是不言而喻的，自媒体童书传播方式的安全性是摆在我们面前的一个亟待解决的严峻问题。另一方面，自媒体童书传播方式有极强的共享性，正如著名媒体文化研究者尼尔·波兹曼在评价20世纪80年代的新媒体——电视时所说："电视是一种敞开大门的技术，不存在物质、经济、认知和想象力上的种种约束。6岁的儿童和60岁的成年人具备同等的资格来感受电视所提供的一切。……它排除了世俗知识的排他性，因此，也排除了儿童和成人之间的一个根本的不同。"[1] 显然，自媒体作为当今的新媒体形式，与当年的电视一样是一种更为"敞开大门的技术"，其对儿童和成人都是平等的，成人可以通过自媒体来获得知识，儿童也可以同样的方式获得同样的知识，儿童可以知道成人所知道的一切，既然如此，儿童和成人还有什么差别呢？尼尔·波兹曼表达了对新媒体下"纯真"童年日渐消逝的深切忧虑，而在自媒体时代，这种忧虑则更为深切。其实，这个问题已经涉及自媒体童书传播方式的效果了。

---

[1] ［美］尼尔·波兹曼：《童年的消逝》，吴燕莛译，广西师范大学出版社2004年版，第121页。

二 童书传播效果的呈现

自媒体童书传播方式的效果主要还是体现在这种童书的接受者——儿童的身上，尽管这种新媒体传播方式存在这样或那样的问题，但其对儿童的审美、教育、娱乐等功能仍然是不可或缺的，这是儿童对其提出的要求，也是整个社会对其提出的要求。社会可分为四种结构，即受托系统、社会共有性、经济和政治，而其中的受托系统"系指将文化（如规范、价值观）转移至行动者身上并确保行动者将之内化的方式，来执行模式维持和潜在功能"[1]。自媒体就是一种典型的受托系统，其将某些价值观等转移到行动者（即作家）身上并确保行动者将其内化，从而影响作家的文本创作。也就是说，绝大部分的自媒体童书创作者和摘录者都必定会遵照其所在社会的某些普适的价值观来规约自己的行为，以确保他们的自媒体童书能够获得良好的传播效果并维系整个社会的健康有序发展。

自媒体童书传播方式的传播效果主要体现在两方面。首先是对儿童进行良好的教育教化。传播学大师拉斯韦尔曾将传播的基本功能之一定为"传承社会遗产"，即"大众传媒在传播知识、价值以及行为规范方面具有的作用……人的终生社会化的需要和认知发展的需要都离不开传媒的教化"[2]，很显然，自媒体童书是对传统纸媒童书的极大补充，它以其优势更好更快地完成着对儿童的启蒙教化。比如中国少年儿童出版社于2014年出版的重点图书、著名作家于立极的《美丽心灵》，在书末加入了一种全新的自媒体传播方式，即出版社为读者提供了两种自媒体平台：微信"中少社优上悦读吧"和QQ群"优上悦读家族"，在这两个自媒体平台上，有小说精彩章节

---

[1] ［美］乔治·瑞泽尔：《当代社会学理论及其古典根源》，杨淑娇译，北京大学出版社2005年版，第74页。

[2] 杨金鑫：《大众传媒与受众的教育引导——兼论大众传媒教化与消闲功能的平衡》，《学习与探索》2009年第7期。

的展示、有作家与读者的互动交流、有出版社为弘扬正确"三观"而发布的极具社会正能量的小故事等,这种全新的传播和阅读方式甚至比阅读纸本小说所带来的启蒙教化效果还要明显,这也许是作者和出版者始料未及的。其次是张扬童书的游戏精神。席勒在其《审美教育书简》中说道:"在人的一切状态中,正是游戏而且只有游戏才使人成为完全的人,使人的双重天性一下子发挥出来……说到底,只有当人是完全意义上的人,他才游戏,只有当人游戏时,他才完全是人。"① 也就是说,游戏是人的本能天性,而游戏精神正是童书的本质特征之一,没有游戏和游戏精神,童年将会受损,童书也将失效。自媒体童书传播方式中就有对游戏精神的倡导和体现,比如有的作家将自己的童书录制成有声读物或者制作成视频作品上传到自媒体平台上,儿童点击收听(看)就仿佛是平日里在父母的伴读声中游戏或入梦;有的作家或出版社则将童书制成网游、电游上传到自媒体平台上,让儿童似身临其境般地徜徉于童书的游戏世界中……很显然,这些游戏手段和对游戏精神的彰显是纸媒童书难以做到的。

另外,值得我们注意的是,自媒体童书在传播过程中也可能出现某些负面效果。因为自媒体童书是依靠电子传播方式进行的,而电子传播就需要相应的电子设备作为载体,比如电脑、手机等,这些电子设备的大量长期使用是必然会对儿童的身心健康成长带来不良影响的。就身体而言,各种"电脑病""手机病"多数不都是在自媒体的发展过程中出现的吗? 就心理而言,儿童长时间地游走于自媒体中,会缺乏与社会人的正常交往,不利于儿童社会化的进行,同时也会造成儿童的心理自闭甚至抑郁,这种事例并不鲜见。特别是父母与孩子的交流会因为自媒体的介入而大量减少,毕竟家长的

---

① [德]席勒:《审美教育书简》,冯至、范大灿译,上海人民出版社2003年版,第120—121页。

伴读和自媒体的自读还是两种完全不同的方式，很简单的一个问题就是：儿童在自媒体上阅读童书时突然就书中内容提问而周围又无成人时该怎么办？

还有，自媒体这种全新的童书传播方式就真的可以"自由、随意、不受控制地肆意传播"吗？答案当然是否定的。童书（儿童文学）是文学的一种类型，其不像在自媒体上传播个人状态、小道消息、名人绯闻、事件新闻等那样自由，因为其毕竟还要遵循文学的本体特质、人文情怀和社会政治规约等。

我们姑且不论自媒体的兴起是对媒介的分化还是整合，也不论当下时兴的观点"自媒体等新媒体与既有的不平等的社会传播权力的关系"，我们只论自媒体这种新的传播方式对童书传播的影响以及对儿童的传播效果，显而易见，自媒体童书传播方式相比传统纸媒童书具有先天优势，比如传播速度快、范围广、参与主体不受限制、接受主体儿童更易接受、良好的互动性等，但其存在漏洞的安全性、较低的原创性、模糊的未来成长前景等同样值得我们予以观照。我仍然最为赞同尼尔·波兹曼的观点，那就是自媒体这样的新媒体在童书传播过程中的作用是毋庸讳言的，但童书最根本的还是要尽量葆有儿童的天性，只有这样，"纯真"的童年才不会消逝。

第三节　共谋出版的多元方式

童书的纸媒出版和影像出版是两种截然不同的艺术传播方式，两者之所以能够相遇是因为它们都是建构于人类（特别是儿童）精神生活的价值审美诉求上的，只不过殊途同归而已。在中国童书的出版发行史上，童书的影像化出版逐渐扮演着越来越重要的角色，正如陈独秀在《论戏曲》中说道："做小说、开报馆，容易开人智慧，但是认不得字的人，还是得不着益处。我看惟有戏曲改良，多唱些暗对时事开通风气的新戏,无论高下三等人,看看都可以感动。"①其实,这里正暗合了童书影像化出版的一个最为重要的优长之处,即儿童即使识字少、智力尚未开化,亦可通过影像观摩而达到"导思、染情、益智、添趣"的审美效果,就如中国读者非常熟悉的一些艺术形象三毛、嘎子、潘东子、霹雳贝贝等,如果不是从事相关领域,大部分人对他们的了解其实并不是从纸媒童书中,而是从这些纸媒童书所改编的电影作品中获得的,可以说,童书经由影像化出版发行后,其所达到的功效甚至有时要远超纸媒童书。

一 缘起:文本与影像的相遇互动

中国当代童书文本与影像的相遇最早要追溯至1949年中华人民共和国成立前后,那就是著名漫画家张乐平于1947年在《大公报》上连载的《三毛流浪记》和昆仑影业公司于1949年出品的同名改编电影。这部作品文本与影像两种出版发行方式的不期而遇,其实是经历了漫长的酝酿期的,因为早在1935年"三毛"形象便已诞生,但当时并未引起太大的社会反响,直到《三毛从军记》和《三毛流浪记》相继发表,才在上海引发轰动,而真正使"三毛"家喻户晓并产生世界影响的却是开拍于中华人民共和国成立前、发行于中华人民共和国成立后的电影《三毛流浪记》,甚至中国几代观众心目中的"三毛"一直以来都是由童星王龙基扮演的而非张乐平创造的艺术形象,这在一定程度上可以说明童书的影像化出版发行对童书的传播是会产生较大的影响的。自此以后,中国童书的影像化出版发行便一时蔚然成风,《鸡毛信》《宝葫芦的秘密》《小兵张嘎》《闪闪的红星》《红衣少女》……可以说,纸媒童书成为中国儿童电影最为重要的文本资源,那么,童书文本与影像的互动特征都表现在哪些方面呢?

首先,纸媒童书是影像转化和出版的物质基础。在读图化日益

---

① 三爱:《论戏曲》,《安徽俗话报》1904年9月10日。

盛行的新时代，人们对图像的要求越来越苛刻，除了图像的基本要素，其透过图像表层所隐蕴的内涵更是人们在读图之余最热衷的思想追问和精神探求。也正是因为如此，中国儿童影像艺术的发展才逐渐陷入原创力不足、艺术性欠缺的瓶颈中，甚至像《三毛流浪记》这样产生了世界影响力的儿童电影在其后的几十年中都凤毛麟角，好在童书文本与影像的相遇让原创资源捉襟见肘的中国儿童影像艺术找到了新的发展契机。可以说，纸媒童书的影像化转型为中国儿童打开了一幅更为壮丽多姿的图卷。在这一点上，西方早已为我们提供了现成的实践经验，从鲍姆的《绿野仙踪》到吉卜林的《丛林之书》，从托尔金的《指环王》到罗琳的《哈利·波特》，纸媒童书一次又一次华丽的影像化转身都取得了前所未有的成功。纸媒童书一方面为影像化出版发行提供了原创力，因为但凡能被影像出版青睐的童书往往都有其独特魅力和对读者的吸引力，原创性在经过出版机构、图书过滤体系和市场检验后是有一定保证的；另一方面，纸媒童书也为影像化出版发行赋予了艺术审美性，毕竟能被市场和读者认可的童书通常都是思想性与艺术性兼具的佳品，以此作为资源的影像化出版于先天便披上了"美"的外衣，甚至具有了"美"的内质。其次，影像化出版发行为纸媒童书找到了新的传播渠道。童书纸媒出版仅仅是儿童文化产品的一个门类，而在新媒介的参与下，儿童文化秩序和儿童文学的创作环境都发生了巨大的变化，纸媒就不再是童书传播方式的唯一选择了，影像化出版便是顺应新媒介时代而越来越主流的童书传播渠道。当下的童书影像化出版发行相比于21世纪前则更具产业化、专业化、商业化等特征，对纸媒童书的"再造"形式繁多，既有对经典童书故事的原汁原味的复刻，如《草房子》《危险智能》等，这些影像化转型往往都由作家亲自编剧，与原著在精神主旨和艺术风格上基本趋同，也有对原始故事进行改编、戏仿和演绎等的艺术再创造，如2007年版电影《宝葫芦的秘密》、2014年版电影《神笔马良》等，这些影像化转型相比张天翼、洪汛涛的童话原著已有非常大的不同，甚至连童话的原生主题都有了不同的演绎，这与著作版权、美国迪士尼的参与和当下观众的审美倾向等有关，但也确实让人们看到了纸媒童书的一个全新的传播场景和消费领域，让童书变"活"了。最后，纸媒童书的影像化转型是文本与影像的"同谋"。之所以会出现这种文化艺术现象，是因为在21世纪后纸媒童书和儿童影像产品都出现了某些问题。纸媒童书的症结在于其逐渐被新媒介传播形式的出现、读者审美意趣的极速变化、海外童书对市场的挤压等所导致的生存空间的萎缩，而儿童影像产品的发展瓶颈则在于其原创力和文化内蕴严重不足，可在这样一个快节奏、消费性的读图时代，影像化的艺术呈现仍是主流形态，影像的热闹与文本的寂寞也仍将是未来一段时期内文化生产与传播的主旋律，因此，文本与影像达成"同谋"便成了相互取长补短的有效机制。近年来，以《大鱼海棠》《西游记之大圣归来》《哪吒之魔童降世》等为代表的"新国漫"潮就是其中较为成功的案例，"这种创意作为对于中国电影文学性的缺失和原创力的匮乏的反拨……确实具有一定价值"[1]，这是双方的共赢。

文本与影像的相遇互动是不同艺术形式与载体的一种交流，这种交流的机制是非常复杂的，既包括不同艺术形式之间的兼容性，也包括不同艺术形式之间的互动方式，而从出版和传播入手对其进行细致的研究则是一个较为合理而又全面的切入点。出版是文本和影像互动融合的内容呈现，传播是文本与影像交流重组的意义效果，两方面共同构建了当下中国童书出版的新样态。

二 出版：文学书写的影像化转身

出版是中国童书的晴雨表，也是分析中国童书影像化转型原因

---

[1] 陈晓云：《改编，还是原创：一种令人困惑的悖谬——兼及对电影文学性命题的反思》，《当代电影》2008年第2期。

的重要切口。中国童书的传统出版形式是纸媒一家独大的,即便偶有影像化转型的案例也只是昙花一现。在21世纪前,纸媒童书的出版数据一直是考察各家童书出版发行机构业绩的最核心指标。甚至,出版发行过千万册的"淘气包马小跳"系列和"装在口袋里的爸爸"系列还被称作中国童书出版业的奇迹。可见,中国童书的出版形式是相对比较单一的。进入21世纪后,中国童书出版开始发生明显的变化,比如出版形式变得多样化,纸媒、电子媒介、影像化等多足鼎立;产业化链条逐渐完整,创作、出版、发行、宣传、评奖、衍生品生产、下游游乐园运营等多业态凝聚,这些变化中,中国童书文学书写的影像化转身最值得关注,因为其处于中国童书产业链的中心环节,可谓牵一发而动全身。那么,从出版角度来看,这种"转身"的原因到底是什么呢?

文学书写的影像化转身的第一个原因应是社会与读者的分化。M. H. 艾布拉姆斯在他的《镜与灯:浪漫主义文论及批评传统》中总结了文学活动的四要素,即世界、作者、作品和读者[1],通常情况下这四要素的关系是相对比较稳固的,但在不同的文化历史阶段,它们的彼此关系总会发生一些微妙的变化,尤其是进入21世纪后,世界(社会)和读者的构成相比以往要丰富、复杂得多。无论是社会关系还是社会阶层都越来越多样化和开放性,而曾经的"一个读者眼中就有一个哈姆雷特"已经演变为"一个读者眼中可能有无数个哈姆雷特",社会和读者的分化、分层对作者和作品提出了更多的要求,需要作品满足更多不同的艺术形式要求。很显然,以往单一化的纸媒图书形式是不足以适应这种要求的,多元化的图书出版方式也便应运应时而生了。当然,这种多元化的图书出版方式的出现与新媒介的参与是分不开的,这是文学书写影像化转身的第二个重

---

[1] [美] M. H. 艾布拉姆斯:《镜与灯:浪漫主义文论及批评传统》,郦稚牛等译,北京大学出版社2015年版,第5页。

要原因。当下是一个大众传媒时代，新媒介的加入使很多传统文艺形式受到了前所未有的挑战，传统出版行业也不例外，就如尼尔·波兹曼在《童年的消逝》中所言：电视等新媒介的出现是导致童年消逝的根本原因[①]，也是促发出版业革命的重要推手。当新的媒介形式越来越丰富的时候，出版业若仍然仅靠纸媒来维系自身的生存显然是非常捉襟见肘的，甚至很多传统出版机构都在新媒介的冲击下慌乱地、痛苦地退市。因此，为了适应这种新媒介不断涌现的大众传媒时代，很多童书出版机构做出了应对性的策略，比如同时签下作家作品的电影版权、新媒体传播权、衍生产品生产销售权等，虽然一定会为此付出更大的成本，但同时确保了自身在新媒介参与下未来的更多可能性和利益保障。换言之，文学书写的影像化转身正是当下出版业面对新时代挑战下的一种自保的手段。就如某些较为成功的文学作品，出版机构会不断以影视、动漫、电游等新媒介形式反复出版发行，以不同的样态尽力挖掘文学书写的潜力，虽然有时会让人觉得是在竭泽而渔，但其难道不是突破目前纸媒童书艰难生存之地的有效途径吗？另外，文学书写之所以能与新媒介勾连还有一个非常重要的原因，那就是文学生产的上下游产业链已经相当健全。中国童书出版的产业化发展是近年来的热门话题，从童书创作、出版发行、宣传推广再到多媒体运营、文化衍生品制造、游乐场所建设，甚至读者接受、儿童教育等都被容扩到了这根链条之上，可谓一个精细而又庞大的产业帝国，而童书文学书写的影像化转身则是这条产业化道路上的重要一环，也是核心链接点。比如曹文轩的《草房子》，这部作品首版于1997年，随后又于2000年由江苏少年儿童出版社联合南京电影制片厂等单位完成了同名电影的摄制。这部作品和电影相继出版发行后

[①] ［美］尼尔·波兹曼：《童年的消逝》，吴燕莛译，广西师范大学出版社2011年版，第107—115页。

几乎斩获了国内全部最重要的儿童文艺奖项，产生了巨大的社会反响，但如果没有这次文学书写的华丽影像转身，这种影响是一定会打折扣的。在随后的十多年中，《草房子》的出版版本层出不穷，电子书版、名家阅读与鉴赏版、插图朗读版等纷纷出现，甚至曹文轩还与中国儿童艺术剧院合作，将《草房子》《山羊不吃天堂草》等作品搬上了戏剧舞台，作家、导演、戏剧家、画家、设计师、评论家、教育家等都参与到了与这部作品相关的产业链中，以一部作品带动如此广泛的行业是中国童书出版当下最好的一条出路。

从出版角度来探寻中国童书出版的影像化转身是可以深入其机理的，社会的转型、读者的分级、新媒介的涌现和产业化要求等涉及了中国童书出版的内与外，"世异则事异"，是时代的发展所带动的新变化促发了中国童书出版的变革，只有适度地向其他方向转身，中国童书出版才会有新的生机。

三 传播：文本意义的生产与重组

中国童书出版发行的影像转型新变后，就必然要进入传播的通道中，也就是要进入对这种转型的传播策略和传播效果的追问上，即意义的探寻。因为根据"拉斯韦尔程式"[1]中所描述的构成传播过程的五种基本要素，中国童书出版的转型包括了作家作品（谁、说了什么）、出版发行形式（渠道）、读者观众（受传者）和效果，而对传播效果的探寻则是判断这种转型是否成功的最为重要的标志，因为只有当一种新的转型产生了相对更为优良的结果、带来了相对更为有益的效果，这种转型才能称得上成功或有效。总的来说，中国童书出版的影像化转型对文学本体、儿童受众和影像生产等都会产生极为深远且巨大的影响。

就文学本体而言，中国童书的影像化出版是对传统文学叙事模

---

[1] 郭庆光：《传播学教程》，中国人民大学出版社1999年版，第60页。

式的突破。传统文学叙事模式主要是以语言艺术来传递情感和表达意义的,文本意义的呈现和叙事策略的使用都需要依靠语言文字来实现,模式相对比较单一,读者的接受也就往往会受很多因素的制约,而一旦文学创作以影像化的形式出版发行,那就会变成一种更直观、更生动的情感呈现形式,正如苏珊·朗格所说:"艺术品是将情感呈现出来供人观赏的,是由情感转化成的可见的或可听的形式。"[1] 显然,文学作品的影像化表达更像是一种艺术品,这种影视艺术让观众可以突破很多限制而更加形象地通过"见"或"听"来感受作品的情感和意义,相比于传统文学作品的耐人琢磨的无形,影视艺术则是相对更易把握的有形,尤其是对心智尚未健全的儿童读者和观众而言,视听呈现的直观性与其思维特征更加适配,也更易唤起儿童观众的审美情感。这也是为什么有很多儿童文学作家纷纷承担起了影视编剧的角色,比如张之路、郑渊洁、曹文轩、秦文君等,他们都在用影像化的方式突破和丰富着自身文学创作的形态,这既是文本与影视的互文互助,也是中国童书出版多元化叙事的未来主潮。就儿童受众而言,中国童书的影像化出版对儿童读者的传播效果是非常显著的。儿童其实是文艺最为复杂的受众群体,因为其身心稚嫩且在不同年龄阶段的特征都是有差异的,加之文艺对儿童身心的健全、健康成长负有不可推卸的重要责任,因此,儿童文艺从创作到出版发行的难度要远远高于成人文艺,其要尽最大努力去破解儿童的身心密码。尽管儿童文学学界早已细致地将儿童分为幼年、童年和少年[2],但针对这三个层次儿童所创作的文学作品是否能真正科学地与相应年龄段相对应,其实是个非常难判断的问题,时常会出现作家因对儿童身心特征把握失准而导致其作品是儿童看不懂的、理解不了的。可当纸媒童书以影像化的形式出版发行后,

---

[1] [美]苏珊·朗格:《艺术问题》,滕守尧等译,中国社会科学出版社1983年版,第24页。

[2] 王泉根:《儿童文学教程》,北京师范大学出版社2009年版,第12页。

这种情况反而不存在了，因为一部儿童影视作品的儿童受众是极为广泛的，幼年期儿童看到的是影像的色彩、动作以及游戏性；童年期儿童看到的是影像的生动、形象和故事性；少年期儿童看到的则是影像的情感、意义和逻辑性，可以说，视听艺术是一门有着最广泛受众的艺术形式，可以用最精简的资源达成最大化的传播效果。最后，就影像生产而言，儿童文学文本与影像的生产已经开始出现倒置的现象。按照正常的文学生产消费机制，应先有文本创作，再由文本衍生影视、绘画、戏剧等其他出版发行形式，最终扩大文本的传播影响力。可在近年来的儿童文艺生产中却出现了文本与影像生产的倒置，其中最为典型的案例就是《大鱼海棠》。这部电影作品虽然取材自《庄子》《山海经》《搜神记》等古典文本，但仍有编剧梁旋的原创。在电影获得巨大反响的同时，《大鱼海棠》画集由出版社以纸媒形式出版发行，这其实是影像生产倒推纸媒出版的代表。这种文本与影像生产的倒置对文艺作品的传播推广是有积极意义的，其一方面为纸媒童书的出版积攒了一定量的读者，另一方面丰富了儿童文艺的表现形式与传播渠道，对文学本身、儿童读者来说都是有益的。

中国童书的影像化出版与传播并不是对传统纸媒童书的颠覆，而是对其传播力的一种辅助加成。在当下的大众传媒时代，人人都可以成为自媒体而化身文艺的制造者和传播者，如果纸媒童书依然还在固守着传统的出版阵地，那么，其被时代所淘汰也许就在不远的将来。所以，中国童书出版应正视这种变化，甚至要努力去探寻新的变化之道。

参考文献

一 著作

班马：《前艺术思想：中国当代少年文学艺术论》，福建少年儿童出版社1996年版。

班马：《游戏精神与文化基因：班马儿童文学文论》，甘肃少年儿童出版社1994年版。

班马：《中国儿童文学理论批评与构想》，湖北少年儿童出版社1990年版。

曹文轩：《曹文轩儿童文学论集》，二十一世纪出版社1998年版。

陈伯吹：《儿童文学简论》，长江文艺出版社1982年版。

陈伯吹：《作家谈儿童文学》，湖南少年儿童出版社1983年版。

陈洪、夏力：《儿童文学新思维》，大众文艺出版社2006年版。

陈晖：《通向儿童文学之路》，新世纪出版社2005年版。

陈晖：《中国图画书创作的理论与实践》，湖南少年儿童出版社2020年版。

陈子君：《儿童文学论》，河北少年儿童出版社1985年版。

陈子君：《中国当代儿童文学史》，明天出版社1991年版。

崔昕平：《出版传播视域中的儿童文学》，中国社会科学出版社2014年版。

方卫平：《儿童文学的当代思考》，明天出版社1995年版。

方卫平：《儿童文学的难度》，长江少年儿童出版社2021年版。

方卫平：《儿童文学的审美走向》，中国文史出版社2007年版。

方卫平：《方卫平儿童文学随笔》，安徽少年儿童出版社2021年版。

方卫平：《流浪与寻梦：方卫平儿童文学文论》，甘肃少年儿童出版社1994年版。

方卫平：《新世纪儿童文学新论：1978—2018儿童文学发展史论》，少年儿童出版社2020年版。

方卫平：《中国儿童文学理论发展史》，少年儿童出版社2007年版。

方卫平：《中国儿童文学理论批评史》，江苏少年儿童出版社1993年版。

方卫平、王昆建：《儿童文学教程》，高等教育出版社2004年版。

高洪波：《儿童文学作家论稿》，二十一世纪出版社2010年版。

高洪波主编：《什么是好的童年书写：儿童文学大家谈》，湖南少年儿童出版社2017年版。

韩进：《陈伯吹评传》，希望出版社2001年版。

韩进：《中国儿童文学源流》，湖南少年儿童出版社1999年版。

何卫青：《小说儿童——1980—2000：中国小说的儿童视野》，中国海洋大学出版社2005年版。

贺宜：《儿童文学讲座》，少年儿童出版社1980年版。

洪汛涛：《儿童·文学·作家》，河南人民出版社1982年版。

胡健玲：《中国新时期儿童文学研究资料》，山东文艺出版社2006年版。

蒋风：《儿童文学丛谈》，湖南人民出版社1979年版。

蒋风：《儿童文学概论》，湖南少年儿童出版社1982年版。

蒋风：《儿童文学教程》，希望出版社1993年版。

蒋风：《儿童文学史论》，希望出版社2002年版。

蒋风：《儿童文学原理》，安徽教育出版社1998年版。

蒋风：《中国当代儿童文学史》，河北少年儿童出版社1991年版。

蒋风：《中国儿童文学发展史》，少年儿童出版社2007年版。

蒋风：《中国现代儿童文学史》，河北少年儿童出版社 1986 年版。

蒋风、韩进：《中国儿童文学史》，安徽教育出版社 1998 年版。

蒋风、潘颂德：《鲁迅论儿童读物》，陕西人民出版社 1983 年版。

金燕玉：《茅盾与儿童文学》，河南少年儿童出版社 1983 年版。

孔海珠：《茅盾和儿童文学》，少年儿童出版社 1984 年版。

李利芳：《新时期儿童文学理论批评家个案研究》，浙江少年儿童出版社 2018 年版。

李利芳：《中国发生期儿童文学理论本土化进程研究》，中国社会科学出版社 2007 年版。

李利芳：《走向世界的中国童年精神》，明天出版社 2020 年版。

李学斌：《儿童文学与游戏精神》，二十一世纪出版社 2011 年版。

林良：《浅语的艺术》，福建少年儿童出版社 2017 年版。

刘晓东：《儿童文化与儿童教育》，教育科学出版社 2006 年版。

刘绪源：《儿童文学的三大母题》，少年儿童出版社 1995 年版。

刘绪源：《文心雕虎》，少年儿童出版社 2004 年版。

鲁兵：《教育儿童的文学》，少年儿童出版社 1982 年版。

梅子涵等：《中国儿童文学五人谈》，新蕾出版社 2001 年版。

彭斯远：《中国儿童文学潮》，天地出版社 1996 年版。

浦漫汀：《儿童文学教程》，山东文艺出版社 1991 年版。

浦漫汀：《浦漫汀儿童文学论稿》，河北少年儿童出版社 2002 年版。

浦漫汀等：《儿童文学概论》，中国社会科学出版社 1982 年版。

任大霖：《儿童小说创作论》，少年儿童出版社 1987 年版。

任大霖：《我的儿童文学观》，少年儿童出版社 1995 年版。

任大星：《漫谈儿童小说创作》，四川人民出版社 1980 年版。

沈石溪：《动物小说的艺术世界》，少年儿童出版社 2010 年版。

孙建江：《二十世纪中国儿童文学导论》，江苏少年儿童出版社 1995 年版。

孙建江：《文化的启蒙与传承：孙建江儿童文学文论》，甘肃少年儿童出版社1994年版。

孙卫卫：《推开儿童文学之门》，海豚出版社2015年版。

谈凤霞：《坐标与价值：中西儿童文学研究》，二十一世纪出版社2021年版。

谭旭东：《儿童文学的多维思考》，未来出版社2013年版。

汤锐：《比较儿童文学初探》，湖北少年儿童出版社1990年版。

汤锐：《酒神的困惑：汤锐儿童文学文论》，甘肃少年儿童出版社1994年版。

汤锐：《现代儿童文学本体论》，江苏少年儿童出版社1995年版。

田媛：《新时期儿童文学中的生态伦理意识研究》，中国社会科学出版社2019年版。

王泉：《儿童文学的文化坐标》，湖南师范大学出版社2007年版。

王泉根：《百年中国儿童文学编年史（1900—2016）》，湖南少年儿童出版社2017年版。

王泉根：《儿童文学的审美指令》，湖北少年儿童出版社1991年版。

王泉根：《儿童文学教程》，北京师范大学出版社2009年版。

王泉根：《人学尺度和美学判断：王泉根儿童文学文论》，甘肃少年儿童出版社1994年版。

王泉根：《现代儿童文学的先驱》，上海文艺出版社1987年版。

王泉根：《现代中国儿童文学主潮（第二版）》，重庆出版社2018年版。

王泉根：《现代中国儿童文学主潮》，重庆出版社2000年版。

王泉根：《新世纪中国儿童文学新观察》，明天出版社2008年版。

王泉根：《中国儿童文学现象研究》，湖南少年儿童出版社1992年版。

王泉根：《中国新时期儿童文学研究》，河北少年儿童出版社2004年版。

王泉根：《周作人与儿童文学》，浙江少年儿童出版社1985年版。

王泉根、崔昕平等：《新世纪中国儿童文学现场研究》，中国少年儿童出版社2019年版。

王泉根主编：《新中国儿童文学70年（1949—2019）》，长江少年儿童出版社 2019 年版。

王泉根主编：《中国幻想儿童文学与文化产业研究》，大连出版社 2014 年版。

吴继路：《少年文学论稿》，首都师范大学出版社 1994 年版。

吴其南：《代际冲突与文化选择：吴其南儿童文学文论》，甘肃少年儿童出版社 1994 年版。

吴其南：《现实·文本·文本间性》，吉林人民出版社 2001 年版。

吴其南：《转型期少儿文学思潮史》，少年儿童出版社 1997 年版。

杨火虫：《从"高"向"低"攀登》，安徽少年儿童出版社 2010 年版。

杨实诚：《儿童文学美学》，山西教育出版社 1994 年版。

姚全兴：《儿童文艺心理学》，重庆出版社 1990 年版。

张国龙：《审美视阈中的成长书写》，安徽少年儿童出版社 2010 年版。

张锦江：《儿童文学论评》，新蕾出版社 1988 年版。

张锦江：《儿童文学絮语》，中国中福会出版社 2018 年版。

张锦贻：《儿童文学的体裁及其特征》，内蒙古人民出版社 1983 年版。

张锦贻：《张天翼评传》，希望出版社 2001 年版。

张美妮：《张美妮儿童文学论集》，重庆出版社 2001 年版。

张永健：《20 世纪中国儿童史》，辽宁少年儿童出版社 2006 年版。

郑欢欢：《儿童电影的基本精神》，作家出版社 2022 年版。

周晓：《儿童小说创作探索录》，广东人民出版社 1983 年版。

周晓：《少年文学与人生》，贵州人民出版社 1998 年版。

周晓：《少年小说论评》，宁夏人民出版社 1990 年版。

周晓波：《当代儿童文学面面观》，湖南少年儿童出版社 1999 年版。

周晓波：《儿童文学创作现象透视》，中国文史出版社 2007 年版。

周作人：《儿童文学小论》，岳麓书社 1989 年版。

朱自强：《儿童文学：学科与建构》，中国社会科学出版社 2016 年版。

朱自强：《儿童文学的本质》，少年儿童出版社 1997 年版。

朱自强：《儿童文学论》，中国海洋大学出版社 2005 年版。

朱自强：《儿童文学新视野》，中国海洋大学出版社2004年版。

朱自强：《中国儿童文学的走向》，少年儿童出版社2006年版。

朱自强：《中国儿童文学与现代化进程》，浙江少年儿童出版社2000年版。

朱自强：《中外儿童文学比较论稿》，少年儿童出版社2020年版。

朱自强主编：《理论视野中的当代儿童文学和电影》，中国少年儿童出版社2021年版。

二　论文

班马：《当代儿童文学观念几题》，《文艺报》1987年1月24日。

曹文轩：《儿童文学观点的更新》，《儿童文学研究》1986年第24期。

陈伯吹：《谈儿童文学创作上的几个问题》，《文艺月报》1956年第6期。

陈香：《第五代学者登场：直面儿童文学新时代课题》，《中华读书报》2017年2月15日。

陈子典：《试谈儿童文学主题的开拓》，《广州师范学院学报》1987年第3期。

崔昕平：《新时代中国原创幻想儿童文学的艺术突围——基于"大白鲸"原创幻想儿童文学的思考》，《中国图书评论》2020年第6期。

范泉：《新儿童文学的起点》，《大公报》1947年4月6日。

方卫平：《当代原创儿童文学中的童年美学思考——以三部获奖长篇儿童小说为例》，《当代作家评论》2015年第3期。

方卫平：《儿童文学本体观的倾斜及其重建》，《儿童文学研究》1988年第6期。

方卫平：《儿童文学作家的思想与文化视野建构——关于当下儿童文学创作的一种思考》，《中国儿童文学》2012年第1期。

方卫平：《我国儿童文学研究现状的初步考察》，《文艺评论》1986

年第6期。

高小立：《电影人要善于从儿童文学作品中找素材》，《文艺报》2013年11月6日。

郭沫若：《儿童文学之管见》，《创造周刊》1922年第1期。

何卫青：《关于儿童的几个当代小说命题》，《求索》2003年第6期。

胡丽娜：《丛书出版与新时期儿童文学格局构建——兼谈当下儿童文学丛书出版之忧思》，《中国出版》2008年第6期。

蒋风：《"从孤立走向整体"：儿童文学未来发展的必由之路——〈百年中国儿童文学的整体观研究〉发覆》，《学术评论》2022年第3期。

蒋风：《儿童文学的趣味性》，《浙江师范学院报》1983年第1期。

李欣人：《经典引介与儿童文学出版的发展——兼谈明天出版社的儿童文学图书引进》，《出版发行研究》2010年第6期。

刘厚明：《导思·染情·益智·添趣——试谈儿童文学的功能》，《文艺研究》1981年第4期。

刘绪源：《对一种传统儿童文学观的批评》，《儿童文学研究》1988年第4期。

鲁兵：《教育儿童的文学》，《小百花》1978年第5期。

鲁迅：《我们现在怎样做父亲》，《新青年》（第6卷第6号）1919年第10期。

罗淑芳：《论鲁迅小说中儿童的命运》，《延安大学学报》（社会科学版）2007年第4期。

马力：《大众传媒对信息时代儿童文学创作的影响——以辽宁儿童文学创作为例》，《沈阳师范大学学报》（社会科学版）2011年第5期。

马力：《童话与儿童小说文体的变异性与模糊性》，《沈阳师范大学学报》（社会科学版）2005年第5期。

茅盾：《六〇年少年儿童文学漫谈》，《上海文学》1961年第8期。

茅盾：《再谈儿童文学》，《文学》（第 6 卷第 1 号）1936 年第 1 期。

茅盾：《中国儿童文学是大有希望的》，《人民日报》1979 年 3 月 26 日。

任大霖：《略谈儿童小说的语言》，《儿童文学研究》1987 年第 21 期。

申景梅：《"十七年"儿童小说中儿童成长模式探析》，《电影文学》2009 年第 15 期。

束沛德：《关于儿童文学创新的思考》，《儿童文学研究》1985 年第 24 期。

孙建江：《在运动中产生美——兼论儿童文学的美感效应》，《浙江师范大学学报"儿童文学研究专辑"》，1986 年。

谭旭东：《当代儿童小说的主要创作倾向与基本主题》，《当代文坛》2002 年第 4 期。

汤锐：《新世纪儿童文学走向》，《中华读书报》1999 年 11 月 24 日。

王家勇：《中国现代儿童小说苦难主题的显现与不足》，《中国现代文学研究丛刊》2014 年第 9 期。

王泉：《中国儿童文学的文化坐标——以 20 世纪 90 年代以来的儿童文学创作为例》，《学术探索》2010 年第 3 期。

王泉根：《论少年儿童年龄特征的差异性与多层次的儿童文学分类》，《浙江师范大学学报"儿童文学研究专辑"》，1986 年。

王泉根：《论原始思维和儿童文学创作》，《西南师范大学学报》1990 年第 1 期。

王泉根：《十年少年小说系列人物形象的嬗变》，《文艺报》1990 年 1 月 6 日。

王宜青：《形式的探求和意味的传达——试论梅子涵儿童小说叙事》，《当代文坛》2000 年第 1 期。

韦苇、林飞：《市场经济与儿童文学》，《儿童文学研究》1994 年第 2 期。

吴其南：《他们开辟了少儿文学的新边疆——"探索性"少儿文学之探索》，《温州师范学院学报》1991 年第 2 期。

吴其南：《走向澄明——新时期儿童文学中的成长主题》，《温州师范学院学报》1994年第1期。

吴翔宇：《中国儿童小说文体现代化的生成机制与路径》，《贵州社会科学》2022年第10期。

吴岫原等：《"三突出"是儿童文学创作的绞索》，《光明日报》1977年6月4日。

萧三：《略谈儿童文学》，《解放日报》1942年12月17日。

谢佐、殿烈：《歌颂小英雄表现大主题——谈谈儿童文学创作中的两个问题》，《红小兵通讯》1975年第1、2期。

徐妍：《市场化潮流中儿童文学开放的底线与碑石——论当下儿童文学的批评尺度》，《南方文坛》2009年第4期。

杨经建：《花儿与少年——当代中学生题材小说一瞥》，《中国文学研究》1993年第4期。

张国龙：《"数量"的丰收与"质量"的期许——2004年中国儿童文学中的"小说创作"述评》，《海南师范学院学报》（社会科学版）2005年第5期。

赵强：《儿童文学的困境》，《文艺争鸣》1986年第6期。

赵淑华：《关于20世纪90年代以来儿童小说中的"顽童叙事"思考》，《东岳论丛》2016年第12期。

郑振铎：《中国儿童读物的分析》，《文学》（第7卷第1号）1936年第7期。

周晓：《儿童文学的人生化倾向》，《儿童文学研究》1991年第1期。

周晓：《论辩品格、"左"的影响及其他》，《儿童文学研究》1982年第10期。

周作人：《儿童的文学》，《新青年》（第8卷第4号）1920年第12期。

朱自强：《论少年小说和少年性心理》，《当代文艺思潮》1986年第4期。

后记　儿童文学"微"言论

儿童文学不是一个"大"学科，这一点我是承认的，在"多如牛毛"的国内中文报刊中，甚至都找不到一份关于儿童文学的专门理论期刊，这多少让人觉得有些可悲可叹，当研究儿童文学的学者不得不去其他学科领域竞争学术资源时，这份艰辛不易也许只有我们这些从业者才能真正体会到。加之自身的"人微言轻"和资历尚浅，因此，我便把这篇后记取名为"儿童文学'微'言论"。

当然，除了学科"微"和自身"微"外，"微"还代表着这部著作的一个特征，那就是其主要是从微观的角度去透视21世纪中国儿童文学的理论大环境。在这部著作中，我从本体、主题、文体、地域和出版传播五个方面对中国儿童文学进行了一定的理论梳理，有部分章节还是从作家作品的个案入手，我想尽可能地从最微小的点去切入中国儿童文学，也许只有这样，才能更清晰地发现中国儿童文学的细微闪光和细小瑕疵吧。就儿童文学的理论本体而言，虽然中国现代意义上的儿童文学诞生已经有一个世纪了，但这一百年的理论和创作实践始终都没有脱离鲁迅所延展出的三个儿童观，即教育论儿童观、进化论儿童观和阶级论儿童观。只是在这一个世纪的不同阶段里，三个儿童观总是处于一种不断调整、循环和交叉的复杂过程中。可以说，鲁迅的儿童观至今仍是中国儿童文学理论本体的起点，在这个起点的护航之下，我们当下越来越关注儿童文学的思想性、原创性和传承性，主要是因为我们期待中国儿童文学能够发展得更好、传播得更远。就儿童文学的主题论而言，我将中国儿童文学的主题总结为启蒙教育、青春成长和苦难新生三个维度，可以说，中国儿童文学的创作是很难脱离这三大主题所围筑起的高墙深院的，这与儿童文学所特有的儿童性本质特征密切相关，因为儿童文学的表现主体和接受主体都是儿童，所以，只要牵涉儿童，教育、成长和新生等就如影随形，即便是那种纯娱乐性质的童书，其功能中的游戏性不也是为了给儿童带来快乐并助推他们的健康成长吗？就儿童文学的文体论而言，我对儿童小说、童话、儿童电影和科幻文学这四大当下最为热门的儿童文学文体进行了较为细致的个案分析，涉及了金波、吴岩、薛涛、刘慈欣、杨鹏等知名作家，也关注到了童牛奖、文体新质、两岸比较等热点话题，追逐热门并不是为了媚俗或迎合，而是因为这四大文体成就相对较高，更有研究对象的广泛性和学术成果的典型性。当然，儿童诗歌、儿童散文、绘本等文体也各有各的成绩，可我目前限于兴趣和能力，只能暂时搁置了。就儿童文学的地域论而言，我选取了东北儿童文学特别是儿童成长小说作为我的研究对象，分析了东北地域儿童文学的母题、主题、特色及成因等几个问题，基本呈现了这一地域的儿童文学风貌。其实，我的内心一直有一个学术构想，那就是重写东北儿童文学史。因为此前唯一的一部《东北儿童文学史》是由马力等学者于1995年出版的，至今已过去了二十七年，而这段时间又恰恰是当代东北儿童文学成就最为斐然的时期，所以，我期待自己的下一部著作会是对东北儿童文学史的重写和续写。就儿童文学的出版传播论而言，我择取了儿童文学系统工程中的一个重要环节，即出版传播来窥视整个系统工程和产业链条，因为出版传播沟通着中国儿童文学产业化发展的上下游，至关重要。在这一章中，我分析了中国童书出版的原创性问题、传播方式的嬗变和传播效果的呈现以及出版传播的多元化共谋等，为整个产业链和系统工程的有序、科学发展提供了一些建议。

总而言之，本体论、主题论、文体论、地域论和出版传播论并不是孤立存在的，本体论中的儿童观、思想性、原创性和传承性等问题都始终贯穿在其他四论当中，其也是中国儿童文学理论研究无法绕开的重要话题，我的力量虽然微小，可依然想尽力为这些问题寻找到一些可供借鉴的解决之道，为中国儿童文学理论研究做一些适度的阶段性总结。我的声音也许微乎其微，但聊胜于无吧！

王家勇

2023 年 2 月 20 日